# O COLECIONADOR DE SONS

FERNANDO TRÍAS DE BES

# O COLECIONADOR DE SONS

*Tradução*
Luís Carlos Cabral

CIP-BRASIL. CATALOGAÇÃO-NA-FONTE
SINDICATO NACIONAL DOS EDITORES DE LIVROS, RJ.

---

Trías de Bes, Fernando, 1967-
T743c O colecionador de sons / Fernando Trías de Bes; tradução Luiz Carlos Cabral. – Rio de Janeiro: Best*Seller*, 2010.

Tradução de: El coleccionista de sonidos
ISBN 978-85-7684-269-9

1. Ficção espanhola. I. Cabral, Luiz Carlos. II. Título.

10-3696 CDD: 863
CDU: 821.134.2-3

Texto revisado segundo o novo Acordo Ortográfico da Língua Portuguesa.

Título original espanhol
EL COLECCIONISTA DE SONIDOS


Publicado mediante acordo com Santilliana Ediciones Generales S.L.

Capa: Rafael Nobre
Imagens de capa: Nude woman on the bed, graphixel/istockphoto
e 3d music notes, Marbars/istockphoto
Editoração eletrônica: Abreu's System



---

Impresso no Brasil

ISBN 978-85-7684-269-9

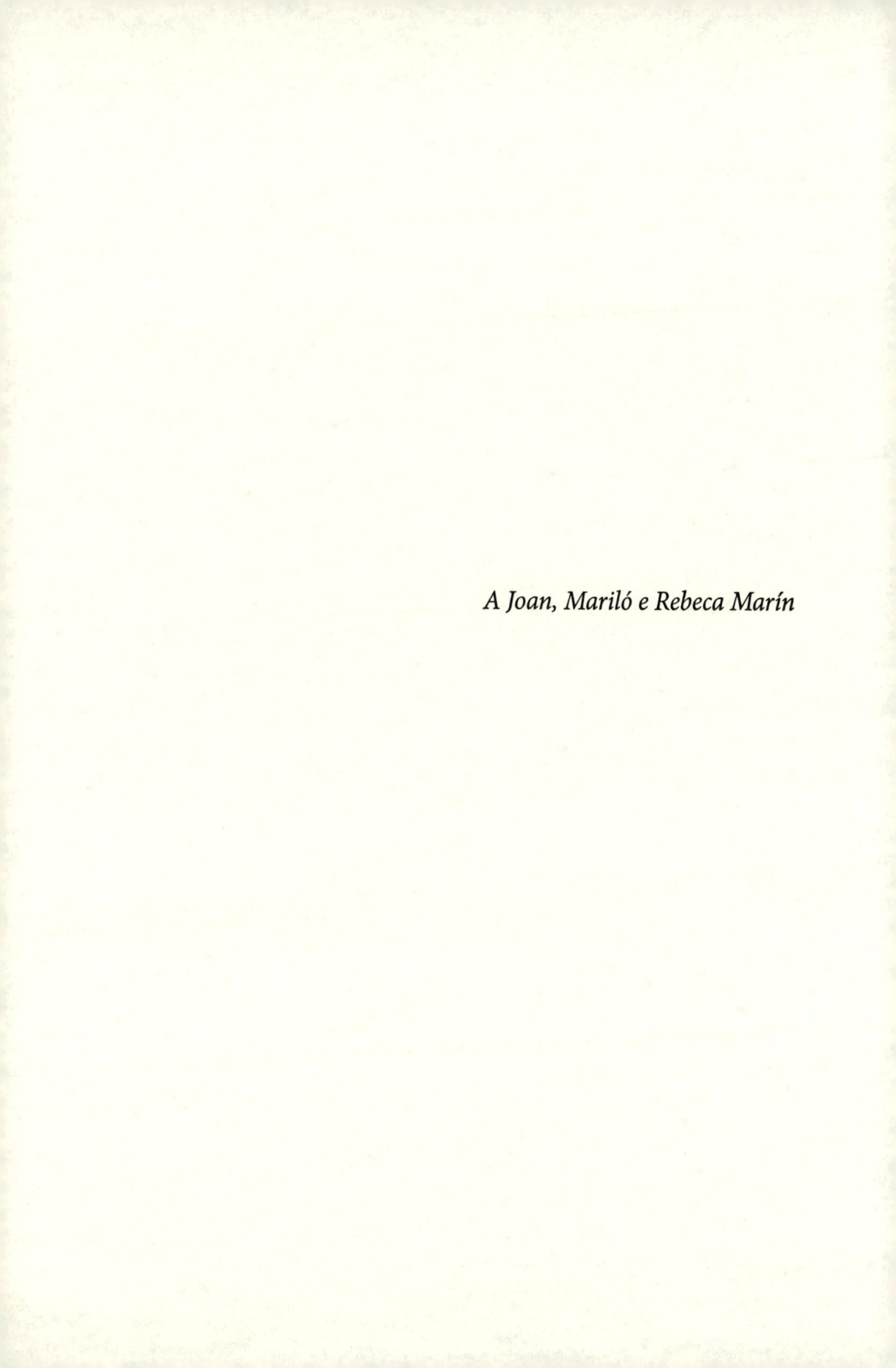

*A Joan, Mariló e Rebeca Marín*

# Sumário

Os senhores gostariam de ouvir um belo conto de amor e de morte? Trata-se da história de Tristão e Isolda, a rainha. Ouçam como, entre grandes alegrias e sofrimentos, se amaram e morreram no mesmo dia, ele por ela e ela por ele. O relato de seus amores se estendeu pela verde Erín e a selvagem Escócia, se repetiu em toda a ilha de Mel, do muro de Adriano até a ponta do Lagarto, ecoou nas margens do Sena, do Danúbio e do Reno, encantou a Inglaterra, Normandia, França, Itália, Espanha, Alemanha, Boêmia, Dinamarca e Noruega. Sua memória viverá enquanto o mundo existir.

Início de *Tristão e Isolda*.

# Introdução aos cadernos

*Inverno de 1905*

Meu nome é Jürgen zur Linde e sou sacerdote.

Ignoro se este texto que minha mão trêmula borda verá a luz algum dia. É mais provável que a umidade e o tempo desfaçam estes cadernos ou que se percam entre os escombros quando os muros desta abadia, minha morada, forem derrubados para que se construa em seu lugar um palacete, uma mansão ou uma casa de veraneio; ou talvez, simplesmente, permaneçam para sempre na escuridão do nicho onde os encontrei.

Acreditei durante muito tempo que esta história não me pertencia. Hoje já não tenho tanta certeza. É por isso que decidi mantê-la oculta, mesmo depois de minha morte, porque, de algum modo, já faço parte dela.

Não é o único motivo: também tenho medo.

Sim, sou sacerdote.

E como tal, só deveria temer o Bom Deus. Mas fui testemunha da força de uma maldição, de seu imenso poder, de sua verdade. E não há ser humano, dedicado ao saber ou ao ócio, a Deus ou à sua família, nascido em família burguesa ou camponesa.

Desde que li pela primeira vez estes cadernos, não houve uma única noite em que não tenha despertado envolto em suor frio e não a tenha passado acordado lendo-os mais uma vez. E depois de voltar à última página, esperava em claro que a luz da aurora chegasse para clamar ao Senhor: "Oh, meu Deus! Qual é sua vontade? O que quer de seu servo?"

Mas Deus jamais respondeu. Ou talvez tenha sido eu quem não soube ouvir suas palavras dentro de mim, em meu interior muito agitado e confuso. De qualquer forma, tais perguntas continuam ressoando em minha cabeça como o eco das vozes dos pastores nas montanhas. Diante da ausência de respostas, só é possível se entregar ao silêncio e, por isso, minha decisão está tomada: voltarei a esconder estes cadernos ali onde os encontrei. Não vou revelar sua pulsação a ninguém. A ninguém. Desta maneira, a divulgação ou a destruição deste texto será uma questão alheia à minha vontade.

Às vezes pensei, durante os breves passeios que desfrutamos antes do completório, a última hora canônica, que ajo assim para me proteger e fazer-me de inocente mesmo sabendo a verdade, como quando um advogado proclama a inocência da testemunha de um afogamento em um lago: sempre há suspeita. Talvez eu esteja olhando para outro lado, talvez pretenda ocultar minha própria natureza. Não sei.

Tomei uma decisão e mesmo assim sou corroído pela curiosidade. Estes cadernos voltarão a oferecer seus segredos aos olhos de algum mortal? E se for assim, quando? Em vinte anos? Em cinquenta? Um século? Mil anos, por acaso? O que restará de minha Alemanha quando isso acontecer? O que se saberá do século de tormentas, revoluções, mudanças, progresso e confusão em que me coube viver? Terão sido esquecidas as óperas de Von Weber, Wagner e Offenbach?

Ninguém poderá compreender esta história em sua totalidade se a memória se render ao esquecimento e estes tempos de amor e ódio submergirem debaixo da terra para se transformar em crosta do mundo. É necessário compreender em que circunstâncias foram escritos os cadernos que o padre Stefan escondeu em sua cela, aquela que herdei após sua morte.

Oh, Senhor, não leve em conta minha soberba! Decidi ocultar esta história de luxúria e pecado e, no entanto, me empenho em enfeitá-la com minhas próprias palavras para o caso de algum dia chegar às mãos de algum mortal. Espero, Todo Poderoso, que compreenda que, além de te servir, sou também feito de carne. Meu orgulho e meu zelo são legítimos: um artista ocultará a escultura proibida, mas nem por isso deixará de poli-la com seu cinzel na solidão do ateliê.

*

Os cadernos que acompanham esta introdução foram escritos pelo padre Stefan, um beneditino como eu, a quem não tive a chance de conhecer pessoalmente. De fato, cheguei à abadia de Beuron para ocupar seu lugar. Padre Stefan viveu até meados de 1875. Morreu pouco depois de completar sessenta e seis anos.

Apesar de não ter conhecido padre Stefan, todo seu caráter me foi revelado assim que entrei naquela que fora sua cela. Os beneditinos podem ter pertences, desde que não entreguem a alma às coisas, porque o Senhor bem sabe que, quando isso acontece, são as coisas que nos possuem. Nossas habitações não gozam dos confortos das vilas dos nobres e dos burgueses, não são mobiliadas com delicadas poltronas de veludo nem almofadas macias, não possuem os cortinados ostentosos que brilham nos palácios dos reis, mas tampouco são vazias como os aposentos dos religiosos da Idade Média. Ficaram distantes as épocas em que as alcovas se assemelhavam a celas destinadas a castigos, vazias e despojadas.

No entanto, a cela do padre Stefan era, sim, uma cela desnuda. Em seus aposentos, não abrigava mais do que uma Bíblia e quarenta livros.

Quando folheei sua Bíblia, descobri que, em todas as páginas, as anotações feitas com sua pena superavam em número os versículos, como se padre Stefan tivesse dedicado sua vida a procurar outras frases entre as das Sagradas Escrituras, como se existisse outra combinação de palavras que pudesse tornar melhor o livro dos livros, uma nova Bíblia que aproximasse o devoto ainda mais de

Deus. Os outros quarenta livros eram de filosofia. Estou certo de que não lera nenhum deles, pois seus textos estavam intocados. É curioso; é sempre possível saber quando um livro foi lido ou não sem necessidade de perguntar ao seu dono. Mas não era apenas a virgindade das folhas: os quarenta livros de filosofia estavam repletos de rosas secas. Dezenas, centenas... Uma a cada dez páginas. Nem mais nem menos. A cada dez páginas, uma rosa... Rosas inglesas, rugosas, eglanterias, damascenas, alvas, chinesas, musgosas, arbustivas, trepadoras, virginianas... Logicamente, eu não conhecia todos esses nomes. O padre Stefan anotava sua denominação usando um método curioso. Em cada folha onde pousava uma rosa, ele marcava com um círculo algumas letras do texto impresso. Pareciam letras assinaladas ao azar. Mas não era assim. Colocados um atrás do outro, os caracteres revelavam o nome do tipo de rosa que ali jazia. Suponho que essa era toda a utilidade que os escritos de filosofia podiam ter para o padre Stefan. Ele não precisava ler aqueles volumes de ideias e conceitos, e assim os transformara em um arquivo de aromas mortos. Certamente encontrava tudo quanto precisava em um único livro, naquela sua Bíblia, um espaço infinito nos confins de sua mente.

O resto de sua alcova não continha mais nada, nem mesmo objetos ou recordações pessoais. E isso é o que mais falava de padre Stefan. Um crucifixo reto, perfeitamente alinhado com o perfil do quadro da Virgem da Anunciação; sua janela, intacta, sem marcas que revelassem uma abertura apressada ou um gesto grosseiro. Aquele aposento era o de um homem sem densidade, sóbrio e austero por natureza. Mas não entediado. Porque a mente de um homem de um único livro e milhares de flores mortas não pode ser uma mente entediada. O mundo de padre Stefan era, como se percebia, um intenso mundo interior.

Padre Stefan mal falava, apesar de não ter feito votos de silêncio. Foi o que me contaram os frades beneditinos, que, entristecidos frequentemente sentiam falta de sua companhia. Não, não podia ter feito esses votos porque teria sido uma fraude. O silêncio fazia parte dele e não se deve alardear diante do Senhor os talentos que Ele lhe concedeu.

Existem dois tipos de pessoas: as loquazes, que costumam ser vazias por dentro, e as caladas, que costumam se sentir plenas. No entanto, padre Stefan era tão cheio por dentro quanto leve por fora. E talvez isso fosse o mais incomum. Porque padre Stefan viveu o século da loucura: a época em que os estadistas se rebelavam contra os reis para reunificar seus territórios; em que as estradas de ferro cresciam como heras, serpenteantes e infinitas; a época em que as mulheres denunciavam seus maridos e exigiam a separação de corpos; os tempos em que uma família resolvia suas misérias na praça e diante dos juízes; em que os grandes teares e outras máquinas terríveis ameaçavam os empregos dos homens de bem; a época em que o dinheiro se convertera em ciência e em que a ciência desafiava Deus; em que as cartas cruzavam países poucos dias depois de serem escritas; em que os espelhos saíam dos bordéis para acampar com impunidade nos banheiros das donzelas, que examinavam a nudez de seus corpos para se enturvar cada vez mais e mais... A época em que se construíam dragões móveis com o simples objetivo de decorar o palco de um teatro; em que a ópera alemã se afastou da italiana; os anos em que as trompas e os trombones podiam guiar a voz cantante e relevar os violinos na condução da melodia; em que um coro fazia sua aparição no quarto movimento de uma sinfonia; em que o sentimento curvou a métrica; em que o amor por uma mulher suscitava em um poeta mais que todo seu amor por Deus.

Foi a essa época que padre Stefan conseguiu se manter alheio. É inaudito que, em tempos assim, um homem só precisasse de rosas e de uma Bíblia.

*

Não foi esse o meu caso. Quando substituí padre Stefan e me instalei nesta abadia de Beuron, os livros me perseguiam, sobretudo os proibidos. Meus primeiros anos de sacerdócio foram difíceis. Pretendia-se extirpar os católicos da Alemanha. Poucos conseguiram ser suficientemente fortes para ficar. Por exemplo, nossos irmãos jesuítas: nenhum resistiu, a não ser na clandestinidade, escondido na bodega de algum burguês católico e corajoso, aqueles poucos que, temendo os esbirros, celebravam a eucaristia com seus próximos na penumbra de seus porões. Redentoristas, lazaristas, sacerdotes do Espírito Santo, damas do Sagrado Coração... Quase não restou clérigo católico na Alemanha: somente os que se entregavam a cuidar dos enfermos. Como, beneditinos ou franciscanos, íamos ser alheios a anos de exclusão da vida monástica? Como não iríamos abrir nossas mentes ao conhecimento e ao proibido se podíamos entrar nas tabernas ou nos salões, se podíamos passar sem impedimentos debaixo do umbral de uma biblioteca e abrir qualquer livro proibido, se o bispo ou arcebispo mais próximo que podia nos punir estava fora dos confins da Alemanha?

Foi naqueles anos de perseguição ao catolicismo que me coube ocupar a cela de padre Stefan. Como os católicos eram considerados inimigos da Alemanha, durante meus primeiros anos na abadia de Beuron os paroquianos eram poucos. O tempo sobrava, e assim, um dia por semana, me vestia à paisana, pegava uma das mulas do estábulo da abadia e cavalgava até Tuttlingen, a poucas horas de caminho de Beuron. Lá, apesar de ser um povoado pequeno, havia uma livraria fascinante, uma espécie de biblioteca, pois emprestava livros. Eu passava o dia ali, mergulhado nas obras, sem sequer parar para comer, alimentado por palavras. Consumia alguns livros em suas mesas; outros, pegava emprestados sob falsa identidade e um nome inventador: doutor Schlesinger. Embora minha presença na Alemanha não estivesse ameaçada, tampouco seria de bom tom propalar minha condição de sacerdote católico pelos arredores.

Entabulei, na livraria, uma singular amizade com Klaudius, um rapaz de olhos faiscantes e sobrancelhas finas encarregado da entrega, registro e devolução dos livros emprestados. Minha continuada presença no local transformou a saudação amável em amizade e, quando esta virou cumplicidade, Klaudius começou a me oferecer livros a que o público não tinha acesso, aqueles volumes que só eram entregues mediante a autorização oficial dada a eruditos e historiadores. Obviamente, sob a identidade de doutor Schlesinger, Klaudius ignorava que eu era na realidade um clérigo, e assim não ficou constrangido na hora de me entregar poemas de amor e outros textos com ideias proibidas por nossa ordem e pelo Papa. Pouco a pouco me foi revelando todos os tesouros que aquela livraria peculiar guardava: evangelhos apócrifos, livros que faziam apologia a religiões proibidas, romances eróticos...

Escrevo estas linhas e só posso sentir pudor e vergonha. Mas... O que será de um homem que não é capaz de ser sincero diante de um papel? Sim. Foi assim. Eu, Jürgen zur Linde, sacerdote, li dezenas de livros de amor e erotismo. Não por luxúria, mas sim porque um homem precisa conhecer outras verdades para encontrar a sua. Na minha época de seminarista, um de meus instrutores sempre me recomendara que abraçasse a dúvida e abordasse o pecado se este me perseguisse. "O que você nega acaba o vencendo, Jürgen. Peque se for preciso. Só assim você atingirá a santidade. Não há poder mais forte que o do desconhecido: a tentação que a curiosidade suscita não é falta grave, mas ânsia de conhecimento. Mas... Ai de você, Jürgen, se for movido pelo impulso do prazer ou do desejo da repetição! Aí sim, você estará em pecado e seu nome não será digno de Deus."

Não me cabe julgar se o número de leituras proibidas foi justo ou excessivo, se me limitei à curiosidade ou raiei em loucura. O Todo Poderoso terá por bem examinar essa verdade quando o dia de meu Juízo Final chegar. O que quero agora é falar de como encontrei os cadernos de padre Stefan e não de minha condição de pecador.

*

Certa manhã em que a livraria estava quase vazia e eu lia um antigo códice espanhol cheio de ilustrações traçadas à mão, Klaudius se aproximou por trás de mim. Estava tão absorto e fascinado pela beleza dos desenhos que não ouvi o rapaz chegar, e assim até seu débil sussurro conseguiu me sobressaltar.

— Doutor Schlesinger, o senhor já ouviu falar de *Memórias de uma cantora alemã*?

Não pude evitar um calafrio. Era impossível não ter ouvido falar daquele livro que escandalizara a tantos. Era uma verdadeira apologia do amor erótico, do amor sexual, da nudez, dos deleites da carne, da gula e da obsessão. Era o romance do erotismo alemão por antonomásia e se dizia que continuaria a sê-lo durante muitos anos. Talvez o mais incrível fosse o fato de sua autoria ser atribuída a uma mulher, a uma das melhores sopranos da nossa nação alemã: Wilhelmine Schroeder-Devrient.

Schroeder-Devrient falecera em 1860 e, ao lado da bela Henriette Sontag, se tornara a verdadeira musa dos compositores alemães daqueles anos. Schroeder-Devrient inspirou compositores como Wagner e Beethoven. Fora um verdadeiro ídolo de seu tempo. Sua vida foi muito agitada, infestada de aventuras sentimentais. O livro *Memórias de uma cantora alemã* consistia em uma série de cartas dirigidas a um suposto amigo, um médico. Nelas, uma mulher descreve com toda profusão de detalhes o conjunto das experiências sexuais que presenciara e vivera. A observação de seus próprios pais praticando atos eróticos, carne de homem com mulher, de mulher com mulher, de mulher consigo mesma... Um texto pecaminoso sobre os prazeres da carne.

O conjunto de todas aquelas epístolas formava um livro. E este livro estava proibido: *Memórias de uma cantora alemã* constava do *Index Librorum Prohibitorum*, a relação de títulos que a Igreja vetava aos devotos de Cristo. Ler qualquer dos livros do *Index Librorum Prohibitorum* era uma falta tão grave para um beneditino que podia levar à expulsão da ordem.

Não respondi a Klaudius e deixei que continuasse falando. E o fez com um fio de voz que se tornou tão sensual quanto excitante:

— Guardamos aqui o manuscrito original de *Memórias de uma cantora alemã* — me garantiu com uma expressão de luxúria que ainda não consegui esquecer. E acrescentou:— Deseja lê-lo, Herr Doktor? Posso permitir, se prometer trazê-lo de volta antes de uma semana.

Depois me explicou que Cäsar viajara pare Ludwigsruhe e não voltaria até o sábado seguinte. Cäsar era o proprietário da livraria, um homem delgado, de lentes redondas e nariz amarelado que quase enlouquecera por causa de sua paixão por livros antigos e manuscritos originais. Viajava uma vez por mês a alguma grande cidade para prover-se de livros inéditos e outras curiosidades de duvidoso interesse comercial para os poucos leitores da cidade de Tuttlingen.

A oferta de Klaudius era única. Em qualquer livraria, fosse de compra ou de empréstimo, eu poderia ter acesso a um exemplar impresso de *Memórias de uma cantora alemã*, mas... Ao manuscrito original! Desejava me aprofundar nas sensações daquele livro de amor através da caligrafia de sua autora, uma soprano que tivera a coragem de modelar em palavras os acordes da livre sensualidade. Estava firmemente convencido de que minha pele se eriçaria cinco vezes mais com o manuscrito do que por meio de uma simples encadernação feita em uma gráfica.

— De acordo, Klaudius.

Combinamos de esperar até o meio-dia. Klaudius despachou com diligência os poucos prestatários da manhã, preenchendo as fichas dos livros solicitados. Com paciência, foi atendendo até não restar nenhum. Eu esperava em uma das apertadas salinhas de leitura. Depois de fechar o portão de madeira da porta principal, a livraria se inundou de sombras. Envolto e protegido por elas, Klaudius veio até mim.

— Volto em seguida — sussurrou meu aliado das letras proibidas.

Em poucos minutos em que minha inquietação só fez aumentar, Klaudius apareceu com uma pasta por cujas laterais assomavam, desordenados e desiguais, papéis de escrita. A pasta estava mal-amarrada por uma cinta de couro e um botão de metal que fazia o papel de fechadura. Foi-me impossível não ver naquele botão uma presilha de roupa íntima feminina.

— É de Wilhelmine Schroeder-Devrient? Pertence mesmo à célebre soprano?

— Não é certo — me disse —, não está assinado. Mas há certeza a respeito de duas coisas: são memórias reais de uma mulher e esta mulher era uma cantora. Pense bem: como uma mulher iria estampar seu nome em um texto desses? Já na primeira edição o editor revelou que assumira o compromisso de manter o nome da autora protegido, e assim nenhum estudioso conseguiu saber qual era para investigar sua procedência. Os eruditos só puderam estabelecer hipóteses comparando o estilo e a linguagem de *Memórias* com os da correspondência da soprano que foi preservada. Muitos atribuem a ela este texto lascivo, mas a linguagem do livro não combina inteiramente com o estilo da cantora... É difícil confirmar uma autoria baseando-se apenas no modo de escrever... Concorda? Por outro lado, Claire von Glümer, amiga e biógrafa de Schroeder-Devrient, não mencionou essas memórias em nenhum de seus textos. Por que sua biógrafa iria ocultar uma coisa dessas se já faz anos que a soprano não está mais entre nós?

— Mas, Klaudius, e este manuscrito...? Bastaria apenas compará-lo com a letra das cartas da cantora para saber a verdade!

— Sim, é verdade. Mas Cäsar, o proprietário, o guarda com o maior cuidado, é seu tesouro... Não o mostrou a ninguém. Ninguém sabe de sua existência. Se os eruditos soubessem que está aqui, avançariam sobre ele para descobrir a autoria de *Memórias* de uma vez por todas.

— E Cäsar? Ele é um devoto dos livros... Por que ele mesmo não fez a comparação?

— Sim, ele fez, Herr Doktor, sim, fez... E lhe direi o que encontrou: a letra, Herr Doktor — Klaudius nesse momento abaixou a voz, como se alguém pudesse nos ouvir naquela livraria fechada —, a letra... não é de Schroeder-Devrient! Cäsar checou pessoalmente e me garantiu que não tinha nada a ver com a caligrafia da diva alemã. Então, pois, este original de *Memórias de uma cantora alemã* foi escrito por outra mulher... Ou Wilhelmine o ditou ou foi escrito por outra soprano... Compreende? Ninguém sabe disso, ninguém... E qual soprano? Não sabemos, mas só uma mulher é capaz de usar as palavras, expressões, sentimentos e sensações aqui apresentadas... O senhor mesmo poderá comprovar... Agora preciso ir. Já é tarde. Mas, por favor, não vá se esquecer. No sábado, antes das 12, este manuscrito deverá estar aqui de novo... Caso contrário, teríamos problemas, doutor Schlesinger. Os dois teríamos problemas...

*

Oh, Senhor! Você bem sabe que sob a excitação e o apetite da carne os homens se tornam torpes, estúpidos e imprudentes; naquela mesma tarde, assim que cheguei à abadia de Beuron, atravessei o pátio e os corredores com as eróticas *Memórias de uma cantora alemã* sob meu braço, dissimuladas entre outros livros. Que insensatez! Se um dos frades beneditinos tivesse parado para me cumprimentar teria se interessado pelos títulos que havia tomado emprestado na livraria naquela tarde. Não teria sido coisa incomum. Muitas vezes eu mesmo mostrava com orgulho aos religiosos, com quem convivia naquela morada do Senhor, os volumes de história e livros de autores clássicos que pegava emprestados. Mas quando a pessoa é tomada pelo desejo, sua lógica se turva como os bosques bávaros diante da bruma da manhã e o homem age como um ser impune, como se sua culpa jamais pudesse ser testada.

Felizmente para minha reputação, cheguei em minha cela sem ser interceptado por ninguém, a não ser por uma das boas mulheres que cuidavam da limpeza da abadia. Ela se limitou a abaixar a cabeça quando passei.

Entrei no meu quarto e fechei a porta. Foi então que percebi que o manuscrito transmitia uma tensão especial aos meus dedos. Não me refiro a um nervosismo que partisse de mim. Era algo mais sutil e estranho: a pasta emanava uma vibração que percorreu minhas mãos... Como se aquelas páginas tivessem vida e uma força em seu interior não conseguisse se acalmar e lutasse para vir à tona.

Escondi aquele texto proibido sob meu catre e corri para encontrar o resto dos membros da ordem.

Durante o jantar, enquanto levava um pedaço de fruta à boca, sentado sobre aquele alongado banco de madeira onde os membros da ordem jantavam em silêncio, com o rumor das Sagradas Escrituras ao fundo, refleti sobre o tremor de meus dedos. O manuscrito havia vibrado? Aquilo fazia sentido? Um papel podia tremer? Ter vida? E em tal impossível suposição... por que um texto amoroso de uma cantora tão famosa iria se alvoroçar ao entrar na alcova de um sacerdote beneditino anônimo como eu? Não. Minha sensação não tinha nenhuma lógica. Mas aqueles pensamentos me inquietavam. Talvez minha excitação desatada em ler aqueles pergaminhos de amor terreno transferisse minhas próprias tentações aos objetos para, assim, situar a culpa e a ação em outro lugar. Se não havia pessoa a quem atribuir meu iminente pecado não seria mais lógico atribuir minha ansiedade ao objeto do desejo? E a que, senão ao próprio manuscrito? Foi isso que pensei enquanto terminava de jantar em silêncio.

Naquela noite, o passeio pelo jardim que antecedia minha retirada à cela foi mais breve do que o habitual. Dois monges conversavam de forma acalorada sobre a recém-adotada infalibilidade do Papa, promulgada por Pio IX, e se aproximaram de mim para saber minha opinião. Balbuciei uma resposta pouco comprometida e manifestei meu desejo de ir me deitar. Amparei minha decisão nas poucas nuvens carregadas que borravam as estrelas no céu, pois certamente havia uma ameaça de tormenta. Mas, na realidade, minha pressa em voltar à minha cela se devia ao temor de que alguém descobrisse as *Memórias* e ao meu premente desejo de começar a leitura. Não me entregaria ao texto antes da alta madrugada, quando os outros beneditinos estivessem dormindo e qualquer inquietação de meu próprio corpo não corresse o risco de ser intuída por meus vizinhos de cela. Uma respiração agitada, um movimento no leito, um passeio descalço pela pedra fria ou um alvoroço pecaminoso — qualquer das possibilidades que me esperavam nessa noite — poderiam, sem dúvida, chamar a atenção de uma alma desperta.

Quando entrei em minha cela, a primeira coisa que fiz foi olhar debaixo da cama para me assegurar de que o manuscrito continuava em seu canto. Depois resolvi mudá-lo de lugar. Coloquei-o na estante ao lado dos quarenta livros de filosofia do padre Stefan. Afastei-me dois passos. Não era um bom lugar. Destacava-se de forma impudica entre as lombadas douradas e puras daqueles prados de rosas prensadas. Peguei de novo a pasta e coloquei-a no armário, onde meus dois hábitos de reserva pendiam esticados, como enforcados. Por que voltar a esconder o que já estava bem escondido justo quando o vigia estava presente? Eu mesmo intuía que não era nervosismo, mas a mesma sensação exata que percorrera meus dedos quando acariciei o papel daquele manuscrito. Era como se as memórias daquela soprano tivessem adquirido vida em minha alcova e procurassem outro lugar, um lugar concreto...

Depois fui dormir, sabendo que em menos de duas horas estaria lendo um dos livros do *Index Librorum Prohibitorum* da Igreja católica.

*

Um homem pode confessar seus pecados, mas não se pode exigir dele que revele os detalhes. Meu cinzel alcança até onde alcança, e os cadernos do padre Stefan, que daqui a pouco vão substituir esta humilde introdução, contêm pecados suficientes para que eu precise contribuir com os meus aumentando a baixeza deste texto: deviam ser duas da madrugada quando terminei a última das páginas escritas por Wilhelmine Schroeder-Devrient.

A tênue luz de vela que utilizara para minha leitura dava um aspecto cálido a meu aposento. A ternura e as carícias haviam impregnado suas paredes. As portas de meu armário estavam abertas. Em minha ânsia de começar a ler, as deixara escancaradas depois de pegar aquelas páginas imorais. Minhas batinas me observavam com tristeza. Suas próprias sombras engrandeciam seu aspecto, como se não pertencessem a mim: imaginei um beneditino gordo, glutão, invejoso e vazio... Um desonrado beneditino com todos os pecados capitais. Todos. Também o da luxúria. Maldita juventude! Tinha apenas 28 anos!

Voltei a mim. Foi então que o manuscrito que se metera em minha alcova como uma amante clandestina começou a tremer sozinho. Estava esparramado sobre meu leito, nu, sem as capas que o cobriam. A desordem era absoluta. Os perfis das páginas contrastavam com o branco dos meus lençóis e formavam ângulos, como os de tesouras abertas, infinitas letras v, cortantes e afiadas, com um sangrento ponto imaginário no centro. Sim, pareciam se mexer como tesouras se abrindo e fechando, como se fossem coxas de bailarinas que se mexem no palco. Esfreguei os olhos. Não dormira nada. Estava exausto, embora relaxado. Os papéis se mexiam de verdade ou era minha agitada imaginação? A abadia estava sendo atingida por um tremor de terra? Ou nossos cimentos eram sacudidos pela fúria do Senhor? O que estava acontecendo?

Passou pela minha cabeça que o Maligno talvez estivesse entre aquelas páginas pecaminosas e, assim, ao mesmo tempo em que rezava uma ave-maria, enfiei todas as folhas entre as cobertas e abotoei de novo aquele botão de bronze que me parecera na livraria o de um corpete. O tremor das folhas se transferia aos meus dedos. E como era esse tremor? Não era o chocalhar de um trem, não era o tremer de frio, não era o ranger dos dentes de um doente de raiva... Não. Eu sabia perfeitamente que estava diante do mesmo tremor que um homem sente em sua pele quando está perto da mulher desejada, o mesmo tremor dos dedos do amante inexperiente que acaricia seios femininos pela primeira vez. Sim: aquele manuscrito tremia de amor. Assim que tomei consciência daquilo, meus olhos se dirigiram a duas pedras de uma parede da minha cela. Eram duas pedras que estavam um pouco mais afastadas do que aquelas que as cercavam. A argamassa que as unia também tinha um tom um pouco mais ocre que o resto, como se atrás delas a umidade ameaçasse o calor do meu aposento. Uma espécie de intuição impregnada de certeza guiava minha vontade.

Levei as *Memórias* àquele lugar da parede, como um vidente quando move sua bengala para a frente, aonde seu próprio tremor indica que encontrará a água que aplacará sua sede. Se antes percebera um ligeiro tremor, agora o manuscrito emitiu espasmos próprios de um endemoniado. Tomado pelo pavor, coloquei-o de lado. Estava claro. Havia algo entre aquelas duas pedras, exatamente atrás da argila seca. E assim, então, cravei meus dedos na parede e arranhei. Uma espécie de massa arenosa se desprendeu com certa facilidade. Escavei uma camada; depois, outra. Minhas mãos pareciam segurar a parede pelas lapelas. A terra era cada vez mais fresca, parecia se transformar no barro macio que o ceramista usa para arredondar suas vasilhas. Minhas unhas quebravam o silêncio enquanto escavavam com uma ânsia semelhante à de um profanador de túmulos.

De repente, a argila deixou entrever um oco.

Um relâmpago iluminou minha cela.

O orifício que ficou diante de mim estava escuro. Tinha quase meio metro de largura. Havia algo dentro dele. Enfiei a mão e extraí uma espécie de pacote envolto em couro. O que era? Coloquei-o na mesa de minha alcova e o desembrulhei. Apareceram três cadernos, amarrados por uma corda fina.

Naquele exato instante, as *Memórias* pararam de tremer, como se, finalmente, tivessem cumprido sua missão, como se já pudessem descansar tranquilas, como se tivessem existido só para ter chegado até aquele lugar...

Foi assim que encontrei os três cadernos que serão apresentados depois desta humilde introdução e que quem quer que os tenha encontrado se dispõe a ler. Foram escritos e escondidos em sua cela pelo padre Stefan no outono de 1865, tal e como brotaram da voz do tenor que queria se libertar de seus tormentos antes de morrer: Ludwig Schmitt von Carlsburg.

Eu os li de uma só vez na mesma noite em que os encontrei, na mesma noite em que li as *Memórias de uma cantora alemã*. Oh, meu Deus! Que leitura! Que noite! As memórias obscenas de uma soprano seguidas dos luxuriosos pecados de um tenor... Em uma única madrugada!

Algo incomum aconteceu comigo depois da leitura daqueles cadernos. E também quero deixar isso registrado. Mas o farei no *addendum*, depois dos cadernos, para respeitar a mesma sequência em que vivi os fatos.

Ao acabar de ler, escondi os dois manuscritos, o do tenor e o da soprano, um em cima do outro, como dois corpos nus se amando no secreto esconderijo de minha cela. Não suspeitei naquele momento quanto sentido tinha o fato de que as memórias atribuídas à soprano Wilhelmine Schroeder-Devrient e a confissão de Ludwig Schmitt von Carlsburg estivessem juntas...

*

Por que o padre Stefan escondera aquela confissão nas paredes de sua cela? É impossível conhecer esta história e deixá-la reverberar na consciência. Qualquer um enlouqueceria! Escreveu-a para si mesmo. Suponho que foi uma espécie de exorcismo, uma forma de se libertar de seus demônios. Escrever é falar com todos e com ninguém, mas, ao fim de tudo, é falar. E ninguém conhece melhor do que um clérigo o poder de cura da palavra. Suponho que, vertida a confissão nos cadernos, o padre Stefan voltaria a encontrar a paz de espírito.

Levado, talvez, pelo desejo de completar o que padre Stefan começara, durante os anos que se seguiram ao achado, dediquei boa parte de meu tempo a localizar os escritos e a correspondência de Richard Wagner, o célebre compositor. Pareceu-me oportuno inserir entre as folhas daqueles cadernos, como o próprio padre Stefan fizera com as rosas, todo o material que encontrei sobre a gestação e a estreia de uma de suas mais apaixonantes óperas: *Tristão e Isolda*. Essas notas estão ordenadas cronologicamente e colocadas nos dias próximos aos acontecimentos relatados pelo tenor ao padre Stefan.

Dessa forma, se alguma vez este texto alcançar a luz, será possível compreender em sua justa medida a incrível sincronia que houve entre Ludwig von Carlsburg, hoje um cantor esquecido, e Richard Wagner, um dos mais geniais compositores dados pela Alemanha ao mundo. Como sacerdote e homem justo, sei que o tempo não é, como se afirma, um juiz implacável, mas sim o mais sutil dos cúmplices. O tempo encurrala a verdade dos fatos e se afasta para trás, sempre para trás, para trás... Sim. Talvez esta seja uma boa forma de definir a História: o esconderijo preferido da verdade...

Uma questão em que sempre pensei é a seguinte: por que o padre Stefan transcreveu a confissão como se fosse um ditado, na primeira pessoa? Refleti muito sobre isso até que me dei conta de que não poderia ter sido de outra maneira; assim era o padre Stefan: ficava ausente para se fazer onisciente. É impossível não ler estes cadernos nos quais não há uma só palavra saída de sua boca sem se impregnar de todo seu ser; é impossível não percorrer esta história sem sentir que a pessoa conteve seus hábitos; sem ouvir sua apaziguada e reconfortante respiração, aquela que conseguiu abrir de todo o coração daquele tenor...

Outros dos assuntos que tive de averiguar foi o que o padre Stefan fazia na distante Dresden em um momento em que devia estar nesta abadia de Beuron. Soube pelo padre Ignatius, o mais velho dos beneditinos desta congregação, que, no dia 18 de julho de 1865, o padre Stefan teve de viajar à capital da Saxônia para tratar de alguns assuntos eclesiásticos de suma importância. Alojou-se em um convento. É de se supor — e não creio que me equivoco — que, devido à escassez de sacerdotes católicos no norte da Confederação Germânica, alguém o localizou ali. Imagino que foi molestado e acordado em plena noite.

Posso imaginar o padre Stefan, qual médico convocado a atender a uma urgência, vestindo seus hábitos em silêncio para não negar a um homem o mais tardio dos sacramentos. Posso vê-lo na carruagem que o transportou pela cidade, as ruas desertas àquela hora intempestiva; posso imaginá-lo coberto por seu capuz de lã grossa para amortecer o nevoeiro que flutuava na noite, aquele vapor frio e noturno de Dresden que, mesmo no mês de julho, mistura a bruma, a chuva e o ar em um só fluido; posso ver em suas mãos a Bíblia, entulhada de marca, que hoje me pertence; posso ouvir os sussurros do padre Stefan durante o trajeto, repassando em sua mente as frases do ritual da extrema unção; e posso quase ouvir com total clareza a trêmula donzela sustentando uma lamparina de azeite, abrindo a porta e gritando pelo corredor com voz agitada:

— O sacerdote! O sacerdote! O sacerdote chegou!

# Cadernos do padre Stefan

*Estes três cadernos acolhem a confissão do tenor bávaro Ludwig Schmitt von Carlsburg que eu, padre Stefan, tive por bem ouvir três noites antes de sua morte, acontecida em 23 de julho de 1865.*

*Transcrevi a confissão do cantor em minha cela da abadia de Beuron durante o outono do mesmo "anno Domini".*

# Primeiro caderno

# 1

Sente-se, padre Stefan... Sim, sente-se aí mesmo, assim estaremos mais perto um do outro... Demoraram muito. Suponho que encontrar um sacerdote católico em Dresden não tenha sido simples... Minha voz já não é suficientemente nítida... Apaga-se como as lâmpadas de gás quando a ópera inicia seus compassos e a penumbra avisa ao público que o reino dos sons vai invadir o teatro. Do mesmo modo me apago. Minha voz está alquebrada, aturdida... Mal lhe resta luz.

Não desvie seu olhar, padre, tenho consciência de minha agonia. Não se trata de haver esperança ou não. Nesses momentos, a única questão é "quando": dois dias, quatro...? Não negue com a cabeça, não preciso de sua compaixão. Ninguém que esteja às portas da morte precisa de piedade. O senhor mesmo terá oportunidade de comprovar isso no dia em que estiver diante de seu próprio final. Ouvi certa vez alguém dizer que aqueles que sobem ao cadafalso rezam momentos antes que a corda cinja seu pescoço, mas não oram por sua alma e sim para que a dor seja mínima. O problema não é morrer e sim sofrer. A dor, a dor é a questão...

O médico que me atende é muito jovem, mas é bom; sim, é bom. Não sei que demônios me deu. Está vendo este frasco? É uma invenção moderna... Chama-se morfina. Estou certo de que o senhor tampouco ouviu falar dela. Não evita que a infecção se espalhe, mas pelo menos não percebo como me devora...

Bem, padre Stefan... Mandei chamar um sacerdote em plena noite porque preciso me desabafar, necessito que a verdade aflore à luz antes de minha morte. Quero narrar a história que durante tantos anos me vi forçado a ocultar, e que terminou me arrebatando a vida. Porque estou morrendo. Estou morrendo por causa da minha terrível condição, do meu segredo, do dom que recebi, um dom estreitamente ligado a uma condenação... Porque todo dom carrega implícita uma dor profunda.

Só posso narrar minha história a um homem de Deus, só um clérigo pode resolver a questão que me atormenta, a resposta à grande pergunta... E eu desejo lhe formular essa pergunta porque não quero morrer sem a resposta... Quero saber se o senhor está disposto a ficar comigo esta noite... Ficará ao meu lado até que amanheça, padre Stefan? Promete-me que aguentará até o final o relato de minha vida? Será suficientemente forte para suportar o horror de tudo quanto vou revelar? (...) Obrigado, padre, sabia que não me decepcionaria... Temos toda a noite pela frente. Depois, quando a aurora despontar, meu corpo voltará a despertar e a dor retomará sua trilha. Então os segredos terão terminado para mim e o senhor poderá partir.

Estou pronto para lhe explicar minha vida e o senhor ainda nem sabe quem sou... Meu nome é Ludwig. Ludwig Schmitt von Carlsburg, tenor profissional. Se for amante da ópera, sem dúvida terá ouvido meu nome... Vejo em seu rosto que não é assim; talvez lhe seja familiar o de meu pai ou conhecerá algumas de suas telas. Sim, sou filho de um dos pintores mais célebres da Confederação Germânica, autor das mais belas ilustrações da Bíblia que jamais foram realizadas, o dos afrescos do Palácio Real, encomendados a ele pelo rei Ludwig I. Meu pai é o grande mestre Johann Schmitt von Carlsburg. Sim, já vejo que conhece mais a obra de meu progenitor do que a minha...

Padre, o senhor poderia pensar — e não o julgaria mal por isso — que fui um daqueles filhos marcados pela grandeza de seu pai, aquelas pessoas que arrastam durante toda sua vida uma sensação de inferioridade como a dos anões deformados cuja terrível profissão consistia em fazer com que os monarcas se sentissem deuses. Sim, poderia ter sido assim, não nego, mas a fama e a genialidade de meu pai não foram um estigma para mim. Os motivos? Pensei nisso muitas vezes... Um ídolo nunca adquire sua condição por si só, mas sim pela adoração daqueles que o cercam. É a idolatria que faz um deus. E como pode haver adoração se o fetiche se ausenta de seu pedestal? Soube mais de meu pai pelas conversas de sobremesa e as telas que suas cartas descreviam do que pelas horas que ele passou ao meu lado. De fato, neste momento suas pupilas devem estar se desgastando sobre um andaime à tênue luz de uma abóbada, em algum retábulo de igreja vagamente iluminado por dezenas de círios ou sobre a tela de algum daqueles retratos que os nobres ainda lhe encomendam. Talvez por isso jamais desejei ser pintor: grande é o aborrecimento em relação a tudo aquilo que se interpõe entre um homem e seus anseios!

Mas atribuir sua ignomínia às ausências que sua profissão exigia seria esconder a verdade. Meu pai intuiu que uma ameaça me rondava desde o início. A sombra daquela premonição suscitava nele um temor tão grande que preferiu atenuar qualquer princípio de afeto, reconhecimento ou perdão. A negação de sentimentos é garantia de quietude, mas também recurso dos covardes. Meu pai sempre suspeitou. Esperava algo que nem ele mesmo sabia o que era; interrogava-me sem palavras.

## 2

Mas devo começar pelo princípio. Para compreender minha vida em sua justa medida, é preciso que primeiro eu lhe fale de meu dom.

Qual é a primeira recordação de sua infância? Sempre que pensei a respeito, as respostas ficaram em torno de um tato, um aroma ou uma imagem presa na retina. Sim, a sensação de uma carícia, o cheiro dos seios da ama de leite ou o rosto de uma mãe que contempla com infinito amor. Mas ninguém, jamais, evoca como primeira recordação... um som. Ninguém, exceto eu, Ludwig Schmitt von Carlsburg. Sim, padre, minha primeira recordação é o som da respiração da mulher que me amamentou. Ainda fecho os olhos e posso reviver aquele ofegar suave e cálido, o som do ar penetrando seu peito, o vaivém de seu corpo, o roçar de suas expirações ao resvalar por seu rosto...

Eis o meu dom: o poder sobre os sons.

Não me refiro ao fato de ser capaz de ouvir sons distantes ou amortecidos que outros não ouvem. Não é meu ouvido o dos galgos que levantam suas orelhas quando a presa se aproxima antes mesmo de o caçador intuir seu troféu. Não falo da capacidade dos golfinhos dos oceanos, que, segundo os marinheiros, são capazes de ouvir a quilômetros de distância os pedidos de socorro de náufragos e reagir. Não, não me refiro a isso. Minha capacidade auditiva é igual à de qualquer homem saudável. Ouço tanto quanto o senhor, padre Stefan, nem mais nem menos...

Meu dom não age em meus ouvidos, mas dentro de mim. Meu poder começa exatamente quando o som já atravessou meus tímpanos, quando abandonou o aparelho auditivo: atua em minhas entranhas. Dentro de mim os sons se decompõem em cada uma de suas partes mais essenciais e indivisíveis...

Como eu poderia lhe explicar...? Sim. Imagine um pintor genial que contempla o pôr do sol e sua pupila se arrebata diante de um tom alaranjado que só pode nascer da natureza caprichosa. O senhor e eu, se estivéssemos ao lado dele, veríamos apenas um tom maravilhoso. No entanto, o mestre das cores seria capaz de decompô-lo através de misturas e misturas que lhe revelariam a proporção exata das três cores básicas. Nós exclamaríamos: "Que belo tom laranja!" E ele responderia: "Não é laranja, mas um terço de amarelo com um terço de vermelho somado a um terço que resulte da mistura de um quinto de azul com um quinto de negro e três quintos de anil..." Ou se, por exemplo, na presença de um mestre da degustação, provássemos um sublime vinho espanhol e lhe disséssemos em uníssono: "Vinho tinto!", o gênio da enologia nos corrigiria: "É uva verde do norte da Espanha, misturada com cachos de Chardonnais e uva vermelha em um barril de carvalho inglês durante sete anos e meio. " O senhor e eu jamais teríamos podido adivinhá-lo, mas esses gênios saberiam no fundo de si mesmos que aquela maravilhosa cor e aquele vinho sublime não eram mais do que a combinação resultante daqueles poucos elementos essenciais e perfeitos, as unidades indivisíveis que já não podem se decompor, as cores básicas, os ingredientes originais.

Pois da mesma forma, padre, acontece dentro de mim com os sons. Se juntos em um bosque ouvíssemos um rangido, o senhor diria: "Alguém se aproxima", e eu lhe responderia:

*Inquieto temor*
*Engana teu ouvido.*
*Não é mais que o rumor da folhagem*
*Que sussurra suavemente,*
*Agitada alegremente pelo vento.*

E se, ao cabo de um momento, outro crepitar nos surpreendesse e o senhor perguntasse: "De novo o rumor da folhagem?", eu o corrigiria: "Desta vez não. Agora se trata de um javali que pisou folhas secas de bétulas sobre lodo fresco." O rangido percebido por nossos ouvidos teria sido exatamente o mesmo, a diferença residiria na capacidade de um e outro de decompor esses ruídos de forma precisa, em sua autêntica essência, em sua natureza intrínseca, no som que já não pode mais ser decomposto sem deixar de ser aquele som... Enquanto em seu interior viveria um uníssono, no meu, uma infinita gama de sonoridades independentes me permitiria debulhar a realidade em toda sua essência. Agora me compreende, padre? Compreende agora meu dom?

Eu não posso interpretar a vida nem conceber o mundo em sua justa medida a não ser através dos sons; eles me trazem a verdade, são uma linguagem única, universal, e ainda mais: uma linguagem absoluta! Pouco importam a visão, o tato, o olfato e o paladar. Poderia ser cego e meus ouvidos ouviriam mais do que qualquer vidente; poderia ser imune ao tato e reconhecer pelo som de seu tato os tecidos do mundo...

## 3

Minha infância não foi um despertar à luz e às coisas através dos olhos, mas através de meus ouvidos: eles absorviam tudo com a mesma voracidade que o oceano engole os barcos surpreendidos por um tornado. Explicou-me a mulher que foi minha ama de leite que desde meus primeiros meses mantinha os olhos fechados durante horas e horas. Só reagia aos ruídos, às batidas, às vozes, aos gemidos... Meus choros eram tênues como a luz do entardecer, mais apagados que os de outras crianças. Em tão tenra idade já lutava para que minha própria voz não enturvasse as frequências sonoras que penetravam em mim.

Meus pais temeram que fosse cego. Avisaram ao doutor Schultz, o médico de cabeceira de nossa família. Veio à nossa casa e o levaram até meu berço. Primeiro levantou minhas pálpebras com seus dedos. Depois ordenou que fechassem as cortinas para tentar que houvesse certa penumbra e pediu à minha mãe uma vela, que aproximou e afastou várias vezes de meus olhos. Minhas pupilas se dilataram e se contraíram normalmente.

— Ele vê — afirmou o doutor Schultz.

— E então? — perguntou minha mãe.

— Não sei. É como se não tivesse interesse em abrir os olhos, como se não precisasse disso para reconhecer seu entorno.

Depois estalou os dedos junto a meus ouvidos. Só então agitei minhas mãos e pernas.

— Parece reagir unicamente aos sons. Esperemos um tempo — recomendou o doutor Schultz.

Não abri os olhos até meu quinto mês de vida.

Isso aconteceu em nossa casa de Munique, na Josephspitalstrasse, bastante próxima das muralhas da cidade. Aí chegaram até meus ouvidos os sons de meus primeiros meses de vida: o latido dos cachorros, o choque das rodas das carruagens contra as pedras incrustadas na rua, os assustadiços relinchos dos cavalos, os golpes de martelo da serralheria que havia diante de nossa porta, o grasnido dos corvos, o surdo zumbido do vento ao deslizar pelos telhados, o eco das abafadas vozes dos vizinhos, os sussurros das piadas dos serviçais, os estalidos das panelas da cozinha, o sapateado dos pés ao pisar na madeira, o repicar dos armários ao se abrir e fechar, o rangido dos catres...

Eu dissecava todos esses sons dentro de mim até identificar cada um de seus componentes: a pedra, o ar, o metal, as vozes. Memorizava-os até torná-los meus, até reconhecer o último pedaço de cada frequência sonora.

Padre, o senhor sabe que as crianças quase não saem de suas casas. Por isso, passados os primeiros meses e devido à rotina de sonoridades inerente ao fato de se estar sempre no mesmo lugar, chegou um ponto em que os ruídos mal despertavam minha curiosidade. Todos já me eram familiares e eu imaginava — que ingênuo! — que tudo quanto ouvira até então era aquilo de que se precisava para conhecer o mundo.

Mas um bom dia, já com quase dois anos de idade, minha ama de leite me levou à Schrannen Platz, onde fica o mercado principal de Munique. Jamais poderei esquecer aquela primeira saída. Acostumado aos repetitivos sons de minha casa da Josephspitalstrasse, logo fui submerso na mais caótica das bacanais do ruído: no maior mercado da maior cidade do maior reino da Confederação Germânica. Vozes de mercadores, gritos de leiloeiros, passos e mais passos, dezenas de pés pisando, centenas... milhares! Sucediam-se uns atrás dos outros, como aplausos em um teatro, como gotas de chuva... Guinchos de galinhas degoladas, gemidos de lebres enjauladas, relinchos de asnos, mais vozes, mais gritos, tilintar de moedas, mãos que se estreitam, abraços de amigos, saudações de conhecidos, risos exagerados, o rangido das rodas da pedra de um amolador, a queda surda de sacos ao bater no chão, o roçar de cestas amontoadas para dar lugar a mais uma cesta o bater de palmas pedindo a atenção dos clientes, uma chicotada sobre o lombo de um cavalo rebelde, as batidas de um vagabundo em um copo de lata para despertar a caridade dos passantes, a fricção dos tecidos de seda apalpados por frenéticas mãos atrás de uma pechincha, bengalas batendo em seco contra a pedra, as lonas que cobrem as barracas do mercado infladas pelo vento, o agudo assovio das lâmpadas de gás ao serem sacudidas no ar, gritos, mais gritos de mercadores...

Minha alma não me deu trégua. Foi como se cavalos em debandada passassem por cima de mim. Não podia imaginar que eram tantos os sons que ainda precisava conhecer. Naquela noite não consegui dormir. Meu cerne fervia porque me esmerava em reter todos aqueles sons que descobrira em uma única manhã, precisava separá-los até chegar à última natureza de cada ruído do Schrannenmarkt: metal, couro, madeira, vento, lona, vozes, pedra, vidro, folhas, pele, lã... Não podia ainda reconhecer nada disso com a visão, mas não tinha importância: eu os ouvira, já eram meus, estavam na minha memória e, portanto, me pertenciam.

Minha cabeça fervia. A febre aumentou e minha mãe me enfiou na água fria para abaixar a temperatura do corpo. Não serviu de nada. Os sons continuavam reverberando dentro de mim para me mostrar que eu ainda não sabia nada do mundo, que ainda me faltavam infinitos sons para conhecer, compreender e decifrar.

Entre os dois e os quatro anos, tanto meus pais como minhas babás, como se faria com qualquer criança, foram me levando aos mais diversos lugares da cidade e seus arredores. Conheci então novas sonoridades: o fluir da água do Eisbach quando me levavam para passear no Englischer Garten; os gemidos dos gatos que se acasalavam nos telhados da Residenz; o repicar da chuva na água quando visitamos o lago Starnberg; a tosse de um doente de tifo quando íamos visitar o tio Johann; o zumbido das abelhas ao sorver o néctar das flores nos prados mais além do rio Isar; o ranger da madeira das cabanas dos guardas-florestais bávaros; o gemido das parturientes; o estalido das salvas de fuzil da Guarda Real; o uivo dos dementes de um sanatório; a música do órgão da Frauenkirche; as exageradas lamentações das carpideiras dos funerais que desfilavam pela Neuhauserstrasse; o crepitar das fogueiras das festas populares alemãs...

Enchia-me das sonoridades da Terra; infinitas em aparência, mas poucas em essência; complexas em sua frequência, mas diáfanas em sua estrutura.

Aos cinco anos de idade, decidi que era o momento de aprender a matizar, e assim me dediquei a distinguir entre o infinito leque de possibilidades de cada frequência. Citemos um exemplo simples: o tangido de um sino.

Aparentemente, um sino soa como um sino. É uma frequência única. Mas, para mim, criado para dominar e subjugar as sonoridades, não era suficiente. Quando passava, de mão dada com minha mãe, ao lado de qualquer um dos campanários de Munique, me sentava no chão e me recusava a continuar caminhando. Ela puxava meu braço para me obrigar a caminhar. Eu me deixava cair com todo meu peso. "Outra vez, Ludwig? O que está acontecendo com você?" Eu não respondia. Ela se desesperava e me repreendia com indignação. Depois de alguns minutos, quando o ponteiro chegava ao quarto, à meia ou à hora inteira, o sino tocava. "Cale-se agora, mãe! O sino está tocando!", eu exigia. Aguçava o ouvido e me deixava penetrar pelo grave e fundo ressoar do metal. Aprendi a distinguir todas as variedades e tamanhos de sinos. Um ano depois, já conhecia mais de duzentos sons diferentes e como o material e o tamanho de seus elementos intervinham no timbre do toque: o comprimento do pêndulo, o diâmetro do corpo principal, o volume do jugo, o ângulo da oscilação... E só pelo toque longínquo eu adivinhava se se tratava de um carrilhão de igreja, um sino de bronze, outro de ouro, um que está sobre o campanário, um externo, os de ferro, os de liga, os fundidos na Saxônia, os construídos na França ou trazidos da Espanha...

Fiz a mesma coisa com todos os sons do mundo. Consegui multiplicar por dez — o que estou dizendo! Por cem! Por mil! — os sons que viviam em mim. E registrava os resultados em minha memória: uma incrível coleção de sonoridades, um formidável tesouro de frequências. Sentia a sensação do rico terra-tenente que reconta sua fortuna, um poder de rei ou imperador, o mundo se prostrava aos meus pés, eu o possuía, era meu e só meu porque seus sons me pertenciam. E mergulhado em uma incontrolável gula, absorvia e absorvia para me satisfazer e saciar.

Minhas incontáveis autópsias de sons afiaram tanto minha perspicácia que, aos oito anos de idade, era capaz de determinar a origem exata de qualquer ruído. Quando eu estava dormindo e uma visita noturna vinha à minha casa, da cama podia, pela saudação, passos e movimentos do visitante, adivinhar o tecido de suas roupas, o aspecto de seu rosto e o estado de seu corpo. Porque, padre Stefan, não tenha dúvida: não é o mesmo o som das dobras da seda e as do algodão, que, por sua vez, é bem diferente das dobras da lã; e não soa igual a voz de uma pessoa que está com calor e a de outra que sente frio; nem rasga o ar com o mesmo assovio um imberbe e um homem dotado de barba áspera. Não, não soam igual. Para a maioria das pessoas não há diferença. Mas, no meu caso, as diferenças não eram apenas evidentes: se apresentavam com a mesma clareza com que os olhos recebem a luz do dia.

Eu tentei explicar aos meus pais o que me acontecia com os sons, mas me proibiram de falar do assunto. Aconteceu depois de uma reunião de família. Celebrávamos o nascimento de Jesus Cristo junto à árvore de Natal de que os bávaros tanto gostam. Estávamos na casa de um irmão de minha mãe. Um tio-avô de idade avançada, vovô Klaus, disse não ter fome, e assim não se sentou à mesa com o restante da família. Ficou lendo um livro de poemas na biblioteca contígua à sala de jantar. Excepcionalmente, em um dia tão importante os menores comiam na mesma mesa dos pais. O jantar transcorreu normalmente. Brincadeiras entre familiares e uma ou outra piada trocada entre os adultos. Mas, na metade do jantar, ouvimos, vindo da biblioteca, uma cadeira se mexer, aquele som tão característico de pés resvalando no chão. Um rangido agudo sem importância: o vovô Klaus podia ter encostado na mesa ou, simplesmente, afastado a cadeira para se levantar. Ninguém fez nenhuma observação.

Mas eu sentenciei:

— O vovô Klaus morreu.

Todos se calaram e puseram os olhos em mim. O semblante de meu pai, que sempre estava com a gente nas datas mais importantes, ficou lívido:

— O que você disse, Ludwig?

— O vovô — repeti — acaba de morrer. Na biblioteca.

— Foi só a cadeira dele, Ludwig — replicou meu pai com indignação.

— Não — eu afirmei com autoridade e exatidão. — De fato, o vovô Klaus morreu.

Toda minha família, tios e primos, continuavam com os olhos postos em mim. Só se ouviam as respirações. Pareciam incomodados, como se estivesse fazendo uma brincadeira de mau gosto. Meu pai se levantou lentamente e, depois de me dirigir um olhar severo, como se estivesse dizendo que ia me dar uma boa surra, foi até a biblioteca.

Mal atravessou o umbral ouvimos um grito dilacerante.

— Um médico! Um médico!

Naquela noite, meu pai me visitou em meu quarto. Pensei que ia aceitar, finalmente, minha condição, entender que seu filho era dotado de um poder.

— Não adivinhei; ouvi — tentei lhe explicar. — Todos vocês ouviram a cadeira, mas eu ouvi mais coisas naquele rangido: como sua mão golpeava seu peito, como fechava o punho e sua camisa se enrugava, como o livro caía no chão, como fincou os joelhos para depois expirar. Todos esses ruídos estavam ali, só era necessário separá-los.

Abaixando a voz, me disse em tom ameaçador:

— Não volte a me aborrecer — respondeu sem sequer procurar compreender o que eu dizia. — Por muito menos, não tanto tempo atrás, queimavam inocentes acusados de estar possuídos pelo demônio... Não quero que você ande explicando coisas que só lembram a magia negra, Ludwig. Não vai falar nada a ninguém sobre isso. Está claro?

Meu pai era um homem muito religioso, muito temente a Deus para aceitar qualquer coisa sobrenatural que não viesse do Céu. Sua vida transcorria com os olhos nas cúpulas pintando motivos celestes. Como iria aceitar que seu filho tivesse um dom divino? Para meu pai, aquilo só serviu para confirmar suas suspeitas: eu era um ser alheio à sua natureza, ao seu próprio destino e à paz interior que sua inspiração requeria. Eu só pude interpretar aquela rejeição como medo, um pavor de origem desconhecida.

A partir daquele acontecimento, decidi que nunca mais compartilharia meu segredo com ninguém. E não precisava. Eu me bastava. Eu e os sons. Porque eu, Ludwig Schmitt von Carlsburg, com nove anos de idade achava que já ouvira tudo, que conhecia tudo o que dizia respeito às sonoridades da Terra e que não havia nenhuma ressonância nova para mim.

Mas estava equivocado. Faltava-me descobrir uma.

## 4

Uma noite acordei sobressaltado, empapado de suor. Como o ourives que sente falta de uma pérola magnífica, senti que faltava um som dentro de mim. Não sabia qual, mas podia qualificá-lo: era uma frequência única, a mais desejada, um som perfeito, celestial, mágico e eterno. Não era uma constatação real nem tangível, mas sim uma sensação, uma certeza inconsciente. Sim, faltava uma frequência na minha sonora biblioteca de Babel. Levantei-me e passeei pelo meu quarto tomado pela aflição. Onde estava aquele som oculto e perfeito? Por que aquela carência? Sentia um vazio no estômago. Faltava-me um som e nem sequer sabia qual era. Um medo terrível me invadiu: e se aquele som me rejeitasse? E se jamais conseguisse me impregnar dele? E se a frequência mais desejada se transformasse em um segredo eterno? Se o manjar mais delicioso me fosse negado... O que seria de mim? Decidi que, a partir daquele momento, me dedicaria por inteiro a devorar as sonoridades da Terra em busca do Graal dos sons. Eu, Ludwig Schmitt von Carlsburg, gênio dos sons, não podia tolerar aquela afronta. Procuraria com frenesi aquela sonoridade até o fim dos meus dias, se fosse necessário.

Virei um escravo de meu próprio poder. Minha mente trabalhou dia e noite, até mesmo enquanto dormia. Não podia deixar de analisar a mais ínfima sonoridade que chegava até meus ouvidos. Quando ouvia uma pisada no andar superior, começava imediatamente a dissecá-la: sola de couro, pele de sapato, chão de carvalho, cola seca, pregos enferrujados, verniz desgastado e caruncho. "Nada de novo, Ludwig — pensava —, nada de novo, fique tranquilo, todos esses sons já são conhecidos."

Então a tensão se dissipava e eu voltava a relaxar. Mas só durante alguns instantes, até o som seguinte, no qual ela voltava a submergir, esperando encontrar aquele maná distante e inacessível.

Dissequei ruídos, decompus vozes, separei zum-zuns, me embebi de rumores e me untei com estrondos... Esta era a minha vida, padre: misturar sem parar, combinar, exagerar e minimizar, transpor, inverter oitavas, sons enredados, algaravias ampliadas, estrépitos diluídos, fragores agitados e barafundas sossegadas.

Mas eu não tinha o suficiente, a gula ou a luxúria poderiam ser consideradas pecados veniais se fossem comparadas à fruição com que eu debulhava os sons do mundo.

Imagine a tortura a que me via submetido. A procura daquele som se transformou em uma obsessão doentia. Não podia descuidar de nada porque qualquer ruído poderia abrigar a tal sonoridade desconhecida. Uma ligeira desatenção implicaria a perda definitiva daquele segredo majestoso e perfeito que buscava ao azar. Tornei-me uma sentinela sem rendição, em permanente vigília. Minha existência se tornou angustiada; minha obsessão, maior que a de um marido ciumento. Vivia em tormento contínuo, em um pesadelo. Porque, no fundo de meu ser, em meu âmago mais profundo, no meio daquele turbilhão de ruídos que retumbavam em minhas têmporas, se abria um abismo, um vazio que não me dava trégua: precisava do som pelo qual os homens e as mulheres venderiam sua alma ao diabo, o som que produz a vida, a origem de todos os sons, a chave de todos os segredos.

## 5

Depois de um ano inteiro, senti que não aguentava mais, estava esgotado pela frenética tarefa de decompor tudo que chegava aos meus ouvidos. Eu passara muito tempo dissecando sons. Sentia-me como o glutão depois de um banquete, cheio, preenchido, aquela sensação de estômago revolto sentida por quem não conseguiu digerir tudo o que engoliu: o enjoo que precede o vômito.

Em uma tarde de março, cheguei em casa cambaleando como um bêbado. Subi as escadas e me tranquei em meu quarto. Tinha náuseas. Sentia-me mareado, débil e febril. Depois de meses engolindo sons, desejava expulsá-los. Mas não podia fazê-lo em minha casa, cercado pela minha família. Era uma coisa que eu devia fazer sozinho. Abri a janela e saí. Apesar do enjoo, escalei a fachada, arriscando-me a cair. Olhei para baixo. Tudo girava. Administrando minhas escassas forças, apoiei-me na chaminé e cheguei ao telhado. Deitei. Estava como drogado, em uma espécie de alucinação. Depois desfaleci.

Passadas algumas horas, fui despertado pelos gritos de minha mãe e de meu pai. Vociferavam meu nome rua acima e abaixo, pois minha ausência se prolongara além do habitual. Eu não tinha forças sequer para me levantar ou responder aos gritos de meus pais. Continuava tombado sobre o rígido colchão de telhas, meu corpo estava entorpecido e exausto. A noite chegou. Ouvi sua conversa com os esbirros denunciando meu desaparecimento; ouvi a altas horas da madrugada a reverberação da angustiada e esgotada voz de meu pai subindo pelo buraco da chaminé. Tentei ficar em pé, mas meu corpo não obedecia às minhas ordens.

Voltei a adormecer, ou talvez tenha perdido a consciência, não poderia precisar. Ao cabo de algumas horas, fui despertado pelas minhas próprias convulsões. Era já plena madrugada. Precisando me esvaziar como um cântaro que transborda, me vi vomitando, mas não comida e sim... sons. Convulsões terríveis levantaram meu abdômen, me produziram engulhos e emiti uns ruídos enrugados e ácidos. Os sons atravessavam minha garganta como jorros, na forma de ruídos espantosos e abafados, próprios de um animal enjaulado.

Fiquei assim por cerca de uma hora, até que os músculos de meu abdômen começaram a tremer de esgotamento. A sensação de fastio se dissipou, meus tremores epiléticos cederam.

Recuperei-me ligeiramente, mas notei que ainda restava muito a expulsar. Então, passei eu mesmo a provocar os espasmos. Contraí meu abdômen, aspirei ar, levantei o palato e uma sonoridade saiu das minhas entranhas e chegou ao exterior. Oh, padre, que grande achado! Assim como as pessoas pegam cerejas em uma árvore, eu tinha o dom de escolher e emitir os sons que se revolviam dentro de meu corpo. Tinha poder sobre as sonoridades! Incorporei-me totalmente. Meu torpor desaparecia, minha febre baixava. Recuperei, pouco a pouco, a sensação de bem-estar.

Continuei extraindo os ruídos que se revolviam em meu ventre através de ligeiros gemidos e onomatopeias guturais. Mas eles tinham um aspecto terrível. Qualquer um que estivesse ouvindo pensaria que contraíra raiva, que era um louco ou um monstro. Cabia dissimular aqueles ruídos ásperos, cinzelá-los como um escultor que suaviza as arestas de sua obra. Fiquei em pé e acariciei os ruídos amorfos do mundo com minhas cordas vocais.

E, de repente, soou uma nota.

Voltei a experimentar. Outra nota viu a luz da noite.

Estremeci. Minha laringe transformava os ruídos, dando-lhes uma estética formal. Devolvia ao mundo suas frequências, mas não como a Mãe Natureza as entregara a mim; vesti-as com trajes de gala, dava beleza à sua banal condição mecânica. Eu, Ludwig Schmitt von Carlsburg, disfarçava os sons da Terra com minha voz.

O resultado foi incrível. Os ruídos se vestiam de notas. Não eram simples notas, pois conservavam a essência dos sons de onde provinham. Sedutoras máscaras venezianas que escondiam rostos desfigurados.

Não me refiro a uma imitação, padre, pois uma imitação consiste em se assemelhar à realidade; na verdade, pegava qualquer cor da palheta de meus sons internos e, depois de misturá-los, apresentava-os ao exterior com a mesma pureza, em sua frequência correta, em sua tonalidade exata, a partir de sua verdadeira e última essência... Em forma de música.

Cantei uma canção alegre. Para isso, recorri ao delicado fluir de um arroio, ao tilintar das risadas das meninas, ao assovio de um camponês alegre que volta do trabalho. Todas aquelas frequências, impulsionadas pelo meu interior, fizeram vibrar minhas cordas vocais e produziram uma melodia cuja alegria contagiou o mais pessimista dos mortais que dormia em Munique.

Depois quis uma melodia que despertasse a ternura. Depressa, procurei dentro de mim o ronronar de um gato adormecido, os rangidos da lenha que se contrai ao calor do fogo e o som cálido do roçar de uma manta que cobre uma criança. Uni-os, temperei-os e, partindo do meu abdômen, esses sons esfregaram minhas cordas para produzir um registro que transformou em santo o mais desapiedado dos homens da cidade.

Quis experimentar uma canção militar. Recuperei de meu celeiro de frequências um galope de cavalos, estalidos de espadas e o retumbar de um trovão. Acariciei-os com minha garganta e produzi a mais entusiasmada das marchas.

Depois desejei uma canção triste. Peguei a batida da chuva em uma janela, a monótona sensação de uma corda de violino e o inconfundível eco de uma procissão... Aqueles sons, disfarçados pela minha voz, despertaram a melancolia no mais impávido coração da cidade.

Meus pais não foram os únicos a despertar com aquela música celestial, mas sim todos os vizinhos da Josephspitalstrasse. Um menino na contraluz da lua, qual gato solitário, sob o estrelado céu bávaro, entoava uma melodia que os estremecia. E não acordaram apenas os que viviam na minha rua, mas também as pessoas do bairro vizinho e de toda a cidade. Munique inteira acendia uma lâmpada ou uma vela. Todas, absolutamente todas as janelas da capital da Baviera se iluminaram. Em plena madrugada, milhares de cidadãos aguçaram o ouvido em direção ao telhado de onde vinha aquela frequência celestial. Munique era uma cidade de sonâmbulos, uma cidade enfeitiçada rendida aos meus pés, submetida à minha voz. Homens e mulheres, anciãos e crianças, sãos e enfermos, religiosos e laicos, em silêncio, turvados pela emoção, possuídos pela minha voz, a fonte sonora mais pura e perfeita que, sem dúvida, haviam ouvido em toda sua vida.

Quanto prazer! Era uma balbúrdia de poder e solidão que, acima de tudo, dava-me segurança: a certeza de que era eu quem produzia sons; de que não era seu objeto.

Não houve um único habitante de Munique que não chorasse naquela noite, nem um só cuja pele não florescesse de emoção, nem uma só alma que não encontrasse em seu âmago um sentimento tão profundo que se tornasse indefinível. Todos eles, inclusive meus pais, se deixaram levar pelos sons emitidos por mim e imploraram à minha voz, como quem ora a Deus em seu interior, que, além de todas aquelas melodias, além de todos aqueles sons, emitisse mais um som, um que lhes fazia falta... Um som infinito que não encontraram, uma nota que não reconheceram porque ainda não morava em mim.

Quando acabei de cantar, o sol surgiu no horizonte duas horas antes do habitual e parou até deixar que as horas o alcançassem de novo, nenhum pássaro cantou e nenhum galo ousou saudar o dia. Em suas casas, as pessoas voltaram a se conciliar com o sono e seu instinto, mente ou alma transformaram aquela audição noturna em um sono onírico e sensual. Desapareceria de sua memória, esqueceriam para sempre que o som dos sons lhes fora negado. Era o único modo de evitar mergulhar na tristeza mais profunda, uma tristeza a qual nenhum deles teria conseguido sobreviver.

## 6

Agora que minha voz transformava os sons em notas, podia fascinar quem quisesse. Não havia frequentado aulas de canto, não me exercitara nas técnicas de impostação de voz nem na adequada respiração, mas dispunha dos ingredientes necessários para evocar qualquer sentimento e emoção ou produzir qualquer efeito.

As pessoas adoram as vozes, a música, as melodias e as canções. Eu reproduzia canções populares e infantis diante do estupor daqueles que me ouviam.

Meu pai, que até então me mantivera afastado de suas amizades e de seus clientes, mandava me chamar quando uma visita aparecia em nossa casa.

— Ludwig, cante algo belo... Ouçam. Ouçam... Outra, Ludwig, nos acaricie com outra canção.

— Que prodígio!

— Que maravilha!

— Mas de onde saiu esta voz?

Permita-me sorrir. Meu pai aplaudiu o que antes abominava. De temido a querido! De condenado a louvado...! Ele não quis saber nada sobre a inundação de sons de que havia sido objeto durante anos e, no entanto, admirou de fato a versatilidade de minha voz. Que grande absurdo! Não percebia que era a mesma coisa que tornava aquilo possível! O que admirava não era nada além dos sons que viviam em mim exteriorizados pela minha voz! Mas assim são os homens. O importante não é a causa, mas a consequência. Meu pai, artista de alma e profissão, me encaminhou em seguida para a música. Antes de me ouvir cantar, achava que eu era um produto do demônio, mas o fato de a beleza ter surgido em mim me deu crédito, pelo menos temporário. Achou que a arte poderia me salvar, redimir minha culpa... Para ele, a arte era a expressão máxima da alma, a sublimação do sentimento humano e, portanto, o perdão de Deus.

Contratou um professor de música: o professor Klemens, um pianista medíocre que combinava seus raros concertos em teatros de cidades medianas com aulas para filhos de burgueses. Os concertos alimentavam suas esperanças; as aulas, seu estômago.

O professor Klemens vivia em um pequeno apartamento da Türkenstrasse, perto do Conservatório de Música de Munique. Como era solteiro, transformara a principal sala de sua casa em um verdadeiro estúdio de música. O aposento continha quatro modernas estantes metálicas, dois violinos usados, quadros com retratos de compositores alemães, um piano de cauda de madeira, um pequeno clavicórdio que precisava de conserto e enormes estantes infestadas de livros de teoria musical, além de partituras. Guardava desde canções populares italianas até *Lieder*, passando por algumas peças de ópera e um ou outro libreto.

O professor Klemens não triunfara como pianista devido às deficiências de seu senso estético. Do ponto de vista técnico, suas execuções eram impecáveis, mas um intérprete, seja de um instrumento de corda, madeira, sopro ou de voz, deve possuir também um profundo senso de beleza e expressão, qualidades que o professor Klemens não tinha. Era um grande teórico e sua agilidade era máxima, mas suas interpretações eram burocráticas e frias. Sua música era desprovida da emoção das almas apaixonadas.

Não estava previsto que eu recebesse aulas de canto. Meu pai lhe ordenou que apenas me apresentasse o mundo da música, que me ensinasse as bases da teoria musical, que me colocasse em contato com o solfejo e, só se considerasse pertinente, abordasse alguma canção.

Depois de meia hora de explicações sobre as cifras musicais, o professor Klemens foi a uma das estantes para pegar um caderno. Eu olhei seu piano, colocado no outro lado da sala. Já lhe dissera que minha obsessão pela procura de uma sonoridade desconhecida me obrigava a prestar atenção a qualquer fonte sonora para dissecar imediatamente sua frequência e certificar-me que não continha nada de novo. Já ouvira alguns pianos e cravos, mas aquele era de fabricação moderna. Levantei-me, me aproximei do instrumento e pressionei uma tecla ao acaso.

Cataloguei rapidamente aquela ressonância: filtros de pano percutindo uma corda metálica.

O professor Klemens se virou e ficou me observando. Mas me deixou continuar.

Pressionei uma segunda tecla.

E voltei a encontrar um martelo de feltro que impactava uma corda metálica tensa; pressionei uma terceira nota para, logicamente, encontrar a mesma coisa; e assim aconteceu com a quarta, com a quinta... Com todas elas.

Quer dizer que, analisada uma tecla, estavam analisadas todas; ao identificar a origem de uma nota do piano, identificava o resto. Não era necessário ficar atento à natureza dos sons que surgiam. Eram apenas reiterações, uma atrás da outra! De acordo, em diferentes níveis de agudos e graves, mas sempre feltro e metal. Por uma única vez em minha vida podia me deixar levar e me esquecer de analisar os sons!

O professor Klemens percebeu a minha reação, pois deixou de lado o caderno que pegara na estante, se aproximou e se sentou ao piano.

— Espere, tocarei uma escala completa. Vou lhe mostrar como as notas se sucedem.

E executou várias escalas.

Escalas! Que achado! O mundo me dera de presente milhares de sons básicos que não seguiam nenhuma ordem. Era como se um homem tivesse em sua biblioteca todos os livros do mundo sem saber que podiam ser ordenados alfabeticamente. Quem poderia sobreviver nesse caos? Era assim que os sons se alojavam em meu interior: em absoluta desordem. Sim, padre, eu podia localizá-los, encontrar e reconhecer à minha maneira, mas sem método. Infinitos timbres sem nenhuma gradação; infinitas frequências sem uma lógica determinada. Descobri em seguida que as escalas eram a lógica dos sons, uma sutil progressão de sonoridades encadeadas em intervalos simétricos.

Um tom, outro tom, e meio tom; um tom, outro, outro, e mais um meio. Isso fazia uma escala. E depois para baixo: meio tom, um, dois, três. E de novo a mesma coisa. De repente, os sons caóticos que se remexiam dentro de mim começaram a se alinhar como soldados que se formam e desenham retângulos humanos perfeitos. A anarquia sonora que me possuía se desvaneceu. Da mesma forma que um matemático resolve uma igualdade — a relação existente entre duas grandezas iguais —, alcancei o equilíbrio entre os sons do exterior e os do meu corpo ao descobrir as escalas maiores, menores e cromáticas.

Com autoridade, quase com violência, interrompi o balé de seus dedos e lhe ordenei:

— Uma peça, professor Klemens, toque uma peça qualquer.

Meu mestre afastou as mãos do teclado e me fitou. Eu o atravessei com o olhar.

— Eu lhe pedi para tocar alguma coisa.

O professor Klemens intuiu que alguma coisa acontecia comigo. Condescendente, tocou uma sonatina de Haydn.

E aconteceu outro milagre. Não tendo de me ocupar com qualquer tipo de análise, estava inteiramente livre para me deixar inundar pela melodia. Exatamente porque não havia nada a decompor, pude sentir... A música de um instrumento me permitia desfrutar os sons. Martelos gêmeos produziam sons que se combinavam através de infinitas formas para transmitir sentimentos. Dezenas de notas e um único timbre. Que paz interior!

Como não iria ser arrastado pela música? Fora dela: caos, ansiedade e frio; cercado de notas: ordem, paz e emoção.

— Quero cantar uma escala — pedi ao professor Klemens.

Fazia parte do que acordara com meu pai e por isso não se recusou.

Dominei as escalas em poucos minutos. Minha entonação era perfeita. O professor Klemens percebeu que eu tinha uma tessitura e uma afinação formidáveis.

— Uma canção, professor Klemens, comecemos a cantar.

— É muito cedo, Ludwig — se recusou o professor —, é uma leitura muito complexa, você deve primeiro se soltar solfejando e aprender o resto das claves.

Mas eu repliquei:

— Ou dedicamos o resto da aula a cantar canções ou o senhor pode se esquecer do dinheiro que meu pai lhe paga.

Qualquer professor de meninos burgueses sabe que, para que seus honorários não sejam ameaçados, os alunos devem voltar a suas casas sem criticar as aulas e por isso cedeu imediatamente.

— Experimentemos isso aqui.

Era uma canção popular de estrutura muito simples. Primeiro a tocou para que eu ouvisse a melodia.

— Não a repita, é suficiente — eu lhe disse.

Olhou-me com descrédito.

Mas cantei acompanhado pelo piano e minha execução foi impecável. Ele concordou com a cabeça, reconhecendo que eu estivera muito bem, sim, sem dúvida aquilo soara bem. Pediu-me para repeti-la. Soou ainda melhor. Deu-se conta de que minha voz era excepcional. Virou as folhas do caderno procurando uma canção menos simples.

— Vamos ver, Ludwig. Cante isso.

Assim, uma atrás da outra, interpretei mais cinco canções, cada uma mais difícil que a anterior.

Absorto, o professor Klemens fechou o caderno e me propôs experimentar uma peça mais complicada: *An die Musik*, de Schubert, uma preciosa ode dedicada à música. Usei um registro vocal pelo qual qualquer cantor de ópera teria vendido sua alma ao diabo. Não representou esforço algum. O professor Klemens fechou a partitura e me olhou com os olhos arregalados. Levantou-se do piano e foi até uma pasta cheia de canções. Não importava; uma melodia atrás da outra, produzi a combinação de sons que melhor se encaixava naquelas composições. Que sons, padre, que sons! E não apenas a melodia, mas também o acompanhamento. Não só entoei a frequência da tônica e a dominante, mas também os harmônicos completos de cada nota. Não cantei notas, padre, cantei verdadeiros acordes.

O professor Klemens começou a suar. As mãos estavam geladas e sua testa fervia. Suas lentes se desprenderam e ele as colocou de novo sobre o nariz com um movimento lento e nervoso.

Então, pegou em uma estante um livro de árias. Cantei todas que me pediu. Das árias simples passou às mais difíceis. Uma de Mozart, outra de Salieri... E depois duetos em que ele mesmo me acompanhou com sua voz. Executei todas com inconcebível maestria, levando em conta que ainda não sabia nada das técnicas de canto, de postura corporal ou de impostação. E não era só minha extensão vocal, mas sim as texturas que imprimi em minha voz: a do som do vento, da neve, da pele, da seda... Inundei o professor Klemens com frequências irreconhecíveis: o som dos beijos, dos abraços, dos risos... Ele não podia reconhecê-los, mas a emoção que despertaram em seu corpo era indescritível.

As mãos do professor Klemens começaram a tremer e ele deu três notas em falso. Eu percebi. Tinha medo, um medo atroz. Parou. Então me pediu que repetisse as notas do piano, uma a uma, começando por uma das mais graves que uma voz pode cantar: um *lá 1*. Entoei todas até chegar a um *si 4*, um registro elevado, próprio de soprano. Meu registro alcançava desde um baixo até um soprano, passando por um contralto: cinco oitavas!

Como o professor Klemens não estremeceria?

— A aula terminou — disse-me com a tez branca como a neve. Diga a seu pai que preciso falar com ele urgentemente.

Quando o professor fechou a porta de sua casa, ouvi do lado de fora como, apoiado contra o outro lado da porta, ele ofegava com ansiedade para acabar mergulhando em um soluço nervoso.

# 7

Tivemos de esperar que meu pai voltasse da Itália, onde estava naqueles dias, contratado pelo Vaticano.

— Seu filho não é normal — ouvi o professor Klemens lhe dizer do corredor que dava à sala de música. Ou é um filho do Maligno ou é filho de um deus. Tem um dom, Herr Schmitt, tem um dom. A capacidade modular de sua voz, sua extensão, as notas que alcança... Não ouvi nada igual em toda minha vida. Estamos, sem dúvida, diante de um prodígio da natureza... O que estou dizendo? Diante de um ser sobrenatural! Dei-lhe uma ária de Mozart, Herr Schmitt. Uma ária de Mozart! Só precisou ouvi-la uma vez. Na segunda execução, toquei sem melodia. Só o acompanhamento! Seu filho... Cantou-a com perfeição, com todas as apojaturas e trinados que só um tenor com vários anos de experiência poderia conseguir. Pedi que o chamassem porque... O senhor vai ver... Eu preciso dessas aulas, não sei como lhe dizer... Perderei um aluno, mas não posso cometer a imprudência de formar este garoto. Meu método é muito intuitivo, não sou mais do que um professor de meninos cujos pais deixam sob minha responsabilidade à tarde. Ele não deve ficar aqui... Não seria justo... Deve ir a um lugar especializado, uma escola de canto onde o formem musicalmente para torná-lo o cantor mais brilhante da história. Porque, Herr Schmitt, não tenha dúvida, seu filho Ludwig não será um cantor... será *o* cantor.

Meu pai ouvia com atenção. Ouvi do corredor como sua respiração se acelerava, uma profunda ansiedade se revolveu de novo nele. Sem dúvida se arrependeria da trégua que concedera à diabólica imagem que sempre teve de mim. Respondeu:

— É muito cedo para levá-lo a um conservatório... Além do mais, daqui a pouco vamos mudar para Dresden...

— Queria lhe falar exatamente sobre isso: há um lugar ao sul de Munique... É um internato para meninos da idade de Ludwig: a

Gesangshochschule. Seu coral infantil é o melhor da Europa. Ali Ludwig poderia dar continuidade aos estudos gerais e, ao mesmo tempo, ter aulas de canto. Dedicam duas horas diárias à música. É uma escola cara, Herr Schmitt, mas, sem dúvida, o talento de seu filho merece tal esforço.

Meu pai respirou fundo várias vezes, se sentou em uma cadeira e, passando a mão pela testa, em uma atitude cansada, disse:

— Sim, nós iremos a Dresden e Ludwig ficará na Baviera. Sem dúvida alguma Ludwig merece esse esforço...

## 8

Era o mês de novembro e um lençol de neve cobria os telhados da cidade. Na cabine de uma carruagem rebocada por dois negros cavalos, meu pai e eu, guiados por um cocheiro, abandonávamos Munique pelo sul para pegar o caminho que levava ao lago Starnberg. À medida que no afastávamos da capital bávara, o frio ficava mais intenso e as camadas de neve que se estendiam em ambas as margens aumentavam de espessura. O céu era de uma cor ainda mais branca que a neve.

Penetramos nos bosques espessos do sul de Munique. As árvores ao nosso redor se erguiam como gigantes de madeira formando uma muralha impenetrável. Os abetos estavam tão perto um dos outros que entre um tronco e outro não cabia mais nada. Restos de neve dormiam sobre seus galhos, criando um contraste tal que a vegetação parecia tisnada de negro. Os galhos subiam e subiam até o céu, formando uma gigantesca teia de aranha, um teto que impedia a luz de penetrar no bosque e transformava o caminho em verdadeira caverna. Luz da tarde disfarçada de lua cheia. Uma paisagem de penumbra, fantasmagórica, e ainda assim dotada de beleza incomum.

Após algumas horas de viagem e várias bifurcações que eu não conseguiria memorizar, chegamos ao lago Starnberg. Depois de dar a volta pela margem, viramos à direita em direção ao lago Ammer; estávamos em um ponto indefinido entre Starnberg e o monastério de Andechs. A carruagem tamborilava em silêncio. As rodas avançavam pela neve. Os sons dos cascos dos cavalos chegavam a mim com toda sua pureza e me fizeram retroceder no tempo. Ah, bosques bávaros, isolados do mundo e do tempo! De repente, me vi mergulhado em magníficas histórias épicas de cavalaria da Idade Média e reproduzi na imaginação o som de golpes de espadas desferidos contra armaduras e lâminas de outras espadas, juramentos de cavaleiros se entregando ao seu rei, risos de escudeiros se embebedando com vinhos ácidos, alaúdes envolvendo as vozes de donzelas virgens e salmos de monges em procissão com tochas nas mãos. Aquela era uma paisagem de lenda, era como se estivesse penetrando em um lugar anacrônico, um lugar no qual os costumes e as coisas tivessem vida própria, ancorada no passado.

Ao pegar uma curva da trilha, encontramos, por fim, um cinzento muro de pedras.

— Esta é a Gesangshochschule — indicou o cocheiro. De sua boca saiu uma bola de fumaça que se dissipou no frio.

Flocos de neve que pareciam flutuar no ar começaram a cair, como se não tivessem densidade ou a gravidade não pudesse exercer seu poder sobre eles.

O caminho avançou em sentido paralelo ao muro, que agora estava à nossa direita. Todo o perímetro do terreno da escola era delimitado por aquela parede, mas, a julgar pelo seu comprimento, mais que uma escola, parecia proteger toda uma cidade; uma cidade amuralhada.

Sobre o muro da Gesangshochschule se alçavam algumas estátuas envelhecidas. Eram anjos cantores: crianças nuas e aladas. Uns tinham a boca aberta, como quem solta a voz; outros sustentavam pequenos instrumentos, como cornetas, cítaras ou flautas doces. O tempo e a umidade haviam manchado de cinza aquelas que algum dia foram figuras de mármore branco. Senti um calafrio ao pensar que sua pele pétrea estaria ainda mais gelada que a neve que repousava em seus ombros. Ao contato com suas faces, os flocos se transformavam em água e deslizavam sobre os enegrecidos rostos em forma de lágrima. Lágrimas de gelo. As figuras estavam tomadas de mofo e musgo. Suas asas de pedra eram muito bem esculpidas, dotadas da virtude do movimento, seus corpos roliços eram quase perfeitos, pareciam ter vida. No entanto, o escultor daquelas estátuas infantis extirpara a paixão de seus rostos, parcialmente desfigurados, inexpressivos, desprovidos de sentimento... A suave e doce voz de um menino produz uma sensação amorosa, mas, se aqueles anjos pudessem cantar, suas vozes provocariam calafrios no ouvinte.

Nem todos os pedestais das figuras estavam ocupados. A cada dois ou três suportes faltava um anjo cantor. Tinha-se a sensação de se estar diante de um coro incompleto, diante de um pentagrama difuso, como quando uma epidemia de cólera arrebata de uma cidade a metade de seus habitantes. Aquelas caprichosas intermitências davam ao lugar uma aura de abandono e decadência.

Mas o que mais me impressionou em nossa chegada a Gesangshochschule foi o que percebi no exato momento em que nossa carruagem cruzou a grade de ferro da entrada e penetrou no recinto. Padre Stefan, durante a caminhada pelos espessos bosques, chegaram a mim o som do movimento das asas de falcões, os grasnidos de corvos e o silvo do ar gelado, dentro dos muros só havia silêncio, um silêncio completo. Eu, capaz de ouvir até o som de um latido, de um pestanejar ou de um cabelo esvoaçando no ar, pela primeira vez não ouvi nada. Era o silêncio absoluto.

E me dei conta de que aquele lugar era desprovido de alma.

Depois de se afastar da grade da entrada, a carruagem enveredou pelo caminho principal, uma longa reta de pedras no final da qual divisamos um edifício solene. Os dois corcéis negros diminuíram o passo, como se algo lá dentro avivasse sua inquietude. Olhei ao redor através das janelas da carruagem. A propriedade era enorme, quase infinita. Lá dentro, a paisagem não variara nem um pouco: um bosque denso, um céu escondido por galhos escuros, ausência de luz, um frio intenso sobre um branco tapete de neve. Penumbra e só penumbra. Cores cinza e úmidas. Árvores escurecidas, marrons enegrecidos. Aqui e ali se erguiam inúmeros pavilhões, pequenas edificações, alpendres e hibernáculos, ora de pedra ora de vidro, a maioria vazios, em um estado de conservação deplorável.

A Gesangshochschule fora uma enorme casa de veraneio do século XVII que pertencera a um bem-apessoado e rico comerciante têxtil alemão: um homem apaixonado pela música e, em especial, pela ópera. Cada um daqueles pavilhões e alpendres era dedicado a um compositor e, segundo se dizia, em todos eles haviam sido apresentados concertos. Soube dias depois que aquele comerciante sempre permanecera solteiro e que em cada uma de suas viagens se amancebava com alguma mulher de origem humilde a quem deslumbrava com sua aparência e dinheiro. Depois de se deitar com ela, prometia mantê-la se tivesse engravidado, mas não em troca de nada. Seu filho ilegítimo deveria virar cantor para que sua mãe recebesse a ansiada pensão. Garantia-se que era o pai de mais de duzentos cantores espalhados pela Europa e que a cada um deles dedicara uma estátua angelical. Depois, quando o comerciante morreu, suas propriedades foram repartidas entre os vários conservatórios da Confederação Germânica. Uma de suas últimas exigências foi a de que sua residência de verão se transformasse em escola de música.

A carruagem parou. Chegávamos, finalmente, à entrada do edifício principal. Suas paredes eram antigas, negras e cinza, cheias de heras, madressilvas e musgo. Os blocos de pedra da edificação eram exatamente iguais aos do muro, o que dava ao conjunto um tom monocórdio. A ausência de nuances parecia uma garantia de ordem. O frio era intenso. Ainda nevava. O silêncio tampouco cessara. Não se vislumbrava uma só alma. Não ouvíamos nenhum grupo de garotos.

Tampouco vozes de professores, educadores. Será que eu era o único aluno da Gesangshochschule?

## 9

— Herr Schmitt von Carlsburg? — inquiriu um homem do alto da escadaria que dava acesso à porta do edifício principal da escola. — Estávamos esperando-os, Ludwig é o último aluno que faltava chegar.

Era Drach, professor de declamação e responsável pela administração da escola. Fez-nos entrar em uma sala destinada às visitas que ficava à direita do vestíbulo. Meu pai pagou o primeiro trimestre depois que o professor Drach conferiu nossos dados e recitou os princípios morais que regiam a escola a que me matriculava. Estendeu-lhe um papel com dois espaços virgens no final da folha. Em um deles, meu pai estampou sua assinatura e, no outro, sob o atento e silencioso olhar de ambos, fui impelido a escrever meu nome.

Depois meu pai se levantou e meu fitou. Tinha um semblante preocupado, um olhar que misturava estupor e desassossego. Com um gesto de impotência, cedendo a um destino que sabia inevitável desde muito tempo atrás, abriu a porta que dava ao exterior e subiu na carruagem que o conduziria de volta à cidade. Não se virou para se despedir. Como havia planejado, mudar-se-ia com minha mãe para Dresden, onde acabara de ser contratado. Eu seria deixado na Baviera, muito longe da Saxônia. Meu pai me afastava dele de forma definitiva. Olhei pela janela e, ao ver a carruagem se dissipar na névoa, experimentei uma sensação de liberdade tão forte que estremeci.

O professor Drach ordenou que eu deixasse minhas coisas naquela mesma sala, pois ia me juntar o quanto antes aos meus companheiros. Saíamos e pegamos uma trilha que serpenteava sob os galhos negros e levava à parte sul da propriedade. Depois de alguns minutos, chegamos a uma pequena igreja. As árvores se erguiam a uma distância de suas paredes que qualquer construtor de catedrais teria julgado imprudente. Os galhos envolviam a ermida e lambiam suas vidraças, decoradas com cristais de tons grená, pardo, ocre e azul-escuro. A edificação estava adornada com três pretensiosos arcobotantes góticos e outros elementos decorativos: trevos de pedra, heras esculpidas nas colunas e pequenas rosáceas. A igreja tinha um campanário. Reparei que fora eliminado o pêndulo do sino, único método de extirpar sua voz. Não suportei a ideia de um sino morto. Eu dedicara minha infância a compreender seu tangido, a distinguir suas sonoridades. Nada mais inconcebível do que arrancar de um sino aquilo que lhe dá vida, nada mais indigno, nada mais absurdo. Decidi lhe dar vida. Fechei os olhos e reproduzi seu som em minha imaginação.

Por um momento recordei que continuava sem a sonoridade oculta. Pensei que talvez a encontrasse naquele lugar. A música me trouxera certa paz, mas ainda me sentia um tapete incompleto, um quadro sem verniz, um ser mutilado. As badaladas de tristeza que ressoavam dentro de mim foram interrompidas pelo rangido produzido pela porta da igreja ao se abrir.

O professor Drach me indicou com um gesto que entrasse. A distribuição era exatamente a das igrejas que eu conhecera em Munique: uma nave central e duas laterais, separadas por colunas intermitentes. Partindo delas, nervuras circulares de pedra subiam e se entrelaçavam no teto, formando infinitos arcos. No corredor central, estavam alinhados vários bancos de madeira, um atrás do outro. Bancos cheios de crianças como eu. Cerca de cem meninos.

Os alunos da Gesangshochschule.

Todos se viraram ao ouvir a porta e colocaram os olhos em mim.

Murmúrios.

— Silêncio! Silêncio! — exigiu a voz vinda de um púlpito.

Sentei-me no lugar que o professor Drach me indicou, ao lado de um menino de cabelo preto e olhos azuis. Depois o homem do púlpito retomou a palavra:

— Isso é tudo por hoje... Apenas instruções. Amanhã começaremos as aulas de canto. Agora esperem sentados. E mantenham silêncio.

Desceu as escadas do púlpito e desapareceu.

Aquele púlpito era uma verdadeira obra de arte. A parte inferior, a alguns metros de altura do chão, reproduzia em pequena escala as mesmas colunas góticas da igreja. Tinha um teto em forma de pentágono sobre o qual se elevava uma escultura da Virgem de uma altura aproximada de um metro, rodeada por quatro anjos iguais aos que havia sobre o muro externo.

Os alunos aproveitaram para conversar em voz baixa. Os comentários de uns e outros se confundiam, tornando inútil qualquer tentativa de diálogo. Dois meninos do banco na frente do meu se viraram e perguntaram meu nome.

— Me chamo Ludwig Schmitt von Carlsburg, sou bávaro...

De repente ouvimos umas batidas secas de saltos de sapato. Fez-se silêncio. Tornamos a olhar para o púlpito.

Um homem de uns cinquenta anos, de cabelo branco e murcho, enfiado em um traje negro, olhos afilados e nariz aquilino, nos olhava com uma infinita expressão de desconfiança. Era um daqueles rostos sobre os quais você se pergunta se teve infância, emitiu o som de uma risada ou conheceu o olhar da alegria. Um silêncio absoluto tomou conta do interior da igreja. Era o mesmo silêncio vazio que me fizera tremer quando cruzei a grade. E me dei conta de que aquela era a pessoa que inundava de silêncio a Gesangshochschule. Aquele homem não tinha alma, padre. Porque eu, que sou capaz de ouvir até o som das misérias dos homens, conheço também o das almas. Elas emitem uma sonoridade tênue, não vivem no silêncio. No entanto, aquele homem não emitia qualquer som: era, simplesmente, o silêncio.

Era Herr Direktor.

Percorreu o recinto com seus olhos inexpressivos e fitou cada um de nós. Seu olhar era muito mais do que severo: era desprovido de piedade, como se suas pupilas tivessem se despojado muito tempo atrás de qualquer indício de clemência. Herr Direktor colocou suas mãos lentamente ao redor do corrimão do púlpito. Apertou-o com força, como se fosse arrancá-lo ou se preparasse para pular e cair sobre a gente. Escrutou-nos um por um, sem pressa, como se tivesse todo o tempo do mundo, como se já fôssemos inteiramente seus. Olhava todos e não olhava ninguém. Uma corrente de ar frio percorreu a nave central da igreja e emitiu um tênue assovio que se prolongou durante um interminável minuto. Herr Direktor continuava nos devorando com seus olhos. Aquele homem tinha a capacidade de colocar a vista em um menino qualquer e fazer com que os outros sentissem que também os possuía com o olhar. Sua autoridade era absoluta. Não demoraríamos a nos dar conta de que não era necessário saber onde Herr Direktor estava para se sentir permanentemente vigiados por ele... Seu ser formava um perfeito conjunto com aquele lugar: com a névoa, com a umidade, com aqueles tons apagados das vidraças e com o mofo das pedras cinza. Herr Direktor era um homem feito para aquele recinto, da mesma forma que à paisagem da Gesangshochschule faltaria alguma coisa se ele não estivesse ali.

Depois de outro silêncio prolongado, tirou um pequeno instrumento metálico do bolsinho de seu paletó. Era um diapasão. Levantou-o e deixou-o no alto para que todos o vissem. O diapasão emitiu um brilho fugaz. Depois, abaixou-o com força e golpeou o corrimão do púlpito. Uma nota perfeita inundou a igreja, como se uma flauta doce tivesse soado.

— Que nota é esta? — gritou Herr Direktor com um tom severo.

Sua voz, padre Stefan, sua voz! Sabe de que era feita sua voz?

Sua voz não tinha essência própria, antes era formada pela união de dezenas de outras vozes, de vozes de crianças... Não estou dizendo que sua voz fosse infantil, embora a de Herr Direktor tampouco fosse uma voz grave e rouca. Quero dizer que eu só conseguia recompor a essência de sua voz unindo diferentes frequências de vozes de meninos jovens.

O rutilante diapasão continuava emitindo seu som, que foi se atenuando progressivamente.

— Que nota é esta? — voltou a perguntar Herr Direktor, afilando de novo as pupilas.

— Eu sabia a resposta. Era um *lá*. Mas não quis intervir.

Como ninguém respondeu, Herr Direktor disse, então:

— A partir de hoje a música será o Deus que vocês venerarão dia e noite! Tenham isso claro desde o princípio. Esta é uma escola geral, mas, antes de tudo, é uma escola de canto. Os maiores cantores da Europa saíram destes muros. Aqui estudaram os melhores tenores, barítonos e baixos que hoje recitam e declamam as mais sublimes óperas. Se seus pais os internaram aqui não foi só para que fizessem os estudos que sua idade exige, mas para que fossem forjados como cantores. Os veteranos explicarão aos novos: aqui a vida é dura, muito dura. Acabou a existência aburguesada. A comida será escassa; os consentimentos, ausentes; a disciplina, férrea... Mas dispõem de uma forma de melhorar suas condições de vida: o uso de suas vozes. Aquele que se destacar, que demonstrar que canta como um anjo, seguirá recebendo meus mais especiais favores.

Herr Direktor ficou em silêncio e voltou a percorrer nossos olhos. Desferiu mais uma vez um golpe enérgico com o diapasão e a nota voltou a ricochetear nas paredes da igreja:

— É um *lá* — disse. E depois gritou: — Cantem! Cantem-no agora! Vamos!

Herr Direktor deu um terceiro golpe com o diapasão e todos, como uma mola, começaram a cantar:

— *Láááááááá*!

Eu fiquei em silêncio.

No púlpito, aquele homem terrível mantinha a mão no alto e a elevava para indicar que continuássemos cantando. Levantou a cabeça lentamente e fechou os olhos, como se estivesse se impregnando de nossas vozes, como se respirasse um aroma de cem rosas recém-colhidas. Sua mão subiu ainda mais e seus dedos se esticaram. Sustentava nossas vozes, acabáramos de chegar e seus dedos já nos dominava. Quando faltou ar aos meus companheiros, retomaram-no e continuaram entoando. Sua vontade estava subjugada. As vozes já eram dele.

Eu continuava em silêncio. Herr Direktor gritou acima das vozes dos alunos:

— Quero que a retenham em sua memória, que a tornem sua, que não a esqueçam. Amanhã de manhã, antes do café da manhã, exigirei que a recordem sem que lhes dê o tom!

— *Lááááááááá*!

— Para mantê-la viva dentro de vocês, só têm uma opção: ficar em silêncio o resto da noite! Se temiam sentir falta de seu cálido lar, já lhes dei algo em que pensar. Neste *lá*!

Outro golpe com o diapasão. E mais outro. Ficamos assim, com aquele *lá* emergindo dos pulmões daqueles meninos, que sustentaram a nota durante uns três minutos que se tornaram eternos:

— *Lááááááááá*!

Herr Direktor pousou o olhar em mim. Eu me mantive firme. Meus lábios permaneceram selados.

Depois, fazendo uso de um incrível domínio da disciplina, Herr Direktor desceu a mão e fechou o punho com energia, como fazem os regentes de orquestra no último compasso. Pareceu aprisionar a nota com seus dedos. Todos se calaram ao mesmo tempo.

— Ao edifício! — ordenou com autoridade.

Naquela primeira noite, nenhum aluno ousou pronunciar algo. Nenhuma conversa, nenhum cumprimento foi trocado entre cem meninos que se encontravam pela primeira vez. Como enfeitiçados, entoavam dentro deles aquela nota que Herr Direktor fizera emergir na igreja. Era a única maneira de conservá-la viva na memória. No setor onde dormíamos, ainda de madrugada, foram ouvidos os soluços de algum garoto e seu pranto era em *lá*, padre, era em *lá*! Bastara uma nota àquele homem para conseguir a máxima disciplina, para dobrar a vontade de todos os seus alunos, uma única nota, padre Stefan, uma única nota...

Na manhã seguinte, sem sequer ter tomado o café da manhã, Herr Direktor nos fez formar no pátio diante da porta principal. Parecíamos uma companhia militar. Nevara toda a noite e nossos sapatos se umedeciam sobre a neve. Ficou a uns vinte metros da formação e foi chamando um por um com um gesto.

Cada vez que um aluno chegava a ele, lhe pedia que entoasse o *lá* junto ao seu ouvido. Os outros esperavam a sua vez.

Aqueles que acertaram a nota foram enviados por Herr Direktor ao refeitório, onde um café da manhã quente os esperava; os que não conseguiram foram encaminhados a uma sala onde aconteceria a primeira aula: ficariam sem comer até o meio-dia. Seus companheiros agraciados devoraram o café da manhã, e, por causa de seu acerto, ganharam uma ração dupla em seu primeiro dia na Gesangshochschule.

A filosofia do centro estava clara.

Quando chegou minha vez, me aproximei de Herr Direktor e fitei-o nos olhos. Meu olhar era desafiador e ele percebeu.

— Seu nome?

— Ludwig Schmitt von Carlsburg.

— Vou avisá-lo, rapaz: outra afronta como a de ontem e ficará três meses sem jantar.

Não assenti, mas abaixei os olhos. Pareceu-lhe suficiente.

— Agora o *lá* — exigiu.

Talvez eu fosse o único que teria podido dormir na noite anterior, o único que poderia ter falado de qualquer assunto com seus novos companheiros, permitindo-se o luxo de esquecer aquela nota. Os sons viviam em mim, e recordar um *lá* tinha a mesma dificuldade que para o senhor tem fazer o sinal da cruz.

Mas, levantando de novo meus olhos para Herr Direktor, emiti propositalmente um *dó*.

## 10

Naquela mesma tarde, depois da refeição, o professor Drach nos levou de novo à pequena igreja da propriedade. Em fila, subimos a escadaria de madeira que conduz ao andar superior, sobre a porta principal. Descobrimos um impressionante órgão de tubos prateados e madeira escura. Os tubos eram tão grandes que praticamente roçavam o teto da igreja. O duplo teclado do instrumento tinha as teclas pretas e brancas invertidas em relação às do piano, como nos antigos cravos. Uma terceira sequência de notas em forma de pedais de madeira aparecia por baixo do imponente órgão. Ao redor, desenhando um semicírculo, havia uma espécie de anfiteatro de madeira, o espaço destinado ao coro.

O professor Drach se sentou ao órgão. Tinha com ele uma relação de todos os nossos nomes.

— Albrecht! Venha cá! — disse, lendo o primeiro nome da lista.

Um garoto de aspecto infantil se levantou e ficou ao seu lado. O professor Drach tocou uma escala de cinco notas ascendentes e lhe pediu que as cantasse. Era um tom muito grave, e ele não conseguiu. O professor de música repetiu a escala aumentando-a dois tons. Ainda era muito grave para voz aguda. Subiu mais dois tons. Por fim, o menino pôde repetir a nota do órgão. Cantou a escala completa várias vezes e o professor Drach anotou seu registro mais baixo. Depois executou de tom em tom uma sucessão de quintas. O menino entoou até que as notas ficaram tão agudas que ultrapassaram sua capacidade vocal. O professor Drach anotou então seu registro mais alto. Desta maneira simples, a tessitura do garoto foi identificada.

— Triplo 2 — observou. Anotou também a qualidade de seu timbre.

O professor Drach estava formando o coro no qual cantaríamos durante os próximos anos.

Um por um repetimos o mesmo exercício. Tive assim a oportunidade única de escutar e analisar a voz de todos aqueles que seriam meus companheiros. Poderia se pensar que ao internato só chegavam meninos especialmente dotados para o canto. Mas não. Na Gesangshochschule havia mais aparência que talento. A qualidade dos timbres era, em geral, bastante baixa. Poucos tinham o dom da voz, mas todos irradiavam uma profunda ambição. O inalcançável desejo de se transformar em ricos cantores no dia seguinte comandava seus atos. E isso se podia perceber em suas frequências sonoras. Não encontrei intenções amorosas em suas vozes, mas sim esforços exagerados para se destacar.

Um menino cantava dominado pela angústia de não ser o melhor; outro, cheio de orgulho; o seguinte, com uma altivez que dava vontade de vomitar. Vi-me cercado por garotos entregues à inveja, ao ódio, à ambição e ao medo do fracasso.

Mas, de repente, quando já decidira que nenhum deles seria digno de minha amizade, ouvi uma voz diferente das demais. Tratava-se de Friedrich, um atraente menino louro de olhos azuis. Não foi o timbre de sua voz, mas sim a pureza dos sentimentos que ela continha. O certo é que sua voz era medíocre e, como o restante, tentava em vão aparentar certa qualidade. No entanto, sua intenção não era guiada pela soberba, mas sim pelo prazer e a generosidade. A voz de Friedrich era, sem dúvida nenhuma, o som da alegria.

Depois de Friedrich, o professor chamou mais oito garotos. E aí chegou minha vez.

— Schmitt von Carlsburg — disse o professor.

Postei-me ao lado do teclado.

— É tarde. Vamos depressa com os graves — observou.

Na noite anterior já havia tomado a decisão de não me sobressair na Gesangshochschule. Não me entregaria a absurdas demonstrações de poder diante daqueles professores caducos que acreditavam que eram a lei da música. Eu era capaz de entoar desde a nota mais baixa até a mais alta do órgão. Minha voz era infinitamente superior à de qualquer cantor. Saber isso me bastava. Sim, eu queria ser cantor, mas nem Herr Direktor nem seus decrépitos colaboradores determinariam meu verdadeiro valor. O reconhecimento deveria provir do público, do grande público, cujo aplauso confere o verdadeiro poder. Decidi simular uma voz de tessitura normal. Qual escolher? A de um triplo 1? A de um contralto 2?

Olhei para Friedrich, que permanecia sentado no banco. Ouvi sua respiração. Fechei os olhos, evoquei sua voz e me imbuí de sua alegria, de seu ânimo, de sua entrega. Em seguida, reproduzi com total exatidão sua tessitura.

Quando terminei o exercício, Friedrich me olhava fixamente: só ele sabia que ouvira sua própria voz.

Terminados os testes, o professor Drach mandou que saíssemos da igreja caminhando em fila de volta ao edifício principal. O coro já estava formado. A partir do dia seguinte começaríamos a cantar.

Enquanto andava pela propriedade, percebi que Friedrich estava a uns metros na minha frente. Diminuiu o passo para que eu chegasse a ele.

— Acho que os dois somos contraltos — me disse.

Olhou-me com seus alegres olhos azuis e desenhou um sorriso em seu rosto.

Friedrich tinha dez anos, como todos os meninos da ala onde eu dormia. Explicou-me que seus pais eram cantores de ópera que atuavam em teatros decadentes de pequenas cidades: aqueles artistas sem dores nem glória que formam o imenso mar dos medíocres.

Faziam um esforço formidável para que o filho pudesse estudar na Gesangshochschule. Para muitas famílias, ter em seu seio um artista de elite pressupunha uma tranquilidade definitiva nos aspectos materiais. Os pais de Friedrich tinham-lhe encomendado o que eles não haviam conseguido. Mas seus dons para cantor não eram excepcionais. Friedrich não parecia se importar; iria suprir suas deficiências com uma incrível determinação. Perguntei-me se na verdade gostava de música ou se era algo que nem queria. De qualquer maneira, sua entrega me pareceu adorável. Friedrich era o único menino cujo interesse em evoluir provinha da caridade em relação aos pais. Os outros eram invejosos aprendizes de cantores esculpidos pela ambição. Nenhum era tão puro em suas intenções nem tão humilde em suas origens como ele. Sempre que falava, Friedrich mantinha um sorriso em seu rosto: era o único lampejo de luz daquele lugar cinza.

Enquanto caminhávamos para o edifício principal, reparei em uma espécie de alpendre de cristal que ficava a uns quinhentos metros da igreja, grudado exatamente no muro, do outro lado do bosque. Era como um hibernáculo circular, com uma cúpula no teto. Seu aspecto lembrava os alpendres dos parques onde as orquestras tocam besteiras e serenatas para os transeuntes durante as manhãs dominicais da primavera e do verão. O vidro do alpendre estava sujo, embaçado, e assim não era possível apreciar bem o interior. Agucei a vista e me pareceu distinguir uns perfis lá dentro, efígies imóveis, sombras de seres inanimados.

Um temor, de origem desconhecida, me fez desviar o olhar e me virar para Friedrich.

## 11

Como já lhe disse, padre Stefan, nas primeiras noites nenhum aluno saiu de sua cama, pois os medos e os castigos eram muito recentes. Mas, ao cabo de 15 dias, os mais destemidos começaram a se levantar à noite para trocar confidências. E uma semana mais tarde já eram habituais os grupos noturnos em volta dos beliches. Em um desses grupos fiquei sabendo qual era o verdadeiro objetivo da Gesangshochschule.

— Há outro coral na escola — um menino que estava há dois anos no internato falava sussurrando a um grupo de uns vinte novatos, entre os quais estávamos Friedrich e eu.

— Outro coral? — perguntou alguém com curiosidade.

— Sim. O Coral Especial. O coro dos coros, as vozes mais puras de toda a Confederação.

— E onde estão? — inquiriu outro.

— Vivem afastados da gente. Estão em um edifício ao qual só se chega através da casa de Herr Direktor. Seus horários são organizados para que nunca cruzemos com eles. As horas de recreio e passeio são diferentes das nossas, e assim evitam que nos encontremos.

— E por quê? — perguntei.

— Suas vozes... São perfeitas, imaculadas. Herr Direktor não quer que se manchem com as nossas, trata-se de preservá-las. Simplesmente, nós ainda não estamos à sua altura.

— Você as ouviu? — disse outro.

— Não. Ninguém jamais ouviu suas vozes. Ninguém os viu. Ensaiam com a porta fechada no interior da igreja. É o que dizem. Mas... Ouçam bem. Os membros do Coral Especial têm todos os privilégios e benefícios. Têm poucas horas de aulas gerais e, no entanto, uma jornada dupla dedicada à música e ao canto. Sua alimentação é à la carte, dormem mais duas horas por dia, podem ter acesso ilimitado a livros e romances... Todo mundo aqui quer chegar ao Coral Especial.

— E como se consegue? — perguntou um menino de Mainz.

— Na primeira sexta-feira de cada mês. Nesse dia, Herr Direktor nos coloca em formação e escolhe o melhor de todos. Então o afasta do resto e o leva para perto dos afortunados que chegaram ao Coral Especial.

Essa era, padre Stefan, a feroz disciplina ao qual nos submetíamos. Para que todos os alunos se esforçassem em melhorar sua voz, Herr Direktor estabelecera uma série de vantagens em função de nosso progresso mensal. A cada semana passávamos por testes individuais e nossa evolução era registrada. Piorar pressupunha uma longa ladainha de incômodos; continuar no mesmo ponto, uma vida mais ou menos digna; progredir, um conjunto de vantagens nada desdenháveis. Tal qual se tratasse de patentes, na Gesangshochschule cada qualificação equivalia a um nível e cada nível, a um favor. E dado que os favores eram limitados em número, o companheirismo se convertia em utopia e a competição era a única regra que nos regia. Só quem alcançasse um grau de pureza que sobressaísse passava ao Coral Especial: era a eterna promessa com a qual éramos exortados a melhorar. Pouco a pouco se converteu em uma espécie de Graal, um anseio infinito, o objetivo de todos os alunos da Gesangshochschule, incluído aí Friedrich.

Aquela não era a única vantagem: uma vez por ano, Herr Direktor convocava regentes de orquestra, cantores, empresários teatrais, regentes de coro e maestros da Baviera, Saxônia, Baden, Prússia e Hannover. Eram interpretadas obras de Hendel, Bach, Mozart e Beethoven: peças de extrema dificuldade. O recital ocorria na igreja da propriedade no mês de julho, coincidindo com o final do período acadêmico. Naquele concerto surgiam pré-contratos com teatros, compromissos de formação, lugares assegurados nos conservatórios e papéis para futuras representações. Até mesmo o Papa enviava seus professores de música para alimentar os coros da Capela Sistina com cantores do Coral Especial da Gesangshochschule. Era uma espécie de circo, padre, como quando se leiloam animais nos mercados para que os camponeses lutem entre eles pelos melhores reprodutores a cruzar com suas fêmeas.

Intuí que aquele era o verdadeiro *leitmotiv* da escola, um exército de meninos convenientemente selecionados e adestrados para cantar as sonoridades mais celestiais, mais perfeitas, sem dúvida o melhor coro da Europa.

— Sim — afirmou o veterano —, é preciso chegar a qualquer custo ao Coral Especial.

Olhei os outros beliches. Os sussurros e os risos contidos se espalhavam pela escuridão, os pés descalços pulavam sobre as pedras frias como se pisassem em brasas.

De repente se ouviu:

— Cuidado! Alguém está vindo!

Alguns voltaram aos seus beliches de um pulo; outros se esconderam onde puderam, debaixo dos colchões ou dentro dos armários de metal.

Na porta, segurando uma lamparina de azeite, surgiu um homem contrafeito, com a pele cheia de nódulos. Entrou mancando e emitindo grunhidos próprios de uma besta. Caminhava apoiado em uma muleta de madeira úmida e com a ponta coberta de barro. Balançou a lamparina para espalhar a luz e adivinhar quem escapara de sua cama. De forma inesperada, exibindo uma insuspeitada coragem, agarrou um menino que se enfiara em um armário. Levantou-o pela orelha e o levou entre grunhidos de volta à sua cama.

Aquela espécie de estropiado cheio de nódulos era Franz, o Disforme, vigia noturno da Gesangshochschule. À noite, chovesse ou nevasse, dedicava-se a percorrer os bosques, a rastrear os muros da escola por dentro e por fora, a inspecionar as alas onde dormíamos, a vigiar os infinitos pavilhões da propriedade ou a se meter nas latrinas para afugentar os ratos que procuravam alimento em nossos excrementos. Não se sabia muita coisa sobre ele, só que era surdo-mudo. Não conseguia ouvir e tampouco emitir um só vocábulo. Só grunhia como os porcos. Não tinha um lugar fixo na escola, sequer um quarto próprio; ninguém sabia onde dormia nem onde vivia. Não se relacionava com o pessoal da cozinha nem com os encarregados da limpeza; tampouco com os professores. Só uma vez ou outra o víamos sair da residência de Herr Direktor. Diziam que se alimentava de raízes, cascas de árvores e animais, que fora visto mordendo troncos, devorando camundongos vivos, engolindo vermes e bebendo nos charcos. Corria o boato de que uns soldados haviam salvado Franz, o Disforme, das chamas durante um incêndio em sua casa quando tinha quatorze anos e que era esse o motivo de seu aspecto e de ser surdo-mudo. Contavam que mendigara em igrejas do sul da Confederação Germânica, onde, depois que as mulheres confessavam seus pecados, as seguia até suas casas para abordá-las na escuridão de seus portões pedindo-lhes dinheiro em troca de não revelar pecados que, por ser surdo, na realidade não pudera ouvir; salteador em estradas da França, onde chegara a liderar um grupo de quarenta meliantes que lhe entregavam uma percentagem de cada roubo, rendendo a ele uma fortuna incrível, que gastou em uma única semana de luxúria e desenfreio com mulheres, as quais, depois de lhe vender seus corpos, tiraram a própria vida para extirpar de sua memória os horrores aos quais Franz, o Disforme, as obrigara a praticar; vigia de leprosos na Itália, onde disparava contra eles de seu posto de vigilância por passatempo, coisa que convinha às autoridades municipais, que, na realidade, desejavam extirpar de seus arredores aquele cárcere de leprosos, até uma noite em que bebeu além da conta e atirou mais de mil vezes, matando inclusive meninos e meninas leprosos, ato que lhe valeu três anos de prisão porque, disseram as autoridades, uma coisa era matar leprosos e outra bem diferente crianças leprosas; faxineiro de bordéis na Rússia, onde viam em sua má-formação a iminente chegada do demônio; e traficante de sedas no Oriente, onde foi descoberto e capturado por um sultão que o castigou com três chibatadas por dia durante dez anos, o que acabou de rachar a sua já por si maltratada pele queimada.

Uma centena de histórias sobre o passado daquele despojo humano circulava pela escola, tantas que, se fossem verdadeiras, aquele homem deveria ter tido sete vidas. Mas, como tantas outras coisas na Gesangshochschule, não se sabia quando se tratava de uma mentira ampliada ou de uma verdade dissimulada.

Dizia-se, também, que Herr Direktor tinha, na verdade, um parentesco com Franz, o Disforme, que seria seu irmão ou, talvez, filho ilegítimo. Tal hipótese se sustentava no olhar protetor e condescendente que um mestre da lírica, da música e da ordem como Herr Direktor outorgava a tal produto da miséria e da degradação da natureza humana. Ninguém sabia o verdadeiro motivo que levara Herr Direktor a acolher Franz, o Disforme. Padre, o senhor está cansado de saber que as razões que levam as pessoas a trabalhar contra sua própria estética são tão raras quanto íntimas.

## 12

Quando chegou a primeira sexta-feira do mês, comecei a tomar consciência da verdade que nos escondiam. Era uma tarde cinzenta. Como tantas outras vezes, haviam mandado todos os alunos ficarem formados do lado de fora da propriedade. Herr Direktor deu duas voltas ao redor da formação. Parecia um general passando sua tropa em revista. Dias antes, eu o vira nervoso e inquieto. Caminhava sozinho e afundava seus sapatos na folharada ou na neve sem perceber. Saía da igreja no meio do ensaio, atitude extrema pouco habitual nele, voltava a entrar e voltava a sair... Vagava de forma anárquica, regressava e nos fitava um por um com atenção, como se estivesse pensando, como se estivesse escolhendo...

Mas naquela tarde Herr Direktor voltou a ser o mesmo. Decidido, firme, seguro de si. Todos nós sabíamos por que nos haviam colocado em formação. Era o momento de conseguir uma vida melhor, mas só um de nós seria escolhido.

Os mais destacados, aqueles a quem havia sido atribuída alguma passagem como solista, olhavam para frente, como se estivessem querendo acentuar seu perfil.

Por fim, Herr Direktor disse:

— Este mês, quem chegou à perfeição foi Hans Zweig.

Hans era um menino de Stuttgart. Tinha doze anos. Ao ouvir seu nome, uma incomensurável expressão de alegria inundou seu rosto. Herr Direktor fez um sinal e Hans avançou até ele. O velho diretor pôs uma mão em seu ombro e virou-o para que ficasse frente a frente com a gente.

— Podem lhe dar os parabéns. Está indo para o Coral Especial.

Depois lhe disse:

— Recolha suas coisas. Esta noite vai passar a viver com os outros privilegiados. Vá à minha residência, eu o estarei esperando.

Hans estava cheio de orgulho. A formação se dissolveu entre muitos murmúrios de desolação e algumas poucas felicitações.

Depois jantamos e fomos dormir.

Naquela noite, como em tantas outras, eu pensava em minha voz. Sonhava com as óperas que, dentro de poucos anos, estaria preparado para interpretar. Não tinha dúvida de que seria um dos mais célebres cantores da Confederação Germânica e — por que não? — de toda a Europa. Fechava os olhos e podia ver, quase sentir, o público em pé, exultante, ovacionando-me depois do último compasso de uma ópera. Eu fitava o palco, a plateia, o teatro inteiro. O público me coroava e reconhecia por fim que eu era o maior gênio da voz da história.

Era pleno inverno e por isso as janelas da ala onde dormíamos estavam naturalmente fechadas e as cortinas corridas. Apesar disso, dormir na Gesangshochschule era semelhante a pernoitar ao relento em pleno bosque. Afastados de qualquer lugar habitado, não se ouviam mais do que animais, o crepitar das árvores e o ressoprar do ar. Naquela noite, o vento se confundia com as respirações profundas daqueles que já haviam conciliado o sono.

De repente, misturados aos jogos sonoros do bosque, começamos a ouvir uivos dilacerantes. O som chegava abafado. Um a um, fomos todos levantando.

— Você ouviu? — alguém perguntou.

— Sim — responderam vários ao mesmo tempo.

— São gritos...

Um menino que dormia cinco ou seis catres adiante do meu se levantou e abriu a janela para que a gritaria chegasse com maior clareza. Ela vinha da ala sul, onde ficava o hibernáculo abobadado de vidro em forma de alpendre que chamara minha atenção na tarde em que Friedrich e eu conversamos pela primeira vez. Eram gritos tão aterrorizantes que era impossível reconhecer sua origem. Das camas, desarrumadas pelas movimentação, alguém sugeriu:

— São gritos de um porco. Deve ser de um casario próximo: está sendo degolado. É verdade, assisti a muitas matanças de porco, não há dúvida...

Outro corrigiu:

— Não, eu acho que não. Não é uma gata parindo uma ninhada...? As gatas gritam como possessas quando estão parindo.

Outro perguntou em voz baixa:

— Não é um asno? Talvez o estejam matando por ser velho...

Ninguém conseguia identificar a verdadeira origem daqueles gritos de horror. Ninguém, exceto alguém com um dom, padre Stefan. Alguém dotado do dom da perfeita cisão do som, alguém com o poder de decifrar a verdadeira natureza de qualquer sonoridade...

Aqueles gritos eram do pequeno Hans.

## 13

No dia seguinte, ainda aterrado pelo que acontecera, eu passeava com Friedrich pela escola. Avaliara se deveria lhe revelar quem era a pessoa que na realidade visitara o inferno na noite anterior, mas não desejava tirar nem um milímetro da felicidade de Friedrich; minha fraqueza não devia ser causa de sua decepção.

Ele sacrificava muitas vezes sua permissão de ir à biblioteca para praticar. Aproveitava qualquer momento para compensar com seu esforço o que a natureza lhe negara. Lutava para não piorar suas qualificações e se esforçava para alcançar os mais dotados. Seu esmero era tal que eu não tinha dúvida de que acabaria alcançando palcos que seus pais nunca haviam pisado. Friedrich não tinha segredos comigo, me contava tudo sobre sua família, as penúrias que seus pais artistas haviam passado e como podia ser dura a vida de um cantor que não alcança a fama. Sua herança o marcara de tal maneira que empregava toda a energia para não fracassar. Friedrich desenvolvera uma predileção especial por mim. Não se afastava nunca, me pediu para dividir a mesma mesa na sala de aula, no refeitório, até mesmo na biblioteca. Não havia dia em que não comentasse algum acontecimento do internato, sua opinião sobre como fora correta ou injusta a promoção dos meninos que mudaram de coro, a escassez de comida, os romances de aventura da biblioteca que valia a pena pegar emprestados... Dormíamos longe um do outro, mas toda noite me olhava antes de conciliar o sono; formávamos em duas filas diferentes dentro do coro, mas sempre roçava minhas mãos antes de nos separarmos; cantávamos em dois bancos separados, mas não perdia nunca o manancial de minha voz.

Naquela manhã, durante a meia hora de intervalo, havíamos nos dirigido a um lugar afastado perto do muro, ao lado de um abeto, exatamente debaixo de um anjo cantor que portava uma pequena trombeta em sua mão. Era ali que sentávamos para falar de canto e onde me pedia que o ajudasse a melhorar sua técnica. Eu lhe mostrava como conseguir trinados que brilhassem com nitidez, como adotar a postura corporal que proporciona melhor caudal de voz e outros recursos técnicos. Friedrich melhorara muito em apenas um mês e eu me esforçava a fundo naquilo. Sua avaliação na Gesangshochschule era melhor que a minha. Eu me dedicava a repetir a mesma qualidade e tessitura dia após dia, dissimulando minhas verdadeiras possibilidades. Friedrich achava estranha a ampla diferença entre minhas atuações diante dos professores e as que lhe oferecia em particular, mas eu atribuía meu mau desempenho ao medo cênico. Muitos cantores e instrumentistas perdem até cinquenta por cento de seu talento por causa do nervosismo de que são tomados diante do público. Tal suposição me mantinha afastado de qualquer suspeita.

Quando Friedrich estava fazendo as escalas com sua voz aguda, fitei o anjo cantor que ficava acima dele... O pedestal estava vazio! Eu tinha certeza de que aquele anjo estava ali no dia anterior e agora... Desaparecera. Pedi a Friedrich para percorrer todo o muro a fim de checar se estava equivocado. Andamos de cima a baixo. Vimos anjos com cítaras, com flautas, com violinos, mas o da pequena trombeta não estava entre eles. Além do mais, eu lembrava que aquele anjo tinha um esbranquiçado excremento de corvo em seu rosto que, partindo do crânio, desenhava uma perfeita linha vertical que escorregava pelas suas pétreas costas cinza. Sim, não havia dúvida, aquela estátua desaparecera.

Em todo o muro faltavam estátuas, isso eu já comprovara no dia em que, com meu pai, cheguei ao internato. Mas por que aquela havia desaparecido exatamente durante a noite passada, a do horror? Nunca havia contado as estátuas, teria sido uma coisa absurda. Mas desde aquele acontecimento resolvi contabilizar o número exato de anjos cantores nús que se levantavam sobre o muro. E na primeira sexta-feira de cada mês, depois que Herr Direktor fazia seu ritual e indicava o privilegiado que encheria a noite de uivos antes de se incorporar ao Coral Especial, voltava a contar e confirmava que sempre, de forma sistemática, um anjo desaparecia dos muros da Gesangshochschule.

# 14

Apesar dos terríveis acontecimentos que estou lhe narrando, padre Stefan, sempre considerei minha estadia na Gesangshochschule muito proveitosa para minha formação. Estudei literatura, alemão, inglês, italiano, francês, história da arte... E tudo isso não era nada comparado com o tempo e a intensidade que dedicavam à música: duas horas de manhã e três à tarde. Teoria musical, solfejo, cifrado, harmonia, história da música, canto solo, canto coral polifônico, exercícios vocais, impostação, arte dramática, expressão, declamação, recitação... Embora eu tivesse habilidades extraordinárias e um infinito talento, ninguém pode prescindir do conhecimento e da técnica. Aprendi a ler partituras com desenvoltura, a recitar os textos escritos sob as notas musicais enquanto se entoa a nota correspondente a cada sílaba, a reconhecer os sinais que indicam ao cantor quando tomar fôlego, quando expulsar o ar, quando esmerar um *pianissimo*, quando se preparar para um *molto forte*... Minha voz jamais se arrependeu dos tempos passados entre aqueles muros.

A qualidade do ensino era elevada e não tinha nada a invejar dos melhores conservatórios da Europa: era-nos designado um instrutor que dedicava duas sessões semanais a polir, de forma individual, nossa voz. Entregavam-nos partituras com canções alemãs que devíamos preparar para interpretar depois diante do instrutor. Dedicava muito tempo ao esforço da afinação, a desenvolver um bom apoio da voz, a evitar vícios que machucassem nossas cordas vocais... Fazíamos, três vezes por semana, exercícios para desenvolver o ouvido. O professor Drach se sentava ao órgão e tocava de forma aleatória notas que devíamos identificar. Outras vezes pegava um violino e emitia sonoridades desafinadas que nos ensinava a corrigir mediante semitons ascendentes e descendentes. Toda quinta-feira havia ditado musical: o professor tocava uma frase melódica de quinze compassos que precisávamos transcrever na pauta musical com todas suas alterações, identificando a duração das notas. Eram jornadas de trabalho que nos exauriam, mas necessárias para polir nossas vozes.

Também vivi momentos de plenitude. Porque foi na Gesangshochschule que experimentei pela primeira vez o prazer de me ver entre as vozes de um coro, a incrível sensação de sentir o órgão da igreja e o cânone das melodias inundar meu coração. O senhor esteve alguma vez no centro de um coro infantil? Não pode nem chegar a imaginar o que se sente! É como submergir sob uma catarata com os braços esticados. Os sons o inundam e o cercam, se convertem em um halo que o abraça, beija e acaricia. Depois, quando a passagem da partitura indica um *crescendo*, a força das vozes retumba e faz vibrar seu próprio corpo. E eu, Ludwig Schmitt, me enchia de música e de sons, e reconhecia que, apesar de tudo, aquele era meu lugar porque meu lugar era onde a música estivesse.

A cada três meses nos davam permissão para ir a nossas casas. Eu viajava a Dresden e passava alguns dias com meus pais. Perguntavam-me pouco e eu explicava menos ainda. Sabia que minha permanência naquele internato era transitória e que tudo tinha um objetivo que superava minha própria vontade: era a força de meu destino. Se havia recebido o dom de decifrar os sons, era porque nascera para ser o melhor cantor da história e por isso devia permanecer naquela escola, gostasse ou não. Não havia nada além disso e eu não precisava de nada mais. Por isso nunca me queixei do frio do internato, da alimentação precária, da severa vigilância ou das poucas horas de folga e de sono que nos permitiam. O que obtinha na Gesangshochschule não era material, padre, mas sim espiritual. Naquele lugar sem alma, a minha crescia.

As práticas e as normas estranhas de Herr Direktor, assim como a aversão em relação a todos os meninos da escola — exceto Friedrich —, me obrigavam a manter meu talento verdadeiro à margem. Isso me fazia sofrer, porque a curiosidade de ouvir o poder de minha voz depois de cada novo recurso técnico em que nos adestravam me devorava como uma carcoma. Imagine, padre, um pintor desenhando esboços medíocres tendo consciência de que seu carvão poderia reproduzir a realidade com toda sua perfeição... Não sentiria um impulso irrefreável de pegar um papel e afirmar a magia de seu traço? O mesmo acontecia comigo: ardia de desejo de usar todas as minhas faculdades.

Para isso aproveitava qualquer instante de gritaria em que minha voz ficava dissimulada: cantava sem esconder meu talento nos banheiros, ou quando o alvoroço era tão grande que só eu podia ouvir minha voz ressoar dentro de mim. Mas era insuficiente. Por isso, a partir do quarto mês comecei uma atividade que, se fosse descoberta, implicaria minha expulsão imediata da escola. Em plena madrugada, quando todo mundo dormia, eu pulava de meu beliche, me vestia com todo cuidado, saía da ala onde passávamos as noites e atravessava o pátio da Gesangshochschule. A escuridão fazia o papel de esconderijo. Naturalmente, sabia que Franz, o Disforme, vigiava a propriedade, mas ele só dispunha da vista e eu podia ouvir tudo. Evitá-lo era tão simples quanto enganar uma galinha para levá-la ao galinheiro. Atravessava a cerca e me escondia no bosque mais profundo. Escolhia uma árvore qualquer e subia de galho em galho até sua copa espessa. Lá em cima, coberto pelos abetos, suficientemente distante para não ser ouvido por ninguém, cantava as melodias que meus companheiros haviam interpretado naquele mesmo dia, as passagens do solista que, dada à mediocridade de meu desempenho diante dos professores, jamais me eram atribuídas; entoava melodias de uma ternura indescritível, de uma melancolia que movimentava o vento, de um sentimento mais profundo que as raízes da árvore que me sustentava. Experimentava uma plenitude e uma liberdade dignas da águia que voa reinando sobre seus domínios, do cervo que manda em um bosque, de um deus que protege o mundo. Era o momento em que todos os sons da minha infância, adormecidos pela renúncia e abafados pelas obscuras intenções de Herr Direktor, despertavam e ascendiam para me levar até o ponto mais alto da Baviera, da Confederação Germânica e do mundo inteiro. Minha voz emergia como um rio que surge da terra e se eleva até os céus desafiando as leis da natureza. E, ao acabar, depois de transmitir mais de mil fragores distintos armazenados em meu interior, chorava desconsolado porque, apesar de tudo, eu, só eu, Ludwig Schmitt von Carlsburg, sabia que meu canto continuava incompleto, que aquela anônima tonalidade, aquela nota proibida abria um poço negro em meu interior um poço sem fim que me provocava uma infinita sensação de vazio. Onde estava? Por que aquele som misterioso se escondia de mim? Durante quanto tempo mais teria de buscá-lo? Em que lugar? Sob que máscara?

Depois, ignorando o tempo transcorrido, avisado pela incipiente luz da aurora, descia da árvore com aflição e voltava, evitando os previsíveis percursos de Franz, o Disforme, até meu beliche, onde despertaria ao cabo de uma hora para ser, ao lado dos outros alunos, apenas mais um.

## 15

Chegou o mês de fevereiro. No final dele, uma quinta-feira, durante o período destinado aos passeios, me vi perambulando solitário pela propriedade. Friedrich não estava comigo naquela tarde porque solicitara uma hora extra de aula de canto. O certo é que, tanto devido ao seu formidável empenho quanto à ajuda adicional que eu lhe dava, Friedrich estava se transformando em um dos melhores cantores da escola. Naquela manhã, tinham lhe dado sua primeira passagem como solista e estava feliz porque só pensava no alvoroço com que seus pais receberiam a notícia quando, ao cabo de um mês, os visitasse nas férias.

Pensei que talvez devesse deixar de contribuir para seu progresso.

Eu passeava a sós pela propriedade aproveitando minha meia hora de descanso e, mergulhado em todos aqueles pensamentos, passei, sem me dar conta, para o outro lado do pátio e peguei o caminho que levava à igreja. Era proibido penetrar no extremo sul quando não se estava acompanhado pelos professores de música. Ia voltar quando, de repente, avistei ao longe um grupinho de meninos. Quem eram eles? Não pude conter a curiosidade. Olhei para trás. Ninguém me vira. Fiquei atrás de uma árvore e, de tronco em tronco, fui me afastando do pátio e me aproximando daqueles meninos misteriosos. Pareciam almas transparentes desfilando em um bosque encantado: meninos magros, de pele branca, o cabelo bem cortado. Não havia dúvida: eram os membros do Coral Especial! Devo reconhecer, padre, que eu chegara a pensar que o Coral Especial não existia de verdade, que era uma quimera, uma fantasia. Mas agora me dava conta de que sim, de que era real, ali estavam seus cantores, diante de mim. Herr Direktor os vestira com uma túnica branca que contrastava com a escuridão do bosque. Seus corpos pareciam emitir luz, como se fossem vaga-lumes humanos. Entraram na igreja e eu me aproximei por trás até que cheguei a uma das vidraças. Subi para ver como ficavam distribuídos no coro ao lado do órgão. Mal podia ver através do escuro grená dos cristais. Mas o que pude fazer, padre, foi ouvir suas vozes.

Tenho de reconhecer, eram vozes angelicais, perfeitas, mais puras que a água cristalina do degelo. Emitiam um som branco, quase transparente. Herr Direktor não escolhia aqueles meninos por puro capricho... Reclinei-me para trás e me deixei impregnar por aquele som tão infantil, tão maravilhosamente agudo, mas ao mesmo tempo fino e suave. Dissequei suas vozes e percebi que seu canto produzia um som vazio, embora, que estranho!, fosse esse mesmo vazio o que tornava aquela melodia sublime, celestial e perfeita. Sabe de que eram feitas as vozes dos meninos do Coral Especial? Padre Stefan, o que tenho de lhe dizer o senhor não vai compreender agora, mas precisa acreditar em mim: aquelas vozes perfeitas, aqueles sons mais puros do que a Virgem Maria, eram totalmente vazios. Não podia decompô-los porque não continham nada. Por um momento, pensei que aquele era o som que procurara na minha infância, aquela sonoridade que ainda me faltava obter. Mas não, padre, era algo tão simples e tão terrível como se suas vozes não tivessem vida, padre, não tivessem vida. Era o som da pulsão da morte...

Eu estava tão absorto em minha descoberta que, por uma única vez, não ouvi os passos que até então evitara em minhas saídas noturnas com a flexibilidade de um peixe no rio. Virei-me e levei um susto que quase me fez gritar. Franz, o Disforme, me observava a poucos metros de distância! Pela primeira vez pude ver seu aspecto à luz do dia. Era terrível. Seu rosto estava abatido; seu olho direito não tinha a bolsa inferior da pálpebra e era duas vezes maior que o esquerdo, como se tivesse a ponto de se desprender de seu rosto. Aquele olho me observava com tanta amplitude que poderia dizer que abraçava todo meu corpo. Centenas de cicatrizes dominavam seu rosto e suas mãos estavam infestadas de nódulos rosáceos rachados. Seu cabelo era ralo, mas não se tratava de uma calvície limpa e ordenada; seus poucos cabelos negros, engordurados, longos e sujos se espalhavam de forma desigual pelo crânio. Emitiu um de seus grunhidos habituais e me deu uma pancada com sua bengala podre. Empurrou-me como quem dirige uma cabra até o estábulo, dando-me seguidas bengaladas nas pernas, nos tornozelos e nos rins. Eu comecei a correr para o edifício principal. Franz, o Disforme, veio atrás de mim. Tinha uma agilidade incrível. Apesar da curvatura de suas costas, aquele monstro detestável se movia com espantosa velocidade. Por fim alcancei o recinto e me uni ao restante de meus companheiros. Virei-me e constatei que Franz, o Disforme, deixara de me perseguir. Mas, enfiado entre as árvores do bosque, me observava com seus olhos maltratados.

## 16

Em uma noite de tempestade na qual o retumbar dos trovões não nos deixava dormir e dissimulava qualquer voz, aconteceu uma espécie de revolução na ala. Tudo começou porque alguém roubara o travesseiro de outro. Os dois começaram a se surrar com seus sacos brancos cheios de espuma. Outros dois meninos aderiram, depois eram quatro, mais tarde seis e em apenas quatro minutos a ala inteira, ignorando a possibilidade de Franz, o Disforme, aparecer, estava mergulhada em um caos de risos, empurrões, golpes de almofada e batalhas nos beliches.

Eu me levantei e me aproximei com meu travesseiro do beliche de Friedrich. Começamos a nos dar pancadas entre risos e tentativas de nos amordaçar. Ficamos nos amassando e me enfiei em seus lençóis. Seu rosto estava ao lado do meu. Decidi que Friedrich devia ser meu e por isso o beijei. Beijei-o, padre, nos lábios. Não foi um beijo de amizade, mas um beijo de posse, de uma superioridade tão manifesta que até mesmo a sexualidade daquele beijo poderia ter sido considerada suspeita. O clamor e os risos nos envolviam, a batalha campal nos servia de álibi, ninguém reparava na gente, parecia que lutávamos debaixo dos lençóis... Puxei seu camisão para cima e nossas cinturas se uniram. Estiquei minha mão por baixo de suas costas e as balancei como quem acaricia um animal doméstico. Ainda não havíamos chegado à puberdade, mas era óbvio que ela estava próxima. Os gritos dissimulavam nossa respiração acelerada, a batalha de camisolas e travesseiros era um cúmplice perfeito. Não havia maldade em nossa união corpórea, mas intuímos que algo estava prestes a ser transgredido. No amor homossexual da infância todas as coisas são feitas em tão justa medida que nenhuma tem maior ou menor importância. Não corresponde a nada e corresponde a tudo ao mesmo tempo. Amar um amigo é a manifestação do desejo que você sente em relação a si próprio. Fechei os olhos e ouvi o som da ternura, não do amor sexual, mas do amor anterior à puberdade, do amor estéril, do amor dos anjos. Amar Friedrich tinha a ver com a procura daquela sonoridade que ainda me restava descobrir. Não era algo real, não ouvi nada nele diferente de tudo o que ouvira anteriormente. Mas acariciar Friedrich e submetê-lo ao meu corpo despertou em mim a intuição de que estava próximo do som dos sons, da sonoridade que me fora negada durante toda minha vida. Devorava e envolvia Friedrich com minhas pernas e meus braços, mas de repente me afastei. Seu olhar era de um desejo quase irracional. Seus olhos pareciam me perguntar: "Por que, Ludwig, por que você me despreza?" Não consegui responder; a resposta que veio à minha mente era absurda. Não podia explicar, mas era a carência daquele som. Sem a sonoridade negada, não tinha sentido continuar.

## 17

O dia seguinte era o dia primeiro. Caíra exatamente numa sexta-feira e por isso nenhum dos alunos percebera que o ritual destinado a transferir um de nós ao Coral Especial estava tão próximo.

Não tardei a me dar conta de quem seria o escolhido. Herr Direktor fitou-o várias vezes enquanto procurávamos ficar em formação: Friedrich. Olhou-o com olhos desejosos, percorrendo seu corpo de cima a baixo com seu olhar, fazendo dele um objeto, que cairia em seu poder dentro de poucas horas, uma escultura viva a quem daria forma com suas mãos.

Não tive chance de dissuadir meu amigo. Tudo acontecera muito depressa. Herr Direktor chamou-o ao seu lado e quando eu quis falar com ele já se encaminhara à residência particular. Não podia acreditar! Como podia ter sido tão estúpido para não perceber? Enlouqueci! Sabia que naquela noite o sofrimento de Friedrich estava garantido. Pensei em ir resgatá-lo da casa de Herr Direktor. Era inútil. Seria expulso. Teria de ficar no meu beliche, rezar por sua alma e, simplesmente, sofrer junto com ele.

Padre, foi a única noite em que senti ódio da Gesangshochschule. Cada grito, cada gemido, cada berro de Friedrich penetrou em cada um dos poros de minha pele. Podia sentir sua dor, seu desespero, sua luta para evitar o inevitável... Apesar da aflição que seus uivos me causavam, analisei-os dentro de mim. Queria saber a origem daquele suplício, a procedência daquele calvário que arrancava de Friedrich os gritos mais espantosos que ouvira em minha vida. Não consegui. A única coisa que adivinhei foi que não voltaria nunca mais a ser o mesmo. Soube naquela noite, padre, que Friedrich perdera para sempre sua alegria.

Fiquei acordado a noite inteira. Até então eu me mostrara indiferente às estranhas normas da Gesangshochschule e, com tal indiferença, me mantinha à margem de suas consequências. Mas agora não era assim. Friedrich se convertera em vítima e eu não podia ficar alheio ao melhor dos meus amigos, a um pobre menino que só aspirava cantar para salvar a honra de seu sobrenome, renunciando aos próprios desejos.

No dia seguinte, na primeira hora de folga que tivemos, fui diretamente ao muro, ao lugar que costumava frequentar com Friedrich para ensiná-lo a melhorar sua voz. Um anjo que carregava uma harpa, o 15º contando a partir da grade da entrada, desaparecera de seu pedestal...

## 18

Sentia-me culpado. Friedrich fora escolhido, em parte, graças a tudo quanto lhe ensinara, às incontáveis horas que eu dedicara a polir sua voz... Friedrich deixara de ser Friedrich por minha causa.

Resolvi salvá-lo. Tracei um plano. Iria lhe propor que fugíssemos da Gesangshochschule. Pularíamos a cerca, cruzaríamos a estrada e chegaríamos a Munique através do bosque. Daria uma explicação a seus pais, pediria ao meu que o acolhesse em Dresden e nos matriculasse em outra escola. Estava disposto a correr esse risco.

Meu plano era simples. No dia seguinte, depois da aula de polifonia, a última da tarde, em vez de voltar ao edifício principal para o jantar, me dirigi com determinação à ala onde residiam os membros do Coral Especial. A bruma era mais espessa que em outras tardes e servia como esconderijo perfeito. Ninguém me viu. Faltavam 15 minutos para a hora do jantar, quando teríamos de nos formar de novo e sentiriam minha falta. Demorei poucos minutos para chegar a um pavilhão envidraçado em todo seu perímetro. Árvores incrivelmente densas o cercavam, dando àquela região da escola uma privacidade absoluta. As janelas chegavam quase até a altura do solo. Caminhei ao longo delas. No último trecho, avistei, através do vidro, uma sala confortável dotada de uma lareira acesa que aquecia o ambiente, e o Coral Especial. O aposento tinha até tapete. Os membros do coral estavam sentados diante de carteiras escolares. Cerca de quarenta meninos liam em silêncio e sem qualquer vigilância. Reconheci Hans e outros oito companheiros que haviam sido transferidos nos últimos meses. E, logicamente, encontrei Friedrich. Padre... Que olhos tinham aqueles garotos! Seus olhares eram de ódio. Mais: de vingança. Como se tivessem sofrido a mais terrível das vexações, como se lhes tivessem extirpado a dignidade e a vontade.

Em uma das ocasiões em que Friedrich levantou a cabeça bati com meu braço. Pouco me importava que outra pessoa me visse; o importante era que meu amigo percebesse que eu estava ali fora, esperando para fugir com ele.

Friedrich levou um susto e avisou aos outros que eu estava ali. Levantou-se e veio até o vidro. Olhou para trás e, assegurando-se de que ninguém vigiava, abriu a janela e pulou para fora, ficando ao meu lado.

Estendi meus braços, mas Friedrich os afastou em direção a minha cintura.

— Que diabo você está fazendo, Ludwig? — disse-me com indignação. — Por acaso você está querendo que me expulsem? Sabe quanto me custou chegar até aqui?

— Friedrich, meu amigo, como você pode falar comigo desse jeito... Arrisquei-me para socorrê-lo...

— Socorrer-me? Socorrer-me de que, Ludwig?

— Você não vai conseguir me enganar, Friedrich. Sei como o fizeram sofrer...

Seus olhos me fitaram com uma expressão de dureza que tornava irreconhecível aquele menino alegre de mil histórias e cheio de sonhos de virar cantor. Nem era tristeza, padre... Quiçá tivessem sido apenas uns olhos tristes!

— Ouça, Ludwig — me disse —, você não sabe de nada... Não nego que sofri, mas agora sei que estou no caminho certo. Não entendo por que você não progride. Eu ouvi você cantar sozinho, ouvi-o nos recreios, ouvi, entre os gritos, sua verdadeira voz, e sei, Ludwig, que você pode ser promovido comigo ao Coral Especial. Por que esconde seu talento? Por que foge da música? Por que dissimula sua maravilhosa voz? Junte-se a nós! Não sou eu quem deve fugir e sim você que tem de parar de se esconder!

Pegando suas mãos entre as minhas, lhe disse:

— Friedrich, ouça! Vamos fugir daqui... Eu posso lhe ensinar tudo o que é necessário. Não tema por seus pais. Esta escola não passa de um lugar medonho; só quem vive aqui acredita em suas regras e em sua grandeza. Meus pais vivem em Dresden. Lá há escolas iguais ou melhores do que esta. Temos o conservatório! Em poucos anos poderá nos admitir... Venha comigo para Dresden, Friedrich!

Meu amigo deu três passos para trás e, lentamente, tomado por um descrédito absoluto, com seus olhos opacos colocados em mim, me disse:

— Esqueça-me, Ludwig... Eu lhe imploro, afaste-se, se é que ainda gosta de mim...

Fechei os olhos, respirei fundo. Deixei-me penetrar pelo assovio do vento, pela contração dos galhos dos abetos que nos envolviam, pelas frágeis batidas do coração de Friedrich... E então ouvi uma respiração rasgar o ar. Reconheci-a imediatamente.

Herr Direktor estava atrás de mim.

Não adiantaria correr porque Friedrich não me seguiria. Sua vontade sucumbira à da Gesangshochschule. De minha parte, sabia que agora seria expulso para sempre. Pensei com rapidez. Só tinha uma opção para permanecer ao lado de Friedrich. Herr Direktor continuava atrás de mim, mas ele não desconfiava de que eu percebera sua presença.

Tomei fôlego, fechei os olhos e, fazendo uso de meu dom, reproduzi à perfeição a pureza das vozes dos meninos do Coral Especial. Já lhe disse que quando decompus aquelas vozes não encontrei nada, só o vazio... Reproduzi o som da morte. Eu, Ludwig Schmitt von Carlsburg, cantei como aqueles meninos sem pulsão de vida, o fiz como um tosco imitador de circo ambulante. Minha voz percorreu os bosques da propriedade, inundou todos os cantos da Gesangshochschule, quase despertou de seu eterno sono os anjos de pedra que restavam sobre os muro e, ao final, levou Friedrich a cair de joelhos e, com lágrimas nos olhos, me dizer:

— Como você conseguiu fazer isso, Ludwig?

Estava assustado, seus olhos haviam se arregalado com horror, como se estivesse diante de um morto que se levantara de seu sepulcro.

Atrás de mim, Herr Direktor já tomara sua decisão.

## 19

Já escurecera. Herr Direktor me levava à sua residência. Apertava meu braço, embora eu não fosse fugir. Eu não era um covarde, teria coragem de passar por quaisquer que fossem as terríveis provas que tivesse de passar e que Friedrich superara. Demonstraria a meu amigo minha verdadeira coragem. Não, padre, eu não sentia medo. Sabe-se que o amor é o ferro com o qual se forja a ingenuidade.

Herr Direktor abriu a porta.

— Entre, Ludwig —ordenou.

O interior de sua pequena residência era austero. No vestíbulo, um vaso oferecia suas frias boas-vindas com flores secas de cor ocre. A iluminação de duas lâmpadas a gás era insuficiente, dava uma aparência tênue aos objetos e aos móveis. À esquerda do pequeno hall ficava o escritório de Herr Direktor, onde me fez entrar. No centro, uma grande mesa totalmente desocupada. Atrás dela, vidraças translúcidas impediam que fossemos observados do lado de fora. Diante da mesa, no outro lado do aposento, havia um aparador cheio de livros de música e partituras. À sua direita, um sofá e duas pequenas poltronas com uma mesinha de centro de nogueira. Atrás do sofá havia uma porta, semiaberta, que levava a um escritório anexo. Pareceu-me vislumbrar em seu interior um grande divã coberto com um lençol.

Herr Direktor acendeu uma luminária, sentou-se em sua poltrona e me indicou com a mão que me sentasse. Estávamos frente a frente com sua mesa no meio. Juntou os dedos e se acotovelou nos braços da poltrona. Esperou um longo intervalo, como querendo aumentar o domínio que pretendia exercer sobre mim. Depois disse:

— Querido Ludwig... O que devo fazer com você, garotinho? — usara um tom irônico enquanto me analisava com seu perspicaz olhar.

Não respondi. Então, Herr Direktor separou as mãos e se inclinou para frente. Olhou-me firmemente, mas sustentei seu olhar de assédio.

— Você conseguiu enganar a todos nós. Dedicou-se a passar despercebido, a dissimular uma voz maravilhosa e angelical — disse para me impregnar de um injustificado sentimento de culpa.

Não conseguiu me amedrontar. Ele percebeu. Então se reclinou para trás, como se estivesse medindo minha capacidade de resistência.

— Não compreendo — seu tom era agora mais conciliador — por que você não confia na Gesangshochschule, como tampouco entendo por que não confia em mim. Você está há meses me escondendo seu talento, Ludwig. E, forçosamente, isso me leva a deduzir que, no fundo, você não deseja ser cantor...

Continuava a me olhar fixamente. Tocara um dos meus pontos fracos. Achei que me ameaçava com uma possível exclusão do internato.

— Porque, se de fato você quisesse ser cantor de ópera, não desprezaria a infinita oportunidade representada pelo Coral Especial.

Herr Direktor estava ficando irritado, como acontecia sempre que passava por sua mente a ideia de que não se apreciasse suficientemente o insaciável coral pelo qual se desvelava, em torno do qual se articulava toda a organização da escola. De fato, neste ponto se encolerizou:

— Você não se dá conta? Todos os anos vêm até aqui as mais importantes personalidades do mundo da ópera e do teatro! E por que você acha que isso acontece? Por que querem dar um passeio pelos bosques bávaros? Por que querem perder tempo? Não, Ludwig, não! Vêm se prover dos melhores cantores! Se algum empresário teatral ou regente colocar os olhos em você, terá garantido um lugar no conservatório ou fechará um contrato para quando terminar seus estudos e abandonar estes muros... Sabe como é difícil? E isso não parece lhe importar nem um pouco! Meu Coral Especial, seu mequetrefe, é o mais apreciado entre todos os dos reinos da Confederação Germânica...

Olhei-o com estupor. Aquele homem parecia estar possuído por um projeto inalcançável, desmesurado, mais motivado por seus delírios de grandeza do que pelos parâmetros da realidade. Seu discurso parecia o de um louco.

— Vou lhe explicar um segredo... E posso revelá-lo porque você vai ser hoje um dos nossos... Um dia, muito tempo atrás, eu tive um sonho. Sonhei que formaria o coro mais perfeito da história. Nesse sonho, as estátuas da propriedade adquiriam vida e, uma por uma, desciam de seu pedestal e caminhavam até o hibernáculo do pátio. E eu dava vida a cada uma que chegava. A estátua, então, cantava com uma voz angelical e mágica. Quando esgotei as duzentas estátuas, meu coro ficou completo. Era um coro de vozes puras, liberadas de sua pulsão mortal, vivas para sempre... Graças à minha ação protetora. E assim, cada vez que um novo menino se incorpora ao meu Coral Especial, eu derrubo uma estátua e a guardo no alpendre do hibernáculo de cristal. Ali dentro está se formando um coro de anjos de pedra. E quando o último anjo deste muro entrar... Meu sonho terá se tornado realidade. Mas até que esse dia chegue não poderei dormir tranquilo... Essa é minha missão, Ludwig, essa é minha missão... Além do mais, querido Ludwig, é pelo seu bem, não há dúvida alguma: *você é um deles.*

Herr Direktor estava pasmo, mas também mais sereno. Suspirou, voltou a se concentrar em mim e me disse:

— Ludwig, você vai fazer parte do Coral Especial a partir de hoje. E por isso há algo que precisa saber...

Levantou-se, foi até o aparador cheio de partituras e abriu a gaveta inferior com uma pequena chave que guardava no bolsinho de seu jaleco. Tirou uma pasta. Levou-a à sua mesa e procurou algo dentro dela. Tirou de um envelope uns papéis que reconheci. Eram os que meu pai preenchera com todos os meus dados e a autorização para que cuidassem de minha formação, educação musical e alimentação. Herr Direktor desdobrou um papel pequeno que havia junto ao resto. Mostrou-me a assinatura de meu pai em um quadradinho inferior, ao lado do meu nome, que, com minha própria letra, escrevi no dia em que cheguei à Gesangshochschule.

— Estou autorizado, Ludwig, quero que saiba que estou autorizado pelo seu progenitor e pela sua própria aquiescência. É a condição indispensável. Sem esta permissão que me dá carta branca o acesso a esta escola está vetado. Você deve fazer ideia... Se seu pai aceitou me outorgar estes poderes, é porque deseja, a todo custo, que você se torne cantor.

Não conseguia compreender do que estava me falando, mas reconheço, padre, que daquela vez Herr Direktor conseguiu me deixar confuso. Levantou-se, saiu da sala e, pouco depois, voltou com um copo que continha um líquido turvo.

— Beba isso, assim tudo será mais fácil.

Senti-me encurralado. Havia pensado em enfrentar Herr Direktor se fosse necessário, Mas agora me via sozinho com ele em seu escritório e me mostrara uma carta com a assinatura de meu pai. Herr Direktor era um homem com sonhos de grandeza, mas sabia o que fazia e até onde podia chegar. Tudo o que fosse fazer comigo fora aceito por meu pai. O que podia fazer contra isso um menino de apenas onze anos?

Olhei o interior do copo, pensei em Friedrich e bebi seu conteúdo. Tinha um sabor amargo, quase ácido. Tossi várias vezes. Depois Herr Direktor me pegou pelo braço com força.

— Vamos!

## 20

Saímos. Passamos de novo diante da porta principal do edifício, que mal se distinguia; era uma massa negra na noite cerrada. Herr Direktor andava com determinação pelos pátios da propriedade. Nossos pés afundavam na folharada, que se levantava a cada passo nosso. Depois de alguns minutos, chegamos às imediações do alpendre de vidro. Em seu interior havia uma frágil luminescência. Sombras se projetavam contra os vidros. Eram as silhuetas que me inquietaram na tarde em que, caminhando com Friedrich da igreja ao edifício principal, reparei pela primeira vez naquele hibernáculo de cristal.

Sentia-me tonto, como se meus olhos se fechassem de sono. Tinha a sensação de estar sendo dominado, meus músculos perdiam intensidade. Herr Direktor abriu a porta do alpendre e se afastou para um lado. A curiosidade e seu braço me empurraram para dentro.

Várias lâmpadas a gás estavam distribuídas pelo hibernáculo, que consistia em um único espaço. Percebi que os perfis que vira projetados contra o vidro eram... Os anjos mofados e destronados do muro da Gesangshochschule! Havia várias dúzias. Estavam dispostos em círculo, acompanhando o contorno das paredes de cristal. Formavam uma pequena arena. Reconheci o anjo da trombeta sob o qual Friedrich e eu havíamos passado tantas tardes a sós, o da harpa que fora retirado na noite anterior, assim como o resto das esculturas que tantas manhãs vira desaparecer. Os anjos de pedra estavam colocados de forma que encarassem o centro, onde havia uma espécie de mesa branca simulando um altar. Sobre ela, uma toalha branca, como se fosse acontecer uma celebração religiosa ou um ritual. Fiquei enjoado e comecei a caminhar em círculo. Os rostos daqueles anjos desnudos me olhavam de forma vazia e fria. Todos giravam ao meu redor, como se dessem voltas em um endemoniado carrossel. A substância ingerida me transportou e comecei a substituir, em uma espécie de sonho consciente, os rostos daquelas efígies. O de Friedrich, o de Hans, o dos outros meninos escolhidos na primeira sexta-feira de cada mês... Olhavam-me e, enquanto uma lágrima vertical descia por seu rosto, sorriam e me chamavam para seu lado. Dei uma volta atrás da outra como em uma brincadeira infantil de cabra-cega, mas, para dizer a verdade, não sabia mais se era eu quem girava sobre meus pés ou se tudo girava, porque meus olhos se embaçavam e as coisas pareciam se deformar. Um afã de sobrevivência me concedeu mais alguns minutos de consciência, antes que a substância que ingerira me mergulhasse em um profundo e iminente sono. E então os vi, padre, os vi... Aqueles anjos... levavam ao redor de seus corpos uma espécie de fita, como uma medalha. Mas o que pendia dessa fita, exatamente na altura de seu sexo, não era uma peça de ourivesaria, não era prata, não era ouro nem era bronze... Eram testículos, padre! Oh, Deus! Sim, eram testículos dissecados. Escrotos de meninos! Os testículos dissecados de dezenas de meninos de quem havia se extirpado a vida, a pulsão, a continuidade...!

Meninos inocentes haviam perdido o mais essencial de seu corpo, a essência de sua natureza... Sim, padre, observei as cinturas daquelas figuras de pedra e de cada uma pendiam dois testículos marrons e enegrecidos, provavelmente tratados com alguma substância para evitar a putrefação. Os proprietários daqueles órgãos, que dormiam no edifício reservado ao Coral Especial, sabiam que a umas poucas centenas de metros existia um museu onde um excêntrico guardava seus próprios escrotos. Por que aquela conivência? Friedrich até tingira de normalidade aquele brutal sonho de um caduco, enlouquecido professor de música.

Ainda não reagira quando ouvi às minhas costas a voz de Herr Direktor. Havia esperado que assimilasse o que ia me acontecer. Disse com voz calma e suave:

— Estes testículos que você vê aqui valem ouro, muito ouro... Muitos alquimistas, feiticeiros e bruxos afirmam que têm poderes mágicos... Estes escrotos são cobiçados como verdadeiros tesouros, mas jamais vendi um... Nem um único! Guardo-os aqui porque em meu sonho os anjos de pedra possuíam os testículos de meus alunos... Deve confiar em mim: estou protegendo-o, Ludwig, estou protegendo-o.

Comecei a tremer de pavor.

Herr Direktor falou depressa, em um tom abafado, como se tentasse dobrar minha vontade, como se quisesse que fosse ficando cada vez mais difícil me rebelar.

— Você já está com onze anos. Precisamos fazer isso agora. Falta pouco tempo para sua puberdade. E aí sua voz mudará e não poderemos conservar mais essa magnífica tessitura que tanto me maravilhou quando a ouvi hoje à tarde.

Depois se aproximou e acariciou meu rosto. Sua mão estava gelada.

— Você é um afortunado, Ludwig, conseguirá ser admirado pelo público e pelos maestros! Fará uma incrível fortuna! Interpretará o sacerdote Orfeu da incomensurável ópera de Gluck! Você será herdeiro de Caffarelli, Guadagni, Senesino, Bernacchi, Crescentini, Farinelli e de tantos outros grandes *castrati*; terá um *fiato* incrível, de até 15 compassos, conseguirá um timbre agudo, rico em harmônicos, de uma extensão vocal inimaginável e não apenas trinados de semitons, mas também de terceiras, adornos diabólicos, apojaturas graciosas, sons abafados que levarão os teatros à loucura... É o mais conveniente, se não sua voz perderá a agudeza, Ludwig, e precisará supri-la com um falsete... Você pretende inundar as igrejas e os teatros com falsetes? Falsetes! Maldita mediocridade! Uma invenção, uma imitação grosseira! Não! Os falsetes espanhóis e italianos fundem os registros de peito e cabeça e exercem uma desprezível intrusão. Insultam os *castrati*! Falsetes! A própria etimologia os acusa: são falsos! Têm vozes estridentes! Artificiais! Jamais alcançarão a naturalidade e a sinceridade dos *castrati*! (...) De acordo, há alguns inconvenientes: perderá a lanosidade, talvez engorde e seus peitos e cadeiras se afeminem, não o nego... Mas fique tranquilo, poderá usar seu sexo, isso eu posso lhe garantir... Perderá parte de sua pulsão, mas restará em seu âmago um mínimo que lhe permitirá ter atividade sexual em sua idade madura. De fato... Os *castrati* são objeto de adoração de muitas mulheres, são uma espécie pouco habitual e por isso seu corpo é cobiçado. Não, não se preocupe, Ludwig, você não apenas se converterá em um ídolo vocal, mas também o será das mulheres lascivas. Sim, sem dúvida você hoje é um afortunado, Ludwig. Em uma única noite chegará ao Coral Especial e passará a fazer parte da exclusiva família dos *castrati*...

Não precisamos nos assustar agora, padre. O senhor sabe que a castração remonta à origem dos tempos... Quantos pais não castraram seus próprios filhos nos tempos remotos para, como o deus Saturno, assegurar seu domínio e poder sobre os membros de sua tribo? Que servente de mulheres do Egito antigo não foi transformado em eunuco para evitar a infidelidade nos haréns? Quantos milhares de guerreiros não foram castrados para extirpa-lhes sua hombridade e conseguir sua obediência quando eram feitos prisioneiros? Durante quantos anos não se acreditou que a epilepsia, a lepra ou a loucura podiam ser curadas com uma castração? E como sacerdote católico que é, padre Stefan, o senhor sabe que, embora a cada lustro apareça um novo rumor de que a próxima encíclica condenará definitivamente a castração de cantores, os coros do Vaticano continuam cheios de *castrati*... Não recordo aquele versículo da Bíblia*, mas desde que a Igreja vetou as vozes das mulheres nos templos e Clemente III admitiu os *castrati* na Capela Sistina, estes foram oficializados. A Igreja precisava de vozes agudas para emular os cantos dos anjos de louvação a Deus nas igrejas e interpretar os papéis de soprano e contralto nos teatros pontifícios. Diante da falta de mulheres e necessitados de sopranos e contraltos, não restou outro remédio a não ser o de recorrer às vozes brandas de crianças e adolescentes, às vezes sequestrados, às vezes cedidos por seus pais: famílias humildes ou com muitos filhos... Um *castrati* era, e ainda em algumas regiões da Itália, podia ser, a salvação econômica de toda uma família... O que estou dizendo? De duas gerações! Convertiam-se em vozes que recebiam salários exorbitantes que fariam subir as sobrancelhas de qualquer cantor; foram os preferidos dos reis e do clero, chegaram a enlouquecer o público... Ao terminar sua carreira, estavam ricos, donos de terras, amealhado fortunas incalculáveis... Ser um *castrati* era um ideal, um seguro vitalício! A fama! A glória! Muitos garotos da

---

* Epístola de São Paulo aos Coríntios, 14:34: *Mulieres in ecclesiis taceant non enim permittitur eis loqui sed subditas esse sicut et lex dicit* ("Fiquem caladas as mulheres nas assembleias, pois não lhes é permitido tomar a palavra. Devem ser submissas, tal e como diz a Lei"). (*Nota inserida pelo próprio padre Stefan*).

Gesangshochschule pertenciam a pais sedentos de ver seus filhos alcançar a glória, serem coroados pelos aplausos, exaltados pelos críticos, reclamados pelos teatros e agitados pelas orquestras. Mas não lhes explicavam toda a verdade... Era certo que suas vozes seriam únicas, mas era menos verdade que só alguns poucos alcançariam a fama. Herr Direktor ainda vivia no século passado... Os *castrati* eram apreciados, mas de jeito nenhum eram o que haviam sido tempos atrás... E muito menos ainda na Confederação Germânica! Muitos de meus companheiros não encontrariam trabalho, se deslocariam de uma cidade a outra, receberiam menos dinheiro que aplausos e acabariam fazendo parte de coros de pequenas cidades italianas. Sim, aqueles *castrati* da Gesangshochschule eram, enfim, o que de repente seria história. Estávamos em 1848, padre Stefan... A era moderna! Restavam poucos anos de reinado aos *castrati*!

Mas... E o caso de meu pai? Nós não precisávamos de dinheiro! A meu pai bastava a glória que alcançara com sua pintura. Supus que passara muito tempo em Roma e no Vaticano. Posso imaginá-lo acudindo às audições de música sacra, maravilhando-se com as vozes dos *castrati*, aos quais restavam poucos redutos além do Vaticano. Até hoje famílias humildes suspiram para que sua filha aprenda a tecer com arte e desenvoltura, ignorando que as oficinas se enchem de teares mecânicos movidos a vapor. O senhor sabe, padre, que são muitos aqueles que evitam a realidade dos avanços da ciência e preferem continuar vivendo em um mundo que já se foi.

## 21

Herr Direktor me pegou pelo braço com suavidade e me conduziu até a mesa de pedra em forma de altar que havia no centro do hibernáculo. Eu me deixava levar. Sentia-me tonto, tinha náuseas, minha vontade estava subjugada.

— Vamos fazer como se fazia antes, de forma correta, porque, se nos limitarmos a atrofiar-lhe os genitais, correremos o risco de que você fique com uma voz absurda e o público zombe de você imitando cacarejos de galinha.

Naquele momento, ouvi passos próximos do hibernáculo. Era Franz, o Disforme! Carregava um balde de água fumegante. Uma espécie de mochila de pano, provida de tenazes, facas e uma pequena serra, pendia de seu ombro.

— Não doerá, Ludwig, eu lhe administrei uma boa dose de ópio. Além do mais, Franz foi cirurgião na guerra antes do incêndio que destruiu o hospital de campanha em que trabalhava; ele garantirá que não perca sangue e não deixará sua ferida infeccionar. Sei que seu aspecto é deplorável, mas seu tato é... fantástico. Não tema. Deixe-se levar, deixe-se levar, meu queridíssimo Ludwig.

Franz, o Disforme, depositou o balde de água no chão e encheu uma vasilha de boca larga. Aproximou-se de mim e, com a ajuda de Herr Direktor, me deitaram no altar. Depois, arriaram minhas calças e me tiraram a roupa de baixo. Estava sobre a toalha de linho branco, e assim o frio da pedra ficava parcialmente amortecido. Queria sair dali, mas não podia. Meus músculos estavam entorpecidos, como se tivesse acabado de fazer um imenso esforço. Franz, o Disforme, colocou alguns panos em volta de minha cintura. Depois pegou uma toalha e a enrolou, fazendo uma espécie de trouxa. Colocou-a sob minhas nádegas para que meu corpo ficasse arqueado e as partes íntimas mais altas.

— Não... Não quero... — sussurrei sem conseguir terminar a frase.

Franz, o Disforme, colocou a vasilha de água quente entre minhas coxas. Percebi que meus testículos eram submergidos no líquido ardente. Contraí-me, mas em seguida afrouxei a pressão das minhas pernas. Meus escrotos voltaram a se molhar e pousaram no fundo do recipiente. Herr Direktor se afastou alguns metros. Fitei o teto. Daquela perspectiva, a cúpula de cristal desenhava uma circunferência perfeita. As folhas das árvores se estendiam por cima da gente como uma espécie de manto que escondia dos mortais aquele execrável ritual.

— Não... Não... — repeti.

Enquanto meus testículos amoleciam, o que facilitaria a extração, Franz, o Disforme, se aproximou até ficar na altura de meu rosto. Suas cicatrizes e deformações pareciam se alongar, devido aos efeitos da droga. Seu olho sem pálpebra estava a um palmo de minha cara. Acariciou meu pescoço e, com seus dedos rachados, pressionou com força minha jugular. Era uma forma de conseguir uma inconsciência parcial e executar a mutilação sem precisar me amarrar à mesa. Mas ignoro em que ponto equivocado pressionou, pois, em lugar de me adormecer, conseguiu o efeito contrário: despertou-me do sono em que estava mergulhando. Aquela inesperada injeção de ânimo permitiu que eu me levantasse e atacasse meus opressores.

— As correias, rápido, as correias! — gritou apressadamente Herr Direktor.

Os dois amarraram minhas mãos e pernas passando tiras de couro por baixo do altar. Agora eu estava completamente imobilizado. Franz, o Disforme, veio de novo até minha cintura e acariciou meus testículos para checar se a ação do calor já fora suficiente. Olhou Herr Direktor. Este assentiu. Então dirigi o olhar aos anjos que me rodeavam em um círculo perfeito. Fitei seus olhos de mármore, vazios e brancos. Eu não queria perder minha virilidade, padre. Mas não era só isso... Era algo mais, algo superior que o senhor já conhece: não queria perder... meu dom, o dom com o qual fora agraciado. O poder de debulhar os sons, de levá-los para dentro de mim, de dissecá-los para produzir a mais bela das vozes também seria castrado. Não obedecia a nenhuma regra, mas tinha uma lógica cartesiana. Minha castração testicular seria também a castração de meu dom. E, padre... Quando a pessoa sabe que é depositária de um poder, quando intui que é o eleito entre os eleitos, não pode se deixar dobrar.

O brilho dos instrumentos me alertou: chegara o momento. Franz, o Disforme, aproximou uma tesoura imensa de minha cintura. Perdi-a de vista. Estava sob minha virilha. Não tinha mais do que alguns segundos. Então usei todo meu poder: fechei meus olhos e escutei, como fazia quando não passava de uma criança de poucos meses, absorvendo o mundo através dos sons. Em uma fração de segundo ouvi a respiração da minha parteira, ouvi o som dos cavalos percorrendo a Josephspitalstrasse, ouvi o vento, a água do Eisbach, a madeira dos bosques bávaros, as vozes de meus pais, ouvi a morte de vovô Klaus, as centenas de sinos que conheci em minha infância... Ouvi as batidas do meu coração, aceleradas, o roçar do meu sangue percorrendo minhas próprias veias, os rangidos de minhas costelas a cada uma de minhas respirações, meu estômago, minhas entranhas, todo meu ser... E misturado àqueles sons, de repente, detectei um novo: uma sonoridade mais bela que qualquer *adágio* ou *andante* de sonata, o som dos sons, a frequência sonora que passara toda minha vida procurando, a origem de todos os sons do mundo. Sim, padre, exatamente naquele momento ouvi o som que durante tantos anos resistira a mim, aquele que procurara infrutiferamente, o que tentara criar com misturas e mais misturas, o de que precisava para alcançar a perfeição, a plenitude, para me transformar em um ser completo, o som que poderia dobrar qualquer vontade terrena, o som pelo qual os homens e as mulheres deste mundo vivem e se entregam, o som pelo qual a vida é vida e esta não acaba: o som... O som do amor... Sim, padre Stefan, o som do amor era aquele cuja ausência me levou um dia a me isolar em um telhado e a cantar pela primeira vez, o som que, não possuindo, lutei para despertar nos demais com minha voz, a sonoridade que durante tanto tempo se escondera de mim porque tinha de surgir de meu próprio âmago, a sonoridade que jamais teria encontrado nos rios, nos bosques, nos campos ou nas pessoas, o som que, mesmo que tivesse percorrido todos os reinos da Europa, jamais teria encontrado, o único som que existe sobre a Terra porque vive apenas dentro do homem; a sonoridade que ficara tanto tempo oculta era a do *amor* e agora podia ouvi-la, eu a ouvia dentro de mim, surgia com total clareza vindo de meu abdômen, ali estava, ali estava! Foi a primeira vez na minha vida. Eu a tinha descoberto no limite de meu desespero. E se a ouvia... podia produzi-la! Ou será que não seria capaz de cantar tudo o que até então penetrara em meu ouvido? Não havia cantado os milhares de sons que absorvera durante onze anos? Por que não poderia cantar também a sonoridade do amor? Concentrei-me e a fiz aflorar, levei-a através de meu abdômen até meus pulmões e... cantei-a.

Tombado naquele altar, com o instrumento de um sanguinário e mutilador de meninos desfigurado pelo fogo, abri os olhos, fitei Herr Direktor e emiti o som do amor, o único capaz de dobrar qualquer vontade, a melodia da pulsão da vida.

Não tem sentido descrever como soou. Foi a melodia mais sublime que Herr Direktor ouvira em toda sua existência. A sonoridade do amor chegou aos seus ouvidos, se enfiou dentro dele e, qual veneno mortal, dobrou sua vontade.

*Quão doce e suave*
*Sorri,*
*Seus olhos*
*Se entreabrem com ternura...*
*Vejam, amigos!*
*Não estão vendo?...*
*Como resplandece*
*Com luz crescente!*
*Como se alça*
*Cercado de estrelas.*
*Não estão vendo?*
*Como se inflama seu coração*
*Animado!*

*Augustos suspiros*
*Inflam seu peito.*
*E de seus lábios*
*Deleitados e suaves*
*Flui um hálito doce e puro.*
*Amigos, vejam!*
*Não estão percebendo? Não veem?*
*Só eu ouço*
*Essa voz*
*Cheia de maravilhosa suavidade,*
*Que, qual delicioso lamento,*
*Tudo revela*
*Em seu consolo terno?*
*É qual melodia*
*Que, a partir dele, me penetra,*
*Ressoando em mim seus ecos deliciosos.*
*Essa clara ressonância que me circunda,*
*É a ondulação de brandas brisas?*
*São as ondas de aromas embriagadores?*
*Como se dilatam e me envolvem!*
*Devo aspirá-las?*
*Devo percebê-las?*
*Devo beber ou submergir?*
*Ou fundir-me em suas doces fragrâncias?*
*Na flutuante torrente,*
*Na ressonância harmoniosa,*
*No sopro infinito*
*Da alma universal,*
*No grande Tudo...*
*Perder-se, submergir...*
*Sem consciência...*
*Supremo deleite!*

— Não! Não! — gritou Herr Direktor ao mesmo tempo em que fincava os joelhos no chão e procurava, inutilmente, tapar seus ouvidos com as mãos.

*Por mim eleito,*
*Por mim perdido,*
*Nobre e puro,*
*Ousado e covarde!*
*Cabeça consagrada à morte!*
*Coração consagrado à morte!*

Franz, o Disforme, se deteve e afastou as tesouras. Era surdo-mudo, e assim, privado de qualquer possibilidade de ouvir, não se importou com meu cantar. Olhou espantado para Herr Direktor.

Eu continuei cantando, não podia me deter. Senti como mergulhava em Herr Direktor e o dobrava por dentro. Era eu quem estava amarrado ao altar, quem estava sujeitado e imobilizado por correias, mas, na realidade, ele era o réu e eu, o verdugo.

Herr Direktor me olhou do chão, aterrado. Franz, o Disforme, ainda sem entender, abandonou todos os instrumentos e foi até o diretor para ajudá-lo a se levantar. Emitiu grunhidos de pavor.

Por fim parei de cantar. Não precisava continuar. Percebi que meu poder havia agido.

— Maldito bastardo! — disse Herr Direktor com uma mistura de ira e desespero enquanto se punha de pé. —Foi muito tarde... Como não pude me dar conta? Como fui tão estúpido? Oh, Deus! Será que não fui digno da responsabilidade que me foi atribuída? Por que falhei?

Clamou e vociferou contra os céus. Lançou maldições, algumas em línguas antigas que não consegui decifrar. Franz, o Disforme, esperava do lado, assustado, deslocado, ainda sem compreender. Soluçava como um animal ferido.

— Solte-o, Franz, deixe-o ir... É tarde, muito tarde... Seu poder agiu dentro de mim... — enquanto dizia isso, me acariciava a pele como quem mima um ser querido. — Oh, meu Deus...! O que será de mim agora? — foi a última coisa que disse o agora apavorado diretor.

Depois, ele mesmo, com absoluta submissão, desatou as correias de couro que me mantinham preso ao altar e saiu choramingando do alpendre em direção ao bosque. Franz, o Disforme, seguiu-o, coxeando.

E eu, Ludwig Schmitt von Carlsburg, fiquei em pé, respirei fundo e senti uma plenitude absoluta, soube que era um homem completo, me vi finalmente pleno, a tela recebera sua última pincelada, a última nota da sinfonia fora escrita. Não me faltava mais nada, não teria de procurar nada, a absoluta totalidade das sonoridades da Terra era minha. Fitei o céu de novo e emiti o som mais terrível que minhas cordas vocais puderam proferir: o grito de um deus.

*Fragmento de uma carta de Richard Wagner a Franz Liszt sobre suas ideias acerca da obra de Arthur Schopenhauer* O mundo como vontade e representação:

*7 de junho de 1855*

*O homem, como todo animal, tem vontade de viver, e para isso conforma seus órgãos segundo suas necessidades, e sob estes órgãos se forma também um intelecto, isto é, o órgão que registra as coisas exteriores, com o fim de utilizá-las para satisfazer as necessidades de acordo com sua capacidade. O homem "normal" é, portanto, aquele em que esse órgão orientado para fora, cuja função é a de conhecer, como a função do estômago é a de digerir, está dotado de força suficiente para satisfazer as necessidades da vida que há de tirar do exterior, e esta necessidade vital consiste — precisamente para o homem "normal" — no mesmo que as necessidades da vida da maioria dos animais, isto é, no desejo de alimentação e procriação, pois esta vontade de viver, esta causa primitiva genuinamente metafísica de toda existência, não quer absolutamente outra coisa além de viver, isto é, alimentar-se, reproduzir-se, e esta sua tendência pode ser comprovada na tosca pedra, na delicada planta, até no animal humano, só são diferentes os órgãos que se deve utilizar, chegando aos níveis superiores de sua objetivação para satisfazer necessidades mais complexas e por isso mais discutidas e mais difíceis de calar. Quando conseguimos este entendimento assegurado pelos incríveis feitos da ciência atual, então também entendemos de repente o que é característico na vida da maior parte dos homens de todos os tempos, e de repente já não nos admiramos de que esses se apresentem sempre como bestas: pois esse é o caráter "normal" do homem.*

*Mas como inclusive sob essa "norma" fica uma imensa parte dos homens nos quais o complicado órgão do entendimento não se desenvolve até conseguir a capacidade de satisfazer plenamente as necessidades, assim aparecem (naturalmente, de forma esporádica) "anormalidades", nas quais se ultrapassa a dimensão habitual na formação do órgão de entendimento, isto é, do cérebro, como a natureza cria com frequência monstros, nos quais um determinado órgão se desenvolveu de maneira sumamente dominante.*

*Uma monstruosidade deste tipo é — quando se apresenta em seu grau máximo — um "gênio"...*

## 22

Voltei ao dormitório e me enfiei de novo em meus lençóis. Sabia que não tinha mais nada a temer, a vontade de Herr Direktor era minha.

Inundara-o com o som do amor, não poderia fazer nada contra a fonte da vida. Meus companheiros dormiam alheios a tudo o que acontecera, sonhando com suas vozes medíocres triunfando sobre palcos de teatros abarrotados de um público rendido.

Custou-me dormir. Recordava os terríveis momentos que passara sobre o altar do alpendre. O que teria acontecido se eu não tivesse encontrado o som do amor naquele exato momento? Havia sido uma bendita casualidade. Eu intuía que não tinham sido a angústia e a tensão do momento que haviam levado à descoberta; fora uma pura e absoluta casualidade, uma sincronia. E não havia mais nenhum motivo, um único motivo.

Outros pensamentos surgiam em minha mente ainda drogada. Por que meu pai autorizara minha castração? Sem dúvida ele sabia algo, ele intuía que eu devia ser castrado. Será que achava que eu viraria um estuprador? Temia minha sexualidade? Ou simplesmente que me tornasse um homem? Muitas perguntas sem respostas, muitas...

Só consegui relaxar quando resolvi esquecer todas aquelas questões e me concentrar na sonoridade que finalmente vivia em mim. Todos os sons que conhecia haviam sido ouvidos em algum lugar, mas aquele não provinha de lugar algum e sim de meu próprio ser. O som do amor nascera dentro de mim do mesmo modo que um tumor começa um dia, sem mais nem menos, a se desenvolver, do mesmo modo que uma larva muda para se transformar em verme ou em crisálida para virar mariposa. Foi uma genuína evolução de meu corpo, das minhas entranhas. Dei-me conta de como haviam sido absurdos aqueles onze anos de procura. Jamais teria encontrado através de meu próprio esforço a sonoridade do amor; minha procura fora desnecessária. Não precisava fazer nada, decompor nada, não se tratava de uma mistura perfeita, nem sequer de uma frequência escondida em um rangido. Era um som claro, perceptível, limpo e cristalino. Dediquei-me a deixá-lo reverberar dentro de mim, a deixar-me levar por sua doce melodia, por sua delicada frequência, por sua essência amorosa e perfeita, uma natureza rica, poderosa, absoluta e eterna.

Por fim conciliei o sono. Sonhei com Friedrich. Estávamos em sua cama, enfiados entre os lençóis. Centenas de Frank, o Disforme, e centenas de Herr Direktor, repetidos como cópias, lutavam com seus travesseiros ao nosso redor. Gritavam e zurravam enquanto as penas dos travesseiros se espalhavam em forma de flocos de neve, que se depositavam com suavidade sobre o chão do dormitório. Friedrich tinha rosto e corpo de mulher. Seus pelos tinham desaparecido, seu peito havia intumescido como os de uma adolescente na idade da puberdade, seu queixo era suave e suas mãos também. Fazíamos amor enquanto as centenas de Franz, o Disforme, e de diretores gritavam e riam ao nosso redor e se batiam com suas armas de pluma para provocar mais e mais neve, mais e mais neve. Não era uma neve fria e áspera, mas quente e suave, uma neve densa e sedosa. De repente senti um prazer extremo, um prazer tão penetrante que acordei.

Ergui o corpo levemente. Minha cintura estava empapada, manchara os lençóis com a neve da adolescência, meu líquido seminal.

## 23

No dia seguinte fui expulso da Gesangshochschule.

O professor Drach me obrigou a recolher meus objetos pessoais enquanto o resto dos meninos estudava nas salas. Não havia aulas, tudo fora paralisado. Pediram um transporte e mandaram que me levasse a Munique. Eu não reclamei. Friedrich já estava completamente inacessível, não me restava outro remédio a não ser o de esquecê-lo para sempre. Não havia sentido ficar ali nem mais um dia.

Desci pela última vez as escadas da ala onde dormia, atravessei pela última vez o vestíbulo do edifício principal e cruzei o pátio onde tantas vezes ficara em formação sob a neve e o frio.

Subi em um carro de coalheira sem cabine e sentei ao lado do condutor depois de depositar minha bagagem na parte traseira. O cocheiro esporeou o cavalo e partimos.

Não vi Herr Direktor. Estava em sua residência. O professor Drach me dissera que o encontrara na cama, com febre alta e fortes tremores, vômitos e espasmos, a tez lívida. O professor Drach lhe apresentara o relatório matinal: alguns galhos quebrados, um poço avariado, o desabamento de uma pedra na igreja e alguns lençóis manchados de líquido seminal.

— Essa infração está prevista no regulamento. Expulse Ludwig Schmitt — foi tudo o que disse.

Percorri o interior do internato pensando em Friedrich, em Hans, em todo o sofrimento que aqueles muros encerravam e que ainda lhes cabia presenciar. Olhei os intermitentes anjos que restavam sobre os muros, representações de vidas que seriam extirpadas, alegorias do horror, retratos da podridão à qual conduzem os obscuros desejos dos homens.

Franz, o Disforme, mantinha aberta a grade de ferro com seus dedos destruídos. Olhou-me com ódio e desconfiança, mas também certo temor. Depois de cruzar o portão, me virei para olhar como o fechava de novo. O movimento da Gesangshochschule chegara ao seu último compasso.

Entramos no bosque e fomos em direção ao lago Starnberg, para margeá-lo e enfrentar o caminho que levava ao sul de Munique. Dali me dirigiria a Dresden. Seria uma longa viagem, na qual não pude deixar de pensar naquela noite de amor e horror, uma viagem que usei para apagar Friedrich de meu coração para sempre, uma viagem em que não deixei de me perguntar por que a puberdade e a sonoridade do amor haviam chegado a mim na mesma noite.

Nada mais me importava. Não precisava de Friedrich, não precisava da Gesangshochschule nem de seus absurdos coros. Meu corpo abrigava o som dos sons, como um druida que entesoura uma poção mágica. O meu não era um elixir qualquer, não era o som da ternura, do carinho ou da compaixão. Era o som do amor, do amor eterno, do amor sobrenatural, do amor infinito, do amor com todas as letras, o amor vetado aos homens e mulheres deste mundo, uma sonoridade tão perfeita que tornava desnecessárias todas as demais.

# Segundo caderno

## 24

Que horas são, padre? Ainda não se vislumbra a luz da aurora, deve ser meia-noite, temos tempo, temos tempo... Me sinto com forças, a morfina ainda age... Tenho muito a lhe contar.

Depois de abandonar a Gesangshochschule, voltei a Dresden para junto de meus pais e terminei meus estudos gerais. Aqueles anos foram radicalmente diferentes dos primeiros de minha vida. Como eu conhecia a frequência do amor, meu pai encontrou um novo Ludwig, mais sereno, mais maduro, mais tranquilo. Seu coração não cedera à inquietação que a dúvida suscita, mas como seu desassossego não me contagiava mais, o dele também se atenuou.

Não tive mais notícias de Friedrich nem de nenhum dos meus companheiros daquele execrável internato. Não voltei a pisar na Baviera até que o Conservatório de Música aceitou que eu fizesse as provas de acesso.

Eu consultara todos os conservatórios da Confederação Germânica, inclusive o de Dresden, mas, um após outro, todos rejeitaram meu pedido. O motivo era simples: escrevi uma carta altiva exigindo ter acesso direto ao terceiro ano de canto. Foi uma imprudência: tinha apenas dezessete anos. No entanto, não estava disposto a perder anos de formação para que me explicassem o que já sabia. Talvez por ter passado pela Gesangshochschule, o Conservatório de Munique acabou aceitando que eu fizesse as provas. Mas talvez tenha sido chamado pela pura curiosidade que meu pedido atípico despertara na banca examinadora. Só agora me dou conta de que aquela atitude poderia ter me excluído para sempre do mundo da ópera. Sem um diploma de cantor, nenhum teatro teria me contratado e com uma única carta quase eliminei todas as possibilidades, mas o Conservatório de Munique aceitou que eu fizesse os exames. Tinha de conseguir uma vaga a qualquer custo, caso contrário acabaria ali minha carreira de tenor, sem sequer ter começado.

Assim, pois, voltei à Baviera. Precisava de um alojamento em Munique, o mais próximo possível do conservatório, que ficava na Biennerstrasse, ao lado da Karolinen Platz. Naquela altura meu pai já deixara nossa casa da Josephspitalstrasse e por isso precisava de algum lugar onde me hospedar.

Instalei-me na casa de tia Konstanze, uma prima de minha mãe de quem mal me lembrava. Tia Konstanze teve uma vida desperdiçada. Sua mãe a quis sempre ao seu lado. Não por protecionismo, mas por egoísmo: era a bengala na qual se apoiava nas missas diárias da manhã; sua dama de companhia durante as tardes de chá e costura silenciosa, sua confidente, uma filha perfeita adestrada nas virtudes da obediência e do recato. Minha tia Konstanze suspirava pela aprovação de seus progenitores, o assentimento materno era tão necessário para sua alma como a água era para seu corpo: um sinal de perdão, uma absolvição de nenhum pecado que precisava receber todos os dias. Sua mãe amarrou a filha com etéreos grilhões. Essa dependência da mãe despertou na tia Konstanze uma aversão a qualquer homem que se aproximou dela no futuro. Ela via em qualquer varão que não vestisse batina um colecionador de pecados. Era ainda uma menina e a palavra pretendente significava um horror e uma ameaça mais terríveis do que um abismo. A mera visão de um garoto aproximando-se despertava nela temores profundos: medo de ser acariciada, de ser tocada, de ser possuída, de ser amada; medo de entregar seu coração, medo de ser beijada e depois abandonada, medo, em síntese, de amar. Foi inacreditável a rapidez com que se esfumaram suas chances de se casar. Quando tia Konstanze atingiu a idade apropriada para ser apresentada à sociedade, frequentou aqueles bailes que os burgueses organizam para que seus filhos continuem sendo burgueses. Aparecia vestida de branco para refletir sua virgindade e pureza, como mandava a tradição. Um pretendente a viu de longe e se aproximou de seu corpo esbelto, mas, à medida que se aproximava, descobriu uma expressão atormentada em seu rosto e diminuiu o passo para acabar procurando outra garota. E assim aconteceu com um segundo pretendente e com um terceiro e um quarto... Sob o olhar atento de sua mãe, naquela noite nenhum jovem a tirou para dançar. Ela os afastou com suas pupilas, com sua postura rígida e com seus olhos de espanto.

Chorou a noite inteira em seu quarto e sua mãe a ouviu do aposento contiguo. Mais cinco bailes, padre, mais cinco bailes foi o que durou a juventude de minha tia Konstanze. Mais cinco bailes sem se levantar da cadeira foram suficientes para que o consenso familiar se manifestasse: "Não é preciso se expor ao falatório das pessoas", disse sua mãe diante do silêncio de seu pai e da aquiescência da jovem tia Konstanze. Falatório? A que falatórios se referia? Não era mais do que o próprio interesse em mantê-la ao seu lado colocado na boca dos outros. "Falatório" era uma boa desculpa. A partir desse dia, foi inculcado em minha tia um temor crônico batizado com o pseudônimo de falatório.

Continuou sob o mesmo teto de seus pais, foi à missa todas as manhãs, costurou e costurou sem parar, tomou chá com sua mãe todas as tardes e, sobretudo, guardou silêncio.

Segundo eu soube por minha mãe, houve um único pretendente que de fato esteve disposto a derrubar todas as barreiras que se interpunham entre tia Konstanze e o amor. Era um funcionário dos correios, um carteiro, um pobre diabo cuja condição social despertava o humor de seus pais. Aquele rapaz magro tinha olhos tristes, a boca torta, o cabelo desgrenhado e era deselegante e retraído ao extremo. Não agradava a tia Konstanze, mas tinha uma misteriosa qualidade: foi o único homem de sua vida cuja proximidade não lhe infundia nenhum temor. Sua mãe imitava depreciativamente os gaguejos daquele homenzinho quando entregava o correio em sua casa e tremia quando era tia Konstanze quem abria a porta. Minha tia ria com sua mãe, inclusive acrescentava algum comentário irônico e depreciativo entre alfinetada e cerzido. Mas suas lágrimas se afogavam deslizando por sua garganta em silêncio porque ela sabia que algum dia aquele desmazelado funcionário dos correios perdidamente apaixonado por ela perderia as ilusões e sumiria de sua vida e que, com ele, iriam embora todas as suas esperanças de encontrar um homem que pudesse amá-la sem a intenção oculta de devastar sua alma, de destroçar seu coração, de fazê-la sua pelo exclusivo interesse de se aproveitar de seu corpo. De fato, depois de oito anos de balbucias, o carteiro, com o coração consumido, pediu para ser transferido a outra cidade. No dia anterior à sua partida, entregou uma carta sem remetente à tia Konstanze. Ela a queimou sem sequer abri-la e chorou sem parar durante um ano.

Quando minha tia completou trinta anos, por motivos que nunca soubemos, seu pai viu de repente cancelado um dos principais contratos que tinha com a Casa Real. Sua oficina têxtil perdeu ao redor de mil uniformes anuais, mais de setenta por cento de sua produção. As dificuldades foram, então, enormes e seus pais colocaram todas as esperanças em que algum velho endinheirado oferecesse sua fortuna em troca da mão de tia Konstanze. Tal era seu egoísmo. Enquanto não precisaram, a renúncia de Konstanze os encheu de complacência, mas quando as dificuldades invadiram suas vidas, consideraram intolerável sua aversão ao casamento. O velho salvador não apareceu porque os olhos de tia Konstanze haviam afastado qualquer vislumbre de esperança e qualquer sinal de vida: as pupilas embaçadas de minha tia transformavam seus trinta anos em cinquenta. E um ancião que contrata um casamento na realidade só deseja comprar a juventude que perdeu, e assim nenhum velho abastado se interessou por ela e tia Konstanze voltou a chorar a sós em seu quarto pela terceira vez.

Então seus pais adoeceram: tifo. Tia Konstanze cuidou deles como uma verdadeira enfermeira de hospital, mesmo correndo o risco de ser contagiada. Foram dois anos de remédios, noites insones, orações e leituras da Bíblia em voz alta. Banhava seus pais, lhes preparava e administrava os alimentos e os assistia em suas necessidades mais íntimas. Os pais de tia Konstanze faleceram um depois do outro com seis dias de diferença.

E assim ela ficou sozinha aos quarenta anos de idade. Teimou em ficar vivendo na casa em que nascera, uma casa de aluguel caríssimo que pagava com a pequena poupança recebida de herança. Para tia Konstanze, abandonar aquela casa seria um grave insulto à memória de seus pais. E assim viveu durante cinco anos: na mais estrita penúria, apressando a erosão de seu ínfimo capital. Não foi trabalhar. Não por falta de espírito de sacrifício, qualidade que tia Konstanze possuía de sobra, mas porque ser vista trabalhando seria colocar sua honra sob suspeita, seria a ruína de sua dignidade, a prova de que seus pais nada possuíam e de que haviam morrido à beira da falência. A dignidade era para tia Konstanze mais necessária que o pão. Preferia passar fome e frio a renunciar, a ter a cabeça bem erguida quando saía da igreja ou caminhava pelas ruas da cidade. Ouvi muitas vezes meus pais se indignarem diante da obsessão pela opinião dos burgueses de Munique, porque os burgueses cujos falatórios preocupavam tia Konstanze haviam deixado de reparar nela e em sua família há muito tempo.

Seus princípios eram tais que não recorreu à sublocação. Compartilhar a casa com outras mulheres — viúvas ou solteiras — não teria sido uma má solução. Os gastos seriam divididos e a solidão também. Mas, claro, uma família que subloca é uma família com problemas financeiros e, para todos os efeitos, era necessário demonstrar normalidade e, sobretudo, solvência. A desgraça e a miséria haviam se apoderado dela, mas ninguém devia saber disso. Passou anos de verdadeiro desespero, pois como o senhor sabe, padre, fora do casamento não há muitas possibilidades para uma mulher a não ser a de virar empregada, donzela, costureira ou funcionária dos correios. Se fosse viúva, uma pensão poderia tê-la salvado! O ditado é conhecido: "Come mais a viúva do que a solteira".

Durante vários anos de sua vida, se limitou à sua missa diária, a duas horas de oração, à costura e ao agora solitário chá vespertino.

Quando parecia que nada evitaria o naufrágio, um golpe de sorte que ela sempre atribuiu ao Senhor lhe sorriu. Um tio distante que vivia em Berlim morrera sem deixar descendentes. Dispunha de uma propriedade no centro de Munique, na St. Anna-Strasse, exatamente diante da St. Annakirche, ao lado de um convento. Como tia Konstanze era o único parente que tinha em Munique, deixou-lhe a casa de herança.

Aquele maná no deserto lhe permitiu abandonar o aluguel mensal que a mergulhava na miséria. A mudança de casa estava agora justificada, pois passava de locadora a proprietária.

A casa da St. Anna-Strasse era muito grande para uma só pessoa. Podia, pois, tornar rentáveis os aposentos vazios. Mas como iria fazê-lo sem despertar suspeitas de que passava necessidade? Chegou a um acordo com as monjas do convento de St. Annakirche. Elas lhe pagariam uma renda mensal e em troca disporiam com total liberdade de dois quartos para os hóspedes que amiúde visitavam o convento de forma imprevista. Também escreveu a todos seus familiares para lhes dar seu novo endereço e disse que estava disposta a fazer um acordo com qualquer um que precisasse de um teto em Munique. Um quarto de aluguel em segredo sob o disfarce da hospitalidade familiar e os outros dois sob a aparência de uma obra de caridade. Os dois segredos se transformaram em sua maneira de sobreviver. Os aluguéis lhe permitiriam subsistir e economizar o suficiente para custear os médicos de que precisaria quando a velhice chegasse e evitar assim agonizar em uma enfermaria apinhada de um dos hospitais públicos da Baviera.

Quando minha mãe recebeu a carta que nos oferecia um quarto, não hesitou em nenhum instante. Ela sabia qual era a verdadeira situação de sua prima. A verdade, padre, é que aquela não era minha opção preferida. Eu teria preferido a liberdade de uma pensão ou um apartamento dividido por vários estudantes de canto, mas, além de ajudar tia Konstanze, era verdade que o custo de me enviar a estudar em Munique seria muito atenuado se me instalasse em sua casa.

Apresentei-me em sua porta em uma tarde do mês de julho. Meus baús continham roupa suficiente para as quatro estações do ano, pois eu não tinha a menor dúvida de que conseguiria uma vaga no conservatório e queria evitar uma segunda viagem a Dresden para pegar todas as minhas coisas. E fiz que meus pais soubessem disso quando, ao me despedir, me desejaram boa sorte nas provas: "Até daqui a um ano", lhes respondi, com esmagadora segurança.

Na St. Anna-Strasse, uma mulher de olhos caídos, sem brilho, apagados como a luz das tardes de inverno, me abriu a porta.

— Você é o pequeno Ludwig? — disse como se estivesse negando minha condição de homem maduro.

Tia Konstanze vestia-se de preto, como para iludir a si mesma com um luto fictício que justificasse seu estado de solidão. O apartamento que herdara era alegre, mas minha tia o mandara empapelar com uma cor cinza pedra, o decorara com móveis antiquados e cobrira suas janelas com grossas cortinas até despojá-lo de toda luz e cor. Ela não teria conseguido viver em um lugar deslumbrante; minha tia só se movimentava com desenvoltura na penumbra. A casa não tinha um único espelho. Colocá-lo nos banheiros já era normal há alguns anos na Confederação Germânica, mas, para algumas famílias recatadas, ainda era um sintoma de inclinação à luxúria. O fato é que tia Konstanze não só não tinha espelhos nos banheiros, mas tampouco no vestíbulo, nos corredores e no salão. Em nenhum aposento, enfim. Tratava-se de algo mais do que um simples critério decorativo, era, sem dúvida, uma maneira de evitar ficar perturbada diante de seu próprio corpo e de afastar as tentações da carne.

"Como estão seus pais? Eu adoro sua mãe." Tia Konstanze me recebeu com correção, mas sem carinho; com educação, mas sem confianças; suas perguntas foram estritamente protocolares. Se algum estranho nos tivesse visto, não teria adivinhado que éramos parentes. Depois de conversar alguns minutos, percebi que ela se alterava. De repente enrubesceu e, respirando de forma acelerada, propôs me mostrar o resto da casa e ir conhecer aquele que seria meu quarto: tinha ficado muito tempo a sós com um homem, embora fosse seu próprio sobrinho...

Tia Konstanze encarou o corredor. Caminhava erguida, como se quisesse garantir uma atitude reta e concreta. Os quartos mal tinham luz. A cozinha dava a um pátio interno pouco iluminado. Toda a casa estava mergulhada em uma penumbra asfixiante na qual mal se podia respirar. A porta de meu quarto dava à parte traseira da casa, a mais fria: a de tia Konstanze, à parte dianteira. Nossas duas portas eram as mais distantes; no entanto, nossas paredes eram contíguas. A cabeceira de minha cama dava à parede onde estava a de tia Konstanze; aparentemente separados, dormiríamos a poucos metros um do outro.

Confiou-me uma chave e me deu uma série de informações necessárias à convivência e ao bom funcionamento diário: normas sobre a comida, o compromisso mensal, a roupa, os armários. Minha tia adorava regras. Davam-lhe segurança, eram como os trilhos de trem que conduzem a um destino conhecido. Em sua vida não podia haver espaço para a improvisação. Mais adiante, em nossas mais do que raras conversas, se assim podiam ser chamadas, me falaria do desdém de seu pai, que ela compartilhava plenamente, acerca da decisão de se derrubar os muros de Munique para que a cidade se expandisse, e de seu aborrecimento com a Leopoldstrasse e a Ludwigstrasse, os dois novos eixos urbanísticos que por fim permitiam que a capital da Baviera deixasse de ser uma mera cidade fortificada. "Por que as coisas precisam ser mudadas?", dizia sempre que algum novo acontecimento político sacudia a cidade.

Ocupava a maior parte de seu tempo rezando e observando as normas de Cristo, regras às quais podia subordinar sua obediência, agora que os pais já não estavam ali para ditar as suas, outros trilhos que evitavam seu descarrilamento moral. A igreja de St. Annakirche era seu segundo lar. Ia todas as manhãs à missa e à tarde ajudava as monjas nos afazeres próprios de uma igreja de bairro. Preenchia o imenso vazio de suas horas com as repetidas palavras das orações até o ponto de repetir e repetir pregações em latim sem saber o que dizia nem por quê. Mas não se importava. Aquelas palavras podiam ser vazias, mas o importante era que ocupassem seu tempo e assim não tinha de enfrentar a si própria nem sua própria solidão. Era seu modo de evitar suas misérias e passar pela vida nas pontas dos pés, de fazer com que nada alterasse seu frágil equilíbrio nem sua delicada existência. Para ela, era fundamental que três coisas se mantivessem intactas: seu estrato social, a graça de Deus e sua virgindade.

Fora disso, os outros eram assuntos que não interessavam à tia Konstanze.

## 25

Em Munique, nos dias que antecediam as provas de acesso ao conservatório, eu não tinha nada a fazer e assim me distraía à tarde dando longos passeios. Fazia sempre o mesmo itinerário: cruzava a ponte sobre o rio Isar e pegava o largo caminho que leva a Salzburg. Deixava para trás não apenas a grande cidade, mas também as vilas isoladas de seus arredores. Eu gostava de contemplar a urbe de longe. Era como uma massa circular de argila e pedra. As chaminés das casas e das oficinas cuspiam fumaça. O conjunto recordava uma fumegante onda de pedra.

Depois de andar uma hora em bom ritmo, desviei-me do caminho de Salzburg por uma trilha suave e serpenteada que penetrava no bosque denso e sombrio onde podia cantar a sós. Gostava de inundar de música os galhos das bétulas, dos abetos e das castanheiras. Naquele lugar solitário, distante de qualquer alma humana, eu evocava as sonoridades que residiam em mim, me esvaziava delas para sentir um prazer completo. Minha segurança era absoluta porque não me faltava mais nenhum som. Os pássaros se calavam, os animais abaixavam a cabeça, até os arroios pareciam parar... E eu mergulhava em um êxtase profundo.

Exatamente quando faltavam três semanas para meu exame, em um daqueles passeios, aconteceu o inesperado. Eu cantava com mais potência do que nunca um *lied* de Haydn, uma canção tão breve quanto amorosa. Achava que estava completamente só, mas não era assim. Não muito longe do caminho ficava a casa de um guarda-florestal. A melodia chegou até seus estábulos, onde uma garota varria o chão das quadras; ela ouviu minha voz. Fascinada e distraída pelo meu canto, abandonou seus afazeres e adentrou o bosque até a trilha por onde minha voz transitava. Abstraído pelo meu cantar, não ouvi seus passos. De repente topei com ela. Seu rosto emergiu detrás de uns arbustos e ela me olhou enfeitiçada. Não fez o menor movimento quando nossos olhares se cruzaram.

Que beleza, padre, que beleza! Seus olhos eram de um verde puro e intenso. Seus lábios eram grossos e sensuais. Seu cabelo liso caía sobre seus ombros e continuava, longo, até dissimular o volume de seus seios.

Interrompi meu canto, me aproximei dela e lhe estendi a mão. Ela pegou-a, sorriu e, sem dizer palavra, me levou para dentro do bosque, até um lugar frondoso onde sentamos, protegidos pela mata. Estabelecemos imediatamente uma prodigiosa cumplicidade, era como se nos conhecêssemos desde sempre, como se fôssemos espelho e reflexo de uma única alma.

Chamava-se Martina. Tinha dezesseis anos. Explicou-me que jamais conhecera seus pais. Sua mãe ficou grávida ainda solteira. Para evitar o repúdio social e a vexação, ela abandonou Martina em um orfanato assim que nasceu, como tantas outras mães solteiras fazem com os recém-nascidos de pai desconhecido. Sempre teve consciência de seu inevitável destino: ao completar quatorze anos, iria parar em um convento ou em uma lavoura. Acabou na lavoura. Há dois anos surgiu naquela casa do bosque e sua condição de órfã a transformara em uma quase escrava.

Desde aquela tarde, fui todas as outras ao seu encontro. Minha voz e seus ouvidos marcavam encontro, combinavam de achar um ao outro em qualquer ponto improvisado do bosque. Escondíamonos entre os arbustos e, então, nossas palavras e nossas mãos se entrelaçavam durante horas. Apaixonei-me perdidamente por Martina. Tanto por ela como por sua condição precária. Poderia pensar, padre, que seu cheiro, suas maneiras e sua linguagem despertariam minha rejeição. Não nego que suas mãos estavam feridas pelas desumanas jornadas de trabalho, mas seu coração não. Não nego que seu corpo carregava o fedor dos estábulos, mas não o sopro de sua voz, embriagador como sua beleza. Não nego que suas maneiras ignoravam as educadas reverências dos nobres, mas seus gestos eram suaves e delicados. Eu não me detinha em suas palavras, mas me deixava penetrar pelo som de sua voz, o som da inocência, uma explosão de emoção.

Bastaram-me duas semanas para decidir que nunca me separaria de Martina, que a faria minha companheira, minha mulher, minha esposa. Eu ainda era muito jovem e minha paixão era desmedida. Era o arrebatamento próprio do primeiro amor, o senhor sabe o que quero dizer, padre. Somos invadidos por um sentimento de onipotência tão grande que nos parece perfeito. De qualquer maneira, no meu caso era ainda maior, porque minha paixão estava em consonância com a plenitude de meu dom.

Eu desejava ser seu marido, mas também seu salvador, o redentor do pecado de sua mãe. Pelas minhas mãos, Martina entraria no mundo dos abastados, no nível social onde a sobrevivência está garantida. Padre, preste atenção: ela não me correspondia por interesse em escapar de sua tragédia. Martina era feliz em sua condição, se sentia uma pessoa de sorte onde eu teria me sentido na desgraça, sorria das misérias pelas quais eu teria me lamentado e dava graças a Deus pelas posses que eu descartava. Martina era uma menina adorável, livre de segundas intenções, que se bastava a si mesma. Se corria para ficar ao meu lado, era porque me amava.

E isso a fazia ainda mais perfeita aos meus olhos.

Não revelei nada a tia Konstanze porque ela teria contado à minha mãe por carta, e dessa forma mantive minha paixão no mais estrito segredo, assim como Martina fez com seu capataz. Eu sabia que meu pai a rejeitaria totalmente: uma camponesa órfã que limpava estábulos! Mas eu nem ligava; Martina era a simplicidade em pessoa, a maturidade e a infância em uma única carne, um despojo do mundo que eu, Ludwig Schmitt, ia devolver à vida. No momento certo, quando terminasse meus estudos de canto, comunicaria a meu pai minha firme decisão. Ele se convenceria quando a conhecesse, e se, por ventura, não aprovasse nosso enlace, eu romperia definitivamente minha relação com ele. Minha vontade era firme e meu amor, eterno, e por isso nada podia se intrometer em meus desejos porque nada pode ser negado aos deuses.

## 26

Era nossa segunda semana de encontros. A tarde estava avermelhada. Martina e eu estávamos sentados em nossa clareira do bosque, cercados por arbustos que nos abrigavam como paredes de uma alcova. As faces de Martina estavam acesas, realçando suas maçãs do rosto quase eslavas. Naquele dia minha fogosidade estava desenfreada. Ardia de desejo de amar Martina. Eu tinha dezessete anos. Ainda não tivera relações com nenhuma mulher. Estava em plena juventude e as medidas de proteção que cercam os jovens em estado de puberdade não deixavam muito espaço para seu necessário desafogo. O senhor sabe, padre: o púbere é visto pelos olhos de nossa sociedade como um delinquente perigoso. Seu corpo incontrolável constitui uma ameaça certeira. Os burgueses afastam suas filhas dos rapazes quando eles estão na idade de se tornar homens. E em Dresden não fora diferente comigo: nunca pude ficar a sós com nenhuma garota para desafogar minha pulsão.

De repente, coincidindo com um de seus sorrisos, a sonoridade do amor que vivia dentro de mim se revolveu. Emergia do fundo de mim mesmo, pedia para subir e ganhar o exterior; fitei os olhos de Marina e entoei um *lied* de amor. Pela primeira vez desde que a conhecera, cantei com o som do *amor*. Não o usei para seduzi-la, pois estava claro que ela me amava tanto como eu a ela. Era, simplesmente, uma resposta natural ao meu próprio desejo, queria lhe dar meu amor e cabia invocá-lo com o som.

Ela me ouviu e eu continuei cantando com meus olhos postos nela. Levado pelo ardor que me consumia, a mágica sonoridade do amor inundou minha voz até criar uma tessitura irresistível. Dei-me conta de que ela não conseguiria evitar o infinito poder daquele som. Não acontecera também assim com Herr Direktor? O som do amor não dobrara sua vontade? Não é o amor o timão que dá rumo aos desejos? À medida que o som do amor a penetrava, Martina se entregava e meu desejo se convertia em premência.

Ficamos em pé. Eu continuei com o *lied* até o final. Seu olhar falava, parecia me dizer: "Faça-me sua, este é meu momento de liberdade, é meu destino."

*Quão doce e suave*
*Sorri,*
*Seus olhos*
*Se entreabrem com ternura...*
*Vejam, amigos!*
*Não estão vendo?...*
*Como resplandece*
*Com luz crescente!*
*Como se alça*
*Cercado de estrelas.*
*Não estão vendo?*
*Como se inflama seu coração*
*Animado!*
*Augustos suspiros*
*Inflam seu peito.*
*E de seus lábios*
*Deleitados e suaves*
*Flui um hálito doce e puro.*
*Amigos, vejam!*
*Não estão percebendo? Não veem?*
*Só eu ouço*
*Essa voz*
*Cheia de maravilhosa suavidade,*
*Que, qual delicioso lamento,*
*Tudo revela*
*Em seu consolo terno?*
*É qual melodia*
*Que, a partir dele, me penetra,*
*Ressoando em mim seus ecos deliciosos.*
*Essa clara ressonância que me circunda,*
*É a ondulação de brandas brisas?*
*São as ondas de aromas embriagadores?*

*Como se dilatam e me envolvem!*
*Devo aspirá-las?*
*Devo percebê-las?*
*Devo beber ou submergir?*
*Ou fundir-me em suas doces fragrâncias?*
*Na flutuante torrente,*
*Na ressonância harmoniosa,*
*No sopro infinito*
*Da alma universal,*
*No grande Tudo...*
*Perder-se, submergir...*
*Sem consciência...*
*Supremo deleite!*

E aquela jovem, aquela pobre menina provavelmente violentada cento e uma vezes, maltratada e despojada, desprendeu o cordão que cingia seu corpinho e, esvaziando seus olhos, deixou cair suas roupas no chão. Seus seios se exibiram diante de mim pronunciando meu nome, como se me envolvessem. Não tivemos necessidade de dizer mais nada. Aproximei-me, abracei-a e a beijei.

— É a melodia mais maravilhosa que jamais ouvi — me garantiu absolutamente embevecida.

Era a primeira vez que tinha relações sexuais com uma mulher e por isso meus movimentos foram bruscos, precipitados, desmedidos. Invadia-me uma dupla e contraditória sensação. Por um lado, a pressa; por outro, uma estranha reticência. Queria, mas sentia medo. Percebia-me incomodado, sentia aquela desagradável sensação de pertencer a si mesmo. Não sabia onde colocar as mãos, pois onde as colocasse tinha a sensação de estar me equivocando: por excesso ou por falta; por estar sendo indigno ou altivo. Agi com brutalidade. Minhas unhas arranharam sua pele tensa, meus movimentos contradiziam a suave intenção da ponta de meus dedos. Qualquer um que nos visse teria achado que lutávamos um contra o outro ao invés de estar nos amando. Martina interpretava o papel de quem se nega, mas na realidade deseja; aquela recusa fingida, imprescindível ao jogo do amor. Depois vinham seus olhos, aqueles olhos verdes, vivos, grandes e voluptuosos. Colocava-os em todos os lugares, exceto em meus próprios olhos, como se quisesse evitar que pudesse ler neles, que pudesse reconhecer sua verdadeira essência. Naqueles preciosos, mágicos instantes, naqueles compassos, Martina não era a camponesa, a órfã, a indigna e a violentada, sua autêntica identidade, aquilo que, em síntese, poderia fazer com que se sentisse segura. Não. Naquele momento ela era simplesmente uma mulher e sua essência de mulher era o que emergia de seus olhos e por isso os escondia dos meus. Seu corpo me envolveu. Suas pernas se converteram em braços que me prendiam, era como aqueles abraços firmes e fortes que se recebe nos pêsames pela morte do ser querido. Embriaguei-me até me afastar da realidade e a realidade era que alguém podia nos surpreender no meio do bosque. Sabemos todos que não se deve agir assim, esses momentos íntimos são para os quartos fechados e as cortinas corridas. Mas tudo isso perdia importância porque nosso estado de embriaguez, depois que eu tinha emitido o som do amor e de ela recebê-lo, transformava a realidade e deformava os riscos. Minha pulsão se acelerou, mas não conseguia encontrar a porta. A cova parecia não ter umbral, o tato era confuso. Sentia-me como um inglês desorientado em uma cidade árabe. Ou como um minotauro procurando Vênus em um labirinto. Nesse ponto, os braços de Martina me conduziram até a única entrada possível, me desenharam os arabescos dos becos que devolviam o inglês ao seu hotel, o percurso do labirinto... Eu pensara muito naquele momento. Todos os meninos o desenham incessantemente em sua imaginação como uma doentia obsessão e um temor infundado. Que surpresa, padre! Que grata surpresa! Como era diferente de tudo o que eu imaginara! Sempre temera que aquele encaixe fosse áspero, dolorido, angustiante. E, no entanto, que perfeição absoluta! O senhor sabe como os sons de uma viola e de um violino se abraçam? A viola emite uma frequência avinagrada e enrugada; o violino, uma pulsante e afiada. Mas juntos conformam um único corpo, perfeito, simples, vigoroso, pois foram feitos um para o outro. Homem e mulher; violino e viola. Em seu uníssono, os arcos do violino e da viola se movem para cima e para baixo, paralelos, com a mesma oscilação. Era assim que Martina e eu balançávamos, éramos como arcos dançantes, fundidos em uníssono. Mas eu ainda era um violinista inexperiente, um novato, e minhas subidas e descidas eram muito bruscas, como se usasse uma força excessiva e desnecessária. Assim como os aprendizes de carpinteiro, aqueles que aplicam a plaina com muita força sobre a madeira para poli-la e se cansam depressa apesar de sua juventude e força. A arte não é uma questão de força. A arte do amor, tampouco. Mas então eu não sabia disso e cinzelava com violência a madeira de sua pele, sacudia de forma irregular o arco sobre as tripas da viola, empurrava levado mais pelo ato do que pelos sentidos. Martina não se importava com minhas maneiras rudes porque estava tomada por algo que ficava acima do fato de que eu estivesse fazendo aquilo bem ou mal. Era inteiramente minha, sua vontade me pertencia. Lançou-se para trás e espalhou seus cabelos pela folharada. As folhas verdes e marrons se transformaram em um leito que a acolheu enquanto eu subia para coroar o cume, o ponto máximo daquele movimento perpétuo. Como em um *vibrato*, acelerei o arco para aumentar a tensão. Acelerei mais que o devido e, antecipando-me a seu próprio *in crescendo*, atingi o apogeu solitariamente. Nesse ponto cego, aquele ponto em que olhos e mente se enuviam para se deixar penetrar pelo nada e o tudo, me senti cantando uma ária perfeita, um pentagrama desconhecido, inédito, vazio de notas, mas cheio de sons eternos. A música explodira em meu interior. O som do amor parecia emergir de cada um dos poros de minha pele e inundava tudo. Que sensação tão estranha! A do riso que se alterna com o pranto, a de uma mentira disfarçada de verdade, dois extremos em um ponto central, polos que se atraem e rejeitam ao mesmo tempo.

— Te amo! — suspirei.

Não afastara ainda meu corpo do de minha amada quando, de repente, seu corpo começou a tremer, como se sentisse frio, como se algo gelasse em seu interior. Seus olhos se entornaram, as pupilas giraram para cima, mais além de suas pálpebras, como se cavassem dentro de seu cérebro. Seu rosto se petrificou.

— Martina! Martina! O que há com você?

Seus dedos se cravaram em meus braços, suas pernas se debateram como se quisessem se desembaraçar das minhas. Seus tremores se transformaram de repente em espasmos descontrolados, seus olhos ficaram totalmente em branco, seu corpo arqueou como o de uma lebre que teve a espinha partida.

— Martina! Martina! Responda! O que está acontecendo?

Aos poucos o tremor cessou e sua respiração foi cortada.

Depois, com angustiante suavidade, da comissura de seus lábios emergiu um fio de sangue. Desceu verticalmente; uma lágrima vermelha. Parecia uma pintura que decorasse o rosto branco de uma máscara veneziana.

Afastei-me com horror. Tentei fazê-la reagir. Esbofeteei-a.

— Martina! Responda!

Foi inútil. Levantei-a e a sentei. Sacudi-a tomado pelo nervosismo e a sensação de naufrágio.

— Martina, Martina! Fale comigo, por favor!

Mas não respondeu. Inerte, sua cabeça desabou para um lado. Temi o pior. Coloquei o ouvido em seu coração. Não respirava. Tomei seu pulso. Nada. Parecia que estava morta. Seu corpo empalidecia pouco a pouco, suas faces antes coloridas eram agora duas pedras de mármore, seus lábios se tisnaram com a cor das amoras.

Sim, padre Stefan, estava morta.

— Não, não! — clamei.

Colei seu rosto no meu e solucei seu nome.

Passaram alguns minutos. Pensei que talvez tivesse errado meu diagnóstico. Não podia ser. Martina tinha de estar viva. Voltei a apalpar seu coração. Coloquei meu ouvido de novo em seu peito, ele não me enganaria, se dentro de Martina houvesse vida, meu ouvido me diria. Mas dentro dela só havia silêncio, um silêncio vazio e eterno, o som da morte.

## 27

Provavelmente, Martina fora vítima de uma hemorragia interna repentina. Ou talvez tivesse o coração doente e, devido à sua excitação carnal, ele tivesse palpitado muito depressa, causando um enfarte fatal. Eu não podia fazer um diagnóstico médico, mas, em qualquer caso, havia sido uma fatalidade: uma morte natural durante um ato de amor.

Meu primeiro impulso foi procurar ajuda, mas logo me dei conta do grave erro que estava prestes a cometer. Se corresse para explicar o que acontecera, seria aberto um processo judicial. Os médicos examinariam o corpo de Martina e encontrariam dentro dele restos do meu líquido seminal. Surgiria a hipótese de um estupro. Está certo, os doutores não encontrariam nenhum sintoma de que fora forçada e explicariam aos juízes os verdadeiros motivos naturais do colapso de Martina. Sim, minha inocência estava assegurada, mas antes teria de ser submetido a um processo judicial. E o senhor já sabe o que implica estar envolvido em um processo, mesmo que acabe em absolvição: é uma vergonha, uma desonra tão grave quanto a falência. E eu, futuro ídolo da voz, não podia me ver envolvido em um assunto tão desonroso. Ser acusado em um julgamento por assassinato e estupro de uma garota seria motivo suficiente para que nem o Conservatório de Munique nem outro de toda a Confederação Germânica me aceitasse como aluno. Se desse o alarme, arruinaria minha carreira de tenor antes de ela ter começado.

Fiquei em pé e vi as coisas em perspectiva. A imagem era brutal. Uma bela garota nua com as pernas esticadas e abertas, recém-possuída sexualmente por um homem, com uma lágrima de sangue enfeitando seu rosto branco. Olhei ao redor e me senti ameaçado. Os sons do bosque me confundiam. E, perfeito cirurgião dos sons, interpretava em qualquer rangido um galope de cavalo, o barulho de rodas de carruagem ou passos de soldados. Toda a vegetação se transformou em um campo aberto. Senti-me confuso. Minha inocência me impelia a correr em busca de ajuda e revelar o que acontecera, mas a imagem que se oferecia aos meus olhos exigia que fugisse e desaparecesse.

Voltei a olhar Martina. Seu nome e seu corpo pareciam ter se separado um do outro. A Martina que eu amei não era aquela Martina. Decidi que aquele despojo era apenas o corpo nu de uma jovem com a qual eu não tinha nada a ver. Não. Aquele corpo não se uniria ao meu, não me daria filhos, não se transformaria em uma nobre, na esposa da voz mais bela dos reinos da Confederação Germânica. Meus sonhos se desvaneceram em um instante e a realidade bateu em minha porta. Por sorte, ela não falara de mim para ninguém e eu tampouco a respeito dela. O que Martina me pediria se pudesse falar? Sem dúvida diria: "Corra, Ludwig, escape! Não pode fazer mais nada por mim! Meu destino era morrer aqui e agora; você não tem de carregar esse peso nas costas. Fuja para Munique! Estude canto e se torne célebre! Faça isso por mim!" Martina me diria tudo isso; eu quase podia ouvi-la.

Enquanto me vestia apressadamente, tomei uma decisão. O melhor era eliminar os vestígios de nossa relação amorosa. Se, quando a examinassem, encontrassem meus restos dentro dela, a hipótese de estupro surgiria imediatamente. Por isso, procurei provas em seu sexo. Era o que os médicos fariam para checar se fora estuprada. Mas não encontrei nada, meu líquido seminal parecia ter sido absorvido pelo corpo. Seu interior estava absolutamente vazio. Meu líquido parecia ter se evaporado! Como era possível se eu ainda sentia umidade em minha própria virilha? Não pensei mais naquilo. Não havia provas de nosso ato sexual e ponto.

Depois vesti Martina. Não foi fácil, porque seu corpo pesava como um fardo. Sua roupa íntima, o corpete que despira com tanta facilidade, a saia e a blusa... Devolver cada peça a seu corpo me custou um tempo insuportavelmente longo. Cada minuto ao lado do cadáver era mais uma possibilidade de ser descoberto. Finalmente abotoei o último botão. Depois virei Martina e a deixei de lado. Olhei a cena de novo. A sensação de violência desaparecera por completo. Agora era mais fácil acreditar em uma morte natural, o que, de fato, havia acontecido.

Depressa, Ludwig - me disse - desapareça agora!

Retardando minhas próprias ordens, olhei Martina pela última vez, me agachei e beijei sua testa. Depois comecei a correr a toda velocidade, sem perceber os arranhões que os galhos das árvores abriam em minha pele. Corri como se estivesse sendo levado pelo diabo em direção à cidade. Evitei pegar a trilha para que nenhum viajante, pastor ou camponês pudesse recordar minha presença, e por isso levei muito tempo para chegar a Munique através do bosque. Por fim, quando meu corpo já não suportava mais o cansaço, avistei a cidade. Parei, respirei fundo e então peguei a trilha. Cruzei a ponte sobre o rio Isar e percorri as ruas, mergulhadas na normalidade e no bulício de uma tarde de verão. Meu medo inventava olhares desconfiados de cidadãos anônimos que nem reparavam em mim; acelerei o passo, esbarrei meu ombro no de outros transeuntes, atravessei de forma imprudente na frente de carros e cavalos, afastei cães com os pés... Cheguei, finalmente, à casa de tia Konstanze. Abri com minha chave e fui direto ao meu quarto trocar de roupa, pois estava empapado de suor.

Jantei com tia Konstanze, frente a frente, os dois em silêncio, minha mente fervendo, meu coração destroçado.

Naquela noite não consegui conciliar o sono. Podia imaginar o guarda-florestal que amparava Martina com uma lanterna nas mãos, gritando seu nome na escuridão do bosque, maldizendo aquela garota e planejando a surra que lhe daria quando voltasse cabisbaixa. Relembrava a imagem de Martina no bosque, agora às escuras, deitada sobre as folhas úmidas. Quase podia ver algum animal farejando suas faces. Podia imaginar as estrelas do céu observando desde o infinito o final de sua existência amarga. E entre todas aquelas imagens, uma pergunta.

Por que o primeiro amor adulto de minha vida escorrera entre meus dedos assim que o toquei?

## 28

Transcorreram duas semanas.

Não ouvi nada sobre a morte de Martina; nada foi mencionado no édito municipal; o acontecimento não foi objeto de comentário no mercado, nenhum boato percorreu as tabernas. Tudo devia ter saído como eu imaginara. O fedor insuportável despertaria a curiosidade de um caçador, de um viajante ou de um soldado. Este se aproximaria de seu corpo e se agacharia para checar se ainda estava viva, o estado de putrefação o obrigaria a se virar e provocaria seu vômito. Depois daria o alarme. Os esbirros acudiriam e providenciariam uma autópsia. Sem rastro de violência nem de abuso sexual, enterrariam seu corpo sem ordenar procedimento algum. Reconheço, padre, que meu medo de ser descoberto durou mais que a tristeza por sua perda.

As provas de admissão chegaram quando eu já estava absolutamente calmo.

Dirigi-me ao conservatório antes que suas portas fossem abertas. Encontrei uma entrada infestada de meninos e meninas, todos mais velhos que eu. A média de idade dos estudantes do conservatório rondava os vinte e três anos. Quando as portas se abriram, subi as escadas do pátio, cruzei a colunata e entrei. No vestíbulo havia uma escada impressionante que levava a um segundo nível; dali os corredores se desdobravam para dar acesso às diferentes salas de aula e auditórios. Uma magnífica estátua branca do deus Apolo de dois metros de altura dominava todo o espaço.

Gritarias, reencontros, portas batendo. As escolas de música têm vida, conservam em suas paredes o aroma das notas musicais, em cada rosto se imagina um instrumento, de forma que pelos corredores não caminham estudantes, mas violinos, contrabaixos, tubas ou flautas com forma humana. Pode-se ler nos objetos frases melódicas adormecidas, latentes. As sinfonias, as árias, as sonatas, os prelúdios ou as tocatas se vestem de ar e se aferram aos cantos, se escondem atrás das janelas, deslizam pelos mostruários. A música pode ser respirada. O aroma da madeira, do metal e das cordas dos instrumentos o abraça e cria uma orquestra etérea e dançante, a atmosfera se veste de pentagramas e colcheias...

Mas a música não é menos exigente do que a sociedade à qual serve. A metade dos candidatos seria descartada. Em tal caso só cabiam duas possibilidades: esperar pelo ano seguinte ou tentar o conservatório de outra cidade.

Não se sabia de um só caso de estudante rejeitado que tivesse sido admitido no ano seguinte. Os professores escolhiam em função das possibilidades da voz de cada candidato e quando o timbre ou o estilo não os convencia uma vez, não costumavam fazê-lo na seguinte. Logo, a possibilidade de voltar após um ano não era algo que eu pudesse vislumbrar. A segunda possibilidade, tentar outro conservatório, tampouco era possível porque praticamente todos haviam descartado meu pedido. Eu apostava minha carreira de cantor em uma única carta. Tinha consciência de que minha voz era superior a de qualquer outro candidato, e por isso nem passara pela minha cabeça a possibilidade de fracassar.

Os candidatos para a disciplina de canto esperavam sua vez em uma pequena e iluminada sala do segundo andar. Os olhares se desafiavam. Um jovem preparava suas cordas vocais fazendo exercícios obsessivos, mãos ansiosas folheavam papéis cifrados, alguns falavam em voz baixa, como se escondessem um segredo vital, como se conhecessem um motivo que despertaria as preferências da banca examinadora. Eu esperara sentado em um dos degraus. Um bedel entrava a cada 15 minutos e pronunciava um nome, quase gritando. Em seguida, o rosto ao qual aquele nome pertencia ficava lívido, respirava fundo e desaparecia atrás dos passos do funcionário.

A sala quase se esvaziara. Só restávamos dois: um jovem gordo e entroncado e eu. Aquele jovem conversara com quase todos os candidatos, embora me desse a sensação de que na realidade não conhecia ninguém. Era expansivo e extrovertido, loquaz, ruidoso, quase maçante. Fez um gesto, chamando-me, mas meu olhar o manteve no outro lado da sala. Foi então que o bedel entrou e pronunciou meu nome.

— Ludwig Schmitt!

— Boa sorte, jovenzinho! — disse o entroncado.

Segui o bedel até uma sala de amplas dimensões. As paredes eram bastante antigas e as cortinas fora de moda. Uma banca de cinco professores ocupava uma mesa de carvalho alongada, em cuja superfície estavam espalhados de forma desordenada papéis, tinteiros e penas. À minha direita, um pouco afastado dos professores, um piano de cauda com outro mestre ao teclado. No centro, uma cadeira. Indicaram-me com um gesto que me sentasse.

O professor do meio, que parecia ter mais autoridade, tomara a palavra:

— Ludwig Schmitt von Carlsburg, não é assim? — disse enquanto vi em suas lentes o reflexo dos papéis que relatavam minha história acadêmica.

Assenti.

— Bem, você sabe que a idade mínima para entrar neste conservatório é de vinte anos. Poderíamos fazer uma exceção. Não seria a primeira vez. Mas o problema é que sua solicitação é ainda mais ambiciosa. Quer ser admitido diretamente no terceiro ano de canto, ao lado de vozes amadurecidas, de vinte e dois ou vinte e três anos. Você tem consciência de como sua pretensão é pouco razoável? Só tem dezessete anos!

Todos os mestres, inclusive o do teclado, me olhavam esperando uma resposta convincente.

— Não direi nada com palavras — disse-lhes eu —, minha resposta será dada pela música que brota de minha voz.

Os mestres se olharam entre eles e depois, com um gesto aborrecido, indicaram ao pianista que começasse a prova.

— Qual das dez peças deseja interpretar? — perguntou-me então o professor sentado ao piano.

— Dez peças? Que dez peças? — perguntei sem conseguir compreender.

Um dos membros da banca interveio:

— Enviamos pelo correio uma sugestão de dez peças a todos os candidatos. Tinha de preparar uma delas. Não sabia?

Não, eu não sabia de nada. Enviaram a correspondência a Dresden, onde apresentei meu pedido, e meu pai estava viajando. Minha mãe teria deixado o correio em sua escrivaninha, à espera de seu regresso, pois era ele quem abria e respondia as cartas.

Olharam-me e esperaram, porque, para eles, já não havia nada a fazer. O regulamento interno proibia qualquer adiamento: eu perderia de forma definitiva a vaga para aceder ao ofício de cantor.

— Diga-me entre que árias posso escolher. Dê-me a partitura. Vou cantá-la à primeira vista — disse com insultante altivez.

O que aqueles ignorantes sabiam de meu dom? Fez-se um silêncio absoluto. Era uma temeridade. Nenhum cantor, nem mesmo profissional, pode interpretar uma ária à primeira vista sem cometer vários erros. E um único erro pressupunha perder a vaga: os outros candidatos estavam se preparando há semanas!

Os mestres da banca acederam com uma mistura de incredulidade e enfado.

Escolhi "Wie stark ist nicht dein Zauberton", a ária de Tamino de *A flauta mágica* de Mozart. Depois fiquei em pé e, colocando a partitura entre minhas mãos, fiz um gesto ao professor do teclado. O pianista deu os primeiros acordes da ária e em seguida entrei com minha voz.

Lendo à primeira vista, cantei com toda maestria, com um lirismo sem igual, com uma emoção absoluta. Não emiti uma única nota em falso. Para mim, ler música era como para o senhor ler um livro aberto. Para meu ouvido perfeito, que registrara milhares de sonoridades, as notas musicais eram apenas 12 sons a evocar. Seria um problema para o senhor recordar 12 palavras do vasto vocabulário de nossa língua alemã? Minha voz inundou a sala, a ária soou majestosa, expressiva, delicada e firme; usei toda minha potência quando foi preciso e apurei os *pianissimi* nos fragmentos onde assim se devia fazer. Incluí as apojaturas, trinos e adornos nas quais tinha de tomar ar, os silêncios, enfim, todos os detalhes apontados pela partitura.

O talento que durante tanto tempo mantivera oculto na Gesangshochschule viu, finalmente, a luz; por fim cantei com total liberdade, como fiz sobre as copas das árvores nas noites em que escapava do internato para que minha voz se elevasse até as estrelas. Era meu momento mais desejado. Os professores de música eram inundados pela minha voz sublime. Meu talento pela primeira vez ali, a descoberto. Tal era minha emoção por manifestar meu dom que usei em uma única ária mais de trezentas sonoridades: os sons que viviam entre o céu e as estrelas, sons de seres vivos e inertes, sons de almas e corpos.

Quando terminei, fez-se um silêncio sepulcral. Os membros da banca me fitavam trêmulos, sem conseguir articular palavra. O pianista afastou as mãos do piano e abaixou a vista. Não se atrevia a me olhar nos olhos. Passaram-se alguns segundos. Precisavam desse tempo para que os formidáveis efeitos de minha voz, que ainda ressoavam em seus ouvidos, fossem atenuados. O presidente da banca foi o primeiro a fazer uso da palavra.

— Foi... Foi... Não sei... Talvez vocês, cavalheiros, possam encontrar um adjetivo mais apropriado... E disse, além do mais, que não havia se preparado?

— É a primeira vez que ouço essa peça, é uma maravilha — respondi.

— É inaudito, totalmente inaudito! À primeira vista! Sem tê-la ouvido jamais! Foi simplesmente... Magnífico, sublime, senhor Schmitt von Carlsburg. Onde aprendeu a cantar assim? Na Gesangshochschule?

— Não se trata da Gesangshochschule, é minha voz, senhores, minha voz... Possui todos os sons da Terra... — afirmei com total convicção.

Minha afirmação despertou risadas repentinas que aliviaram o clima tenso que impregnara a sala. Depois me pediram que fizesse algumas escalas, trinados de meio tom, terceiras, quintas e arpejos. Depois de 15 minutos de exercícios, a banca me indicou que era suficiente. Ordenaram-me que saísse. O júri ia deliberar.

Enquanto esperava no lado de fora, voltei a avistar o parrudo da sala de espera. Ele seria o próximo, mas não parecia nervoso. Olhava para o lugar onde eu estava e me fazia gestos que eu não conseguia decifrar, o que lhe provocava uma risada tão irritante quanto absurda. Que diabos queria de mim aquele jovem chato? Decidi não lhe dar atenção.

Passados uns dez minutos, o bedel me indicou que entrasse de novo. A banca tomara uma decisão:

— Você é muito jovem, Ludwig, muito jovem. Mas sua voz está desenvolvida, é incrível, totalmente madura. Seu timbre é magnífico e, sem dúvida, você tem um dom. Portanto, não se trata de fazer uma exceção; para nós é um privilégio, Ludwig, que opte por nosso conservatório para fazer seus estudos. Sem dúvida, a reputação de nossa instituição será beneficiada ainda mais graças aos triunfos que você terá como tenor dentro de uns poucos anos. De qualquer maneira, não irá diretamente ao terceiro ano, mas sim ao... quarto. Você tem nível de sobra, já domina os adornos, a técnica da impostação, a respiração... Nada falta à sua já de *per se* excelente voz. Agora o que cabe é que conheça e se exercite com obras de compositores consagrados, que cante Hiller, Hoffmann, Von Weber, Lortzing ou grandes gênios como Haydn, Mozart, Bach ou Beethoven. Sem dúvida, dois anos de formação serão suficientes. Será o primeiro aluno a sair desse conservatório com apenas dezenove anos. É uma honra tê-lo entre nós. Seja bem-vindo ao Conservatório de Música de Munique.

Depois de uma reverência discreta, saí da sala. Sentia-me afortunado. Era meu primeiro triunfo, minha primeira vitória! Uma ária me bastara! Ascendia de maneira direta ao quarto ano de canto! Os resultados superavam qualquer expectativa cabível! Em dois anos, com o diploma de cantor na mão, eu poderia ser contratado por um teatro! Com apenas vinte anos já estaria declamando óperas!

## 29

Paguei as taxas do primeiro trimestre e preenchi todos os formulários para formalizar minha matrícula. Depois saí do edifício. Queria caminhar sozinho para saborear minha primeira vitória.

Distanciara-me apenas uns poucos metros quando uma voz, vinda de trás, me chamou.

— Espere! Espere!

Era de novo o tal parrudo. Veio até a mim dando largas pernadas, com um sorriso enorme em seu também imenso rosto. Naquele sujeito, tudo era superdimensionado: altura, a envergadura, os braços, as mãos, as pernas.

— Os professores da banca só falavam de você, jovenzinho... — me garantiu. — Acho que nem me ouviram quando chegou minha vez de cantar. Diziam que sua voz é a melhor que ouviram nos últimos anos... Caramba! Parabéns, jovenzinho! Na sua idade! Ha, ha, ha! — riu depois.

Deu uma palmada nas minhas costas com tanto ímpeto que me desequilibrou para frente. Jogou a cabeça para trás e soltou outra risada estrondosa.

— Estaremos no mesmo curso; também me aceitaram, sabe?

Aquele jovem se chamava Dionysius Hollfeld. Vinha da Escola de Música de Regensburg, uma escola de província onde só ministravam os três primeiros anos de canto e por isso fora a Munique para completar seus dois últimos anos.

Eu nunca soube por que Dionysius Hollfeld, aquele que seria meu melhor amigo em toda a vida, se aproximou de mim naquele dia. Poderia supor, padre, que sentiu empatia ao ver que eu era tão jovem, ou talvez eu tivesse despertado nele instintos de irmão mais velho. Não. Nada disso. Não havia nenhum motivo. A inércia do tempo presente era a força que governava Dionysius Hollfeld. Era um jovem que só se preocupava em viver o presente, em rir a cada momento da vida, em rir de si mesmo, dos demais, de tudo e de nada. As dimensões de seu físico combinavam com sua risada. Sonora, forte, expansiva e exagerada. Decidia sem pensar. A balança de seu destino era movida pelos contrapesos da intuição e do imediato. Não acolhia o sentimento dramático que os homens acham que faz parte da existência. O peso do destino lhe era leve. A vida parecia flutuar ao seu redor como se a morte não existisse, como se seu riso fosse eterno. Não era um excesso de confiança, não era irracionalidade, era, simplesmente, um alegre desinteresse. Assim era Dionysius, um homem que, sem dúvida alguma, morreria dando risadas.

Seu timbre era de baixo dramático, sua voz era potente, tinha uma qualidade verdadeira. Ao longo dos dois anos que Dionysius conviveu comigo no conservatório, não o vi estudar uma única vez. Tinha uma facilidade natural para o canto, possuía um caudal de voz duas vezes superior ao necessário. Porém, o mais incrível era que não lhe importava o mínimo, simplesmente usava-o a seu favor para desfrutar uma vida melhor.

Acompanhou-me até minha casa.

— Você viu que havia ali sopranos e meios-sopranos solitárias, jovenzinho? Ah, as mulheres! Vou confessar a você que em parte foi por causa delas que escolhi a arte do canto. Você pode viver cercado de mulheres sem ter de desposá-las! Ha, ha, ha! — sua boca se abria como um túnel de trem. —Mulheres, mulheres! São a pior coisa, jovenzinho, a pior, a escória. Mas precisamos delas, sim, e como! E o pior é que elas sabem disso, sabem sim. Ha, ha, ha! Por isso a profissão de cantor de ópera é perfeita. Você pode trabalhar com mulheres e fasciná-las com sua arte para depois ter suas vantagens. Sobretudo as dos coros. Você sabia? Sim, essas são as mais fáceis e não as cantoras dos papéis principais... Ha, ha, há! As coristas se desvelam pelos tenores, barítonos e baixos. Bem, você ainda é jovem, mas eu lhe ensinarei tudo o que é preciso saber sobre a arte da sedução... Você vive com seus pais? Não? Isso é fantástico! Eu tampouco! Ha, ha, ha! Estou hospedado em uma pensão e assim tenho onde viver e também toda a liberdade do mundo. Você encontrou a pessoa ideal, jovenzinho! Levaremos uma boa vida em Munique, uma ótima vida! Eu vou ensiná-lo como se aproximar de uma mulher sem se apaixonar por ela. Oh, olhe pra mim! Será que você já está apaixonado? Como me alegro! Ha, ha, ha! Isso é o mais perigoso, jovenzinho... Muitos jovens românticos e apaixonados acreditam que para amar um corpo têm de dar em troca seu coração. Ha, ha, ha! Besteira! Tire isso da cabeça, Ludwig, o amor não existe, está me ouvindo? É uma mentira inventada pelas mulheres para que os homens paguem altos impostos para possuir seus corpos! Ha, ha, ha! Isso é bom, nunca o dissera assim! Definição do amor: imposto sexual cobrado pelas mulheres... Ha, ha, ha! Ha, ha, ha! Nunca se esqueça disto, jovenzinho: as mulheres são para ser usadas e jogadas fora, como um simples clarão de pólvora. Você está ouvindo! Não confie nelas, porque, quando menos esperar, terão lhe tirado tudo. Nunca! Agora, bem, desfrute-as tanto quanto puder, que o Senhor as criou para isso... Ha, ha, ha! Não se preocupe, jovenzinho, você acaba de encontrar o sedutor dos sedutores, o inigualável Dionysius. Vou ensiná-lo a seduzir! Ha, ha, ha!

## 30

Naquela mesma tarde, ouvi vozes ao entrar em casa. Tia Konstanze tinha visita, uma coisa que não era comum. Tratava-se de uma prima distante, que se casara vinte anos antes com um primo do duque de Baden e virara aristocrata da noite para o dia. Desempenhava seu papel à perfeição. Notava-se que era uma daquelas mulheres que se importavam apenas com a escalada social, uma nobre sem sobrenome, sem sangue, simplesmente uma nobre por adoção. Não viera sozinha, sua filha Ludovica a acompanhava. Ludovica era uma jovem de tez pálida; seus olhos eram grandes e castanhos; seu nariz, pequeno; seus lábios, horizontais e finos. Não era muito alta, mas também não era baixa. Seus dedos eram alongados, pareciam dedos de pianista, embora nunca tivessem acariciado o marfim. Seu aspecto era enfermiço. Padecia de uma asma crônica que apaziguava com um lenço impregnado de sais que sua mãe lhe estendia cada vez que a filha era tomada por nervosos acessos de tosse. Dissequei suas tosses em meu âmago e descobri que continham gritos abafados de rebeldia. A enfermidade não residia em seus pulmões, mas em seu espírito.

Ludovica e sua mãe vieram a Munique para encomendar um vestido de noiva a um dos mais prestigiados costureiros da Confederação Germânica. Ludovica ia se casar dentro de oito semanas com o filho de um conde de Hannover. Sua mãe fuxicava sobre o enlace incansavelmente, mencionando centenas de detalhes absurdos da interminável lista de nobres e monarcas que iriam ao evento. Ludovica não prestava a menor atenção. Olhava as cortinas, os quadros, passeava seus olhos pelas paredes e, de vez em quando, me fitava com o ausente e indecifrável olhar de um cego que pede auxílio sem saber se há alguém ao seu redor. Só quando sua mãe intercalava algum esporádico "não é verdade, Ludovica?" ela parecia despertar de seu sonho e assentia com a cabeça, arqueando as sobrancelhas para fingir que estava presente e atenta.

A mãe de Ludovica comunicou à tia Konstanze que estava sendo convidada a ir ao casamento na qualidade de parente da mãe da noiva. Tia Konstanze substituiu seus sorrisos protocolares de anfitriã pelo esgar das almas ameaçadas. Aquele convite desafiava sua existência ordenada e rotineira. "Ir a um casamento! Ir a Baden! A essa altura? Para quê?", se perguntava com o olhar perdido. Seu pensamento galopava a quilômetros de distância. A conversa de sua prima repicava em suas têmporas como um tambor surdo. Sem dúvida, tia Konstanze estaria revivendo a repúdia e a vergonha daqueles bailes em que suas esperanças de amor foram devastadas. Como o soldado que conseguiu extirpar de sua memória o horror da guerra e é chamado novamente às fileiras, ela via a si mesma vestida de branco, sentada em um salão de dança trinta anos atrás, chorando sem lágrimas.

A mãe de Ludovica me pediu que lhe fizesse o favor de levar sua filha para passear.

— Convém que você tome um pouco de ar. Andar é bom para sua asma, como já lhe disse o doutor. O clima de Munique é melhor que o de Baden, não é mesmo, Konstanze?

Fomos, pois, à rua, e caminhamos em direção ao centro de Munique. Sugeri lhe mostrar a Frauenkirche. Ludovica não me disse que não, tampouco mostrou especial interesse. As janelas observavam nossos passos silenciosos. Ela fitava o chão. Seu corpo caminhava junto ao meu, ao contrário de sua alma. Mal respondeu quando perguntei por suas bodas. Limitou-se a me devolver monossílabos e os mesmos olhares lânguidos que me dirigira no salão de tia Konstanze. Sem dúvida seu casamento havia sido acordado à revelia de seus sentimentos. Ela não faria nada para impedir o enlace. A implacável escalada social de seu sobrenome chegava ao cume. Não se tratava de uma questão de amor, mas sim de destino.

Peguei sua mão e lhe disse:

— Venha, eu lhe mostrarei os mais belos lugares da cidade!

A princípio, Ludovica reagiu com a reticência de uma alma desiludida, mas em seguida se livrou da máscara que lhe fora imposta e assumiu a verdadeira alma livre que seu corpo abrigava.

As coisas aconteceram com a naturalidade do imprevisível. Um vagabundo bêbado nos desejou amor esticando seus negros dedos, e nós dois explodimos em risos. O andar cambaleante de uma velha nos impeliu à cumplicidade, e depois com mais risos. Um inocente e involuntário roçar de mãos antes de atravessar a rua, outro sorriso... E fomos percorrer igrejas, andamos pelos arredores da Residenz... Depois espantamos cavalos, subimos clandestinamente na parte traseira de uma carruagem, ela riu e riu, inundando-me com um sorriso que fluía como arroio fresco, me seduzindo com seus gestos e seus olhares. Mergulhamos no Englischer Garten, onde lançamos pedras n'água e balançamos nossos corpos nas pontes dos rios. Em certo momento, ela escapou do meu lado e correu até desaparecer de minha vista. Chamei-a por seu nome uma e outra vez e a procurei atrás das árvores, até que apareceu atrás de mim e, como em um jogo de cabra-cega, tapou meus olhos. Eu me virei, ela jogou a cabeça para trás e voltou a rir com loucura.

Durante toda nossa brincadeira, Ludovica não tossiu uma só vez. A asma desaparecera de seu corpo e dera lugar à felicidade propiciada pela liberdade.

Foi nesse momento que, não sei por quê, padre, experimentei um desejo irrefreável, uma inamovível certeza. Ludovica tinha de ser minha. Não que eu estivesse apaixonado por ela, acabáramos de nos conhecer. Era um capricho, uma querência mais que um querer, mas eu era um deus e aos deuses todos os desejos são concedidos.

— Ouça.

E, olhando-a nos olhos, cantei uma breve melodia infantil. Decidi me expressar com algum dos mais sensuais sons que encontrei dentro de mim. Usei o som que uma mão faz quando mergulha seus dedos para acariciar o cabelo, misturei-o com a sonoridade de corpos que se abraçam e acrescentei-lhe o ligeiro som de uma pluma escrevendo sobre papel. À medida que avançava pela peça e sustentava suas pupilas com minha voz, desejei dobrar Ludovica, governar sua vontade, seu corpo, fazê-la minha, penetrá-la, possuí-la por completo, um pequeno e caprichoso obséquio para meu corpo jovem e agitado. Levado pelo instinto, usei mais uma vez a sonoridade do amor, aquela que me transformava em um ser completo e perfeito, e a subjuguei. A frequência do amor inundou apenas os últimos sete compassos da melodia infantil que cantei, apenas sete compassos, padre. Não pude evitar pensar em Martina enquanto cantava ao seu coração. Seus olhos eram castanhos e os de Martina, verdes; mas, enquanto o som do amor se enfiava em seu corpo, os olhos de Ludovica me pareceram exatamente os de Martina: a mesma expressão, a mesma descontrolada paixão, o mesmo desejo irracional, a mesma deslumbrante luz, todos os olhares em um só.

Olhou-me e sorriu, exibindo dentes perfeitos. Seu sorriso transformou de novo seu rosto em uma cascata de alegria e sedução.

*Quão doce e suave*
*Sorri,*
*Seus olhos*
*Se entreabrem com ternura...*
*Vejam, amigos!*

*Não estão vendo?...*
*Como resplandece*
*Com luz crescente!*
*Como se alça*
*Cercado de estrelas.*
*Não estão vendo?*
*Como se inflama seu coração*
*Animado!*
*Augustos suspiros*
*Inflam seu peito.*
*E de seus lábios*
*Deleitados e suaves*
*Flui um hálito doce e puro.*
*Amigos, vejam!*
*Não estão percebendo? Não veem?*
*Só eu ouço*
*Essa voz*
*Cheia de maravilhosa suavidade,*
*Que, qual delicioso lamento,*
*Tudo revela*
*Em seu consolo terno?*
*É qual melodia*
*Que, a partir dele, me penetra,*
*Ressoando em mim seus ecos deliciosos.*
*Essa clara ressonância que me circunda,*
*É a ondulação de brandas brisas?*
*São as ondas de aromas embriagadores?*
*Como se dilatam e me envolvem!*
*Devo aspirá-las?*
*Devo percebê-las?*
*Devo beber ou submergir?*
*Ou fundir-me em suas doces fragrâncias?*
*Na flutuante torrente,*

*Na ressonância harmoniosa,*
*No sopro infinito*
*Da alma universal,*
*No grande Tudo...*
*Perder-se, submergir...*
*Sem consciência...*
*Supremo deleite!*

— Ludwig... — me disse —, é... É a coisa mais perfeita que ouvi em minha vida. Sua voz é... É... Me adormece, me enleva, me...

E de repente, como se fosse uma sonâmbula ou tivesse sendo submetida a uma feitiçaria, aproximou-se de mim e, trazendo seu rosto ao meu, beijou-me nos lábios.

## 31

As aulas começaram. Dias intermináveis de voz e esforços. Mestres experientes. Notas que desenhavam frases, frases transformadas em melodias, melodias que conformavam árias, árias que construíam óperas. Notas e mais notas, células de música, partes indivisíveis, disfarces dos sons. "Agora tente mais agudo." "Agora tente mais grave." "Agora, mais alto." "Mais baixo." "Com mais expressão." "Santo Deus, como você pode ser capaz?", me disse um mestre. Não precisei simular erros, não precisei passar por imperfeito. A verdade, a autêntica verdade. O talento, a perfeição, o sublime, o belo, o esplendoroso... Os professores comentavam nos corredores e os sussurros se impregnavam nas paredes e me revelavam a verdade: não havia melhor voz do que a minha, que em toda sua vida não haviam ouvido uma só tessitura igual, que meu timbre era mágico, que continha cores e aromas, que minha voz se movia, abraçava, que inclusive tinha tato, que as coisas pareciam falar por meio dela, que era fonte de vida. E eu cantava e alimentava os elogios e voltava a alimentá-los uma e outra vez, porque eu era um deus e todo mundo tinha de sabê-lo. Oh, padre, que dias de sorte e plenitude, de vitórias e de conquistas!

Minhas lembranças do conservatório também evocam as risadas de Dionysius. Risos que preenchiam minhas horas, risos aborrecidos e cansativos, mas honestos e fiéis. "Venha comigo uma noite." "Vou ensiná-lo a seduzir." "Você é virgem, Ludwig?" Dionysius ri, suas gargalhadas tornam leve a tristeza da vida. Suas olheiras são evidentes, se embebeda toda noite, me relata bacanais frequentes, noites de liberdade e luxúria com camponesas, garotas de origem duvidosa ou plebeias. Dionysius brinca com elas ao longo das tardes e me narra suas orgias, me descreve corpos pestilentos e suaves, mas, ao fim e ao cabo, corpos. Dionysius ri e, quanto mais ri, mais percebo seu sofrimento, seu medo de garras desconhecidas, de uma teia de aranha que evita, de uma profunda inquietude disfarçada de luxúria.

## 32

Depois de poucos dias, ao chegar ao meu quarto, encontrei uma carta sobre minha cama. Não havia remetente, um mensageiro a trouxera.

Amado Ludwig:

Estou em Munique. Cheguei de Baden esta manhã. Estou hospedada no único hotel da Theresienstrasse. Minha mãe jantará fora do hotel, para atender a um compromisso. Convenci-a a me deixar acompanhá-la a Munique. Passarei a tarde sozinha. Venha logo. Estou no primeiro quarto do segundo andar. Entre pela porta dos fundos. Espero ansiosa.

Ludovica

Havia passado apenas uma semana e Ludovica já arranjara um jeito de estar ao meu lado. O rosto de Martina me veio à memória. Um fio de sangue percorria sua pele branca com a lentidão da morte. Vermelho sobre branco. Minha vontade era subjugada por uma paixão de origem sobrenatural. "Não pense, Ludwig, não pense."

Movido por uma força superior, saí imediatamente de minha casa em direção à Theresienstrasse, avistei o hotel e dei a volta para entrar pela parte de trás. Subi sem que ninguém reparasse em mim. Segundo andar. Primeira porta. Bati. Ludovica atendeu. Estava enfronhada em um justo vestido branco. Seus seios voluptuosos pareciam transbordar de suas roupas. Seu sorriso me convidou a entrar. Ofereceu-me chá e ficamos conversando animadamente no sofá de seu quarto. Perguntei por sua mãe. "Chegará tarde, como lhe informei na carta", me disse com um brilho nos olhos. Quando terminamos o chá e o silêncio começava a se tornar eloquente, pediu-me que cantasse uma canção, pois desejava ouvir minha voz, que não queria mais nada desde a última vez em que cantara para ela.

Mas não era minha voz o que, na realidade, ela desejava ouvir. Ela só queria meu corpo, que a tomasse em meus braços, que a culminasse de beijos e carícias e a possuísse. A postura de seus braços, seu sorriso, seus gestos, todo seu corpo assim o indicava. Eu tinha consciência de seu latente e verdadeiro desejo. Ludovica se deu conta e assim, com a determinação das almas apaixonadas, se aproximou de mim, me atravessou com seus olhos e me beijou.

Um fio de sangue percorria a pele branca de Martina com a lentidão da morte. Vermelho sobre branco. Lutei para afastar a terrível imagem. Foi uma casualidade, me disse. Minha razão se deixava acariciar por uma força que me dirigia como se dirigisse um tear mecânico.

Minha pulsão sexual ardia por Ludovica, por seu corpo, por devorar, por tragar, morder, arrancar, quase destruir. Ludovica estava vetada: prometida, filha de nobres, filha de uma prima de minha tia Konstanze... Ludwig, afaste-se dela, repeti para mim mesmo.

Vermelho sobre branco, a lágrima de sangue no rosto de Martina surgiu outra vez como um sonho consciente, como um lampejo na memória, como um aviso da razão. Mas tudo me incitava a possuí-la: era atraente, sua virgindade podia ser minha, seus olhos castanhos e seu sorriso amplo podiam ser devorados por mim. Por que não? Ludovica era sensual como seus dedos, voluptuosa como seu olhar e terna como seu sorriso.

Abraçou-me, se entregando por completo. Beijou minhas mãos, meu pescoço e meu peito, tomada por uma excitação irracional. Quase desfez minhas roupas com suas unhas. Caímos no chão. Nossos braços e pernas se entrelaçaram, criando figuras desordenadas, como cordas de marinheiro sobre a coberta de um barco. Ludovica parecia estar possuída, me agarrava com a força de uma fera enlouquecida. Nada a detinha, nem seu iminente casamento. Não se perguntava nada, não pensava. Só agia; era como se estivesse sendo levada pela ira de uma vingança, só uma força daquelas poderia provocar tal paixão. Sim, padre, não estou exagerando, seu corpo agia levado por uma força superior à razão, superior ao desejo, superior a qualquer destino, uma força que estava acima da vida e da morte, acima de Deus e dos homens, uma força que anulava nossas almas, nosso ser, nossa vontade... Éramos marionetes nas mãos do amor.

Um fio de sangue percorria a pele branca de Martina. Vermelho sobre branco. Uma lágrima de sangue. Não, Ludwig, não voltará a acontecer, só aconteceu uma vez, uma única vez, uma única vez, uma única vez... Fechei os olhos para apagar a máscara veneziana de Martina e criar outra realidade em meu imaginário.

Amei Ludovica guiado pela escuridão de meus olhos fechados, como quem segue uma trilha que não oferece bifurcações, um caminho sem cruzamentos, uma única vereda que serpenteia até o cume onde a neve habita, uma neve branca, pura, única, perfeita e eterna. E deste modo os dois, os dedos entrelaçados, como na tarde em que de mãos dadas percorremos Munique, ambos pensando que era levado pelo outro, coroamos o cume onde a neve surgiu de meu corpo como em uma avalanche de primavera.

Então abri os olhos e a realidade apagou meus sonhos para confirmar meus temores e suspeitas. Um jorro de sangue emergiu da boca de Ludovica como a lava vermelha do Etna! Não, não encontrei a suave lágrima de sangue que as recordações de Martina me traziam ao presente; encontrei, sim, algo mais terrível: um golpe de lava cuspido como um vômito.

— Não! Não! Não! — gritei.

Ludovica tossiu uma e outra vez. Seus peitos tremeram devido a violentos espasmos, suas pernas lutaram para se desembaraçar das minhas. O sangue jorrou aos borbotões impulsionado pela tosse, mas voltou para dentro de sua boca, sufocando-a. Um espasmo. Dois espasmos. Seu corpo pulou para cima como se alguém penetrasse suas costas com uma adaga.

Me afastei. Mais um espasmo. Ludovica ficou roxa! Colocou sua mão em volta do pescoço! Sufocava! Algo a devorava por dentro!

E depois, quietude e silêncio: Ludovica havia morrido.

## 33

Sentei-me ao seu lado e afundei a cabeça em minhas mãos. Senti-me maldito, vi que traíra minha própria vontade. Usara a isca da paixão para apagar meus temores. Mas em meu íntimo eu sabia. Eu mesmo me armara uma armadilha para calar o eco da razão e as advertências da dúvida. Meu Deus! O que acontecia com meu corpo?

Dessa vez não precisei ficar pensando sobre a possibilidade de ser denunciado e fiz com Ludovica como fizera com Martina. Primeiro, seu sexo. Meus dedos saíram secos de dentro dela. De novo não encontrei vestígios de minha semente! Então meu sexo expelia ar? Não tinha tempo de pensar. Vesti-a com suas roupas, arrumei o aposento e eliminei qualquer indício de minha presença. Deixei-a ajoelhada diante do sofá com um livro aberto no chão.

A banalidade da cena faria com que sua morte fosse atribuída a um ataque de asma, uma súbita e incontrolada convulsão... Ludovica estava doente e os acessos de asma podem ser letais. Produzem tosse e mais tosse até provocar vômitos de sangue e uma falta de ar definitiva. Seria esse o diagnóstico. De novo uma morte natural. Sua alcova não exibia sinais de violência, nenhuma porta ou janela fora forçada. Ninguém me vira entrar nem me veria sair do hotel, não sentiriam falta de nenhum objeto de valor... Nada diferente que pudesse levantar suspeitas.

Assomei-me ao corredor. Ninguém. Saí do quarto com cuidado. Desci as escadas com precaução e, pela mesma porta que usara para entrar no edifício, cheguei ao pátio interno, dei a volta no edifício contíguo e cheguei à rua. Caminhei depressa, escondendo meu rosto entre as lapelas do casaco. Desejava me afastar quanto fosse possível da Theresienstrasse, chegar à casa de tia Konstanze e me enfiar em meu quarto.

Os pensamentos ferviam em minha cabeça. Quando uma ideia é muito terrível, a mente se organiza para aniquilá-la e, por isso, inventei falácias para apaziguar minha ansiedade. Talvez fosse minha maneira de amar, talvez meu peso fosse excessivo. Naquela época, padre, eu adquirira certo sobrepeso, superior ao que cabia à minha tenra idade. Talvez minhas investidas tivessem sido excessivas, provocando algo no corpo das duas garotas. Ou talvez tivesse sido apenas azar. Mas o engodo que a pessoa inflige a ela mesma não dura mais do que uma tempestade de verão. Meu pensamento levantou o véu da verdade: a noite na Gesangshochschule, vontades submetidas e lençóis manchados, o som do amor e flocos de neve. Meu corpo, meu corpo... Mas... Por quê? Então eu não era um deus?

## 34

Tia Konstanze me deu a notícia no dia seguinte.

— Há uma semana estava aqui, aqui mesmo sentada... E agora... Oh, Ludwig, é horrível!

Foi à missa e ficou sete horas trancada na igreja, rezando. Sentia-se culpada porque reprovara o casamento de Ludovica. Só ela sabia que chegara a rezar a Deus para que o casamento não acontecesse e pudesse, assim, preservar sua existência metódica e a memória dos seis bailes em que ficou sentada, e a da música do salão e a das roupas de gala... Luz, muita luz.

Durante várias tardes reduzi minhas horas de conservatório. Quando as aulas terminavam, corria para casa e me trancava em meu quarto. Tinha uma obsessão frenética: queria pensar, analisar todos os fatos, descobrir possíveis semelhanças entre o que acontecera com as duas garotas que morreram enquanto faziam amor. O senhor pode imaginar, padre? Pode imaginar por acaso como se sentia um garoto em cujos braços morreram seus dois primeiros amores enquanto amava? Nem queria um diagnóstico, mas um motivo. Precisava de um motivo.

Em uma daquelas tardes, tombado sobre meu catre, a luz apagada, os olhos no teto, mergulhado na dúvida e na preocupação, de repente bateram na porta. Levantei lentamente e caminhei até a entrada com o peso de um ancião que sobe uma escada.

Abri.

Era Dionysius.

— O que há com você, jovenzinho. Será que resolveu sumir deste mundo? Todas as tardes, assim que a aula termina, você escapa como se estivesse sendo carregado pelo diabo. Algo o preocupa, hein? Pois isso acabou! Pegue seu casaco. Dionysius vai arranjar um meio de fazê-lo se divertir! Então não lhe prometi? Ha, ha ha!

Tentei escapulir, mas não consegui. Dionysius insistiu até a saciedade, suas gargalhadas perfuravam minhas têmporas. Sair para me divertir era a última coisa que queria, embora reconheça, padre, que na realidade era o que mais me convinha. Arejar-me, beber um pouco, conversar, escutar as atrocidade de Dionysius e rir, sobretudo rir.

Maquiladas ao extremo. Suas faces estavam acesas, devido ao calor; seus mamilos se insinuavam em decotes de seda de má qualidade. Seus corpos exalavam um cheiro intenso, mistura de vinho, cerveja, gordura, suor e urina. Não tenho a menor ideia de onde Dionysius tirara aquelas duas... Não tenho palavras, padre, não tenho palavras. Gritinhos histriônicos, tapas grosseiros na mesa da taberna, vulgaridades, cusparadas, histórias banais, quase infantis, piadas absurdas. Um acordeão e um violino insultavam a música. Estridências, melodias repetitivas e agudas, de vomitar.

Aquela era a noite que Dionysius reservara para mim: um encontro com o que ele chamava de corpos fáceis, jovenzinhas de baixa linhagem. Bebemos cerveja com aquelas duas garotas em um verdadeiro tugúrio de um dos piores bairros de Munique. Dionysius só ria e contava piadas grosseiras, inconcebíveis em alguém com sua sensibilidade artística. Mas ele era assim. As garotas riam às gargalhadas, e elas se sobrepunham às do meu amigo. Os olhares desfocados que as garotas trocavam indicavam que disputavam Dionysius. Ele era expansivo e divertido, o jovem ideal para uma noite de loucura desenfreada. Eu procurava estar à altura das circunstâncias. Mas Dionysius superava qualquer vislumbre de simpatia que eu pudesse provocar.

Pensava em Martina e Ludovica. Em seus corpos sem vida. Em o quanto de mim tivera relação com suas mortes. Quis fugir. Bebi vinho e cerveja até me embebedar, foi meu único refúgio. Não podia mudar minha realidade, apenas deformá-la com o vinho. Depois de não sei quantas jarras, minha cabeça começou a girar. Consegui dar algumas risadas, sem saber exatamente de que ria nem por que ria. Na minha imaginação, só se repetiam as imagens de Martina tremendo e Ludovica vomitando sangue... Mas agora, graças à bebida, podia pensar naquilo e rir ao mesmo tempo. Por momentos, invejei a leveza que Dionysius irradiava; gostaria de ser como ele, vazio e leve como a poeira do caminho, dissolver-me e desaparecer, não ser nada, nada, nada...

Na hora do fechamento, fomos expulsos da taberna. Na rua, minha cabeça ainda parecia explodir com o eco das melodias estridentes executadas pelo maldito acordeão e o desafinado violino. A realidade parecia estar borrada. Manifestei meu desejo de ir dormir, mas Dionysius me arrastou para um lado.

— Não é amor, Ludwig, não é amor... São apenas dois corpos. Ou você por acaso está pensando que gosto um tiquinho delas? Não se trata disso. Trata-se de seduzir e procurar seus corpos... Estaremos às escuras. Não verá seu rosto, amanhã tampouco lembrará seu nome... Vamos lá! A mais alta é minha! A outra é sua. Não me decepcione, jovenzinho, não me decepcione... Somos amigos, não é mesmo?

Dionysius nos levou até sua pensão. Abriu o portão e, entre risos abafados que certamente acordaram mais de um hóspede, subimos as escadas e entramos em seu quarto aos tropeções.

Ainda não compreendo como acabei na cama ao lado da de Dionysius com aquela mulherzinha cujo nome sou incapaz de recordar. Seu fedor era insuportável, mas reconheço que meus sentidos estavam aturdidos pela desenfreada quantidade de vinho e cerveja que bebi. Ela passeava sua língua babada pelo meu pescoço, uma língua gordurenta e áspera, fedorenta. Eu me dedicava a bater em seus seios, arredondá-los, esmagá-los. Ela começou a tirar minha roupa até me deixar completamente nu. Não havia me dado conta e ela já estava em cima de mim, nua. Ouvíamos Dionysius e sua amiga cavalgando um sobre o outro de forma descontrolada. Meu amigo gritava e ria sem parar. Sua companheira também ria.

Não. Não podia ser. Não podia me arriscar, padre. Só pensava em Martina e em Ludovica e no que aconteceria com aquela mulherzinha se eu a inundasse com o elixir do meu corpo. Se aquela mulher morresse ali, em meus braços, eu não seria o único a ser preso.

Dionysius também iria para a cadeia. E a última coisa que eu queria era prejudicar meu único amigo.

Afastei a garota com um empurrão. Foi um gesto brusco e desmedido, uma bofetada raivosa, uma atribuição de culpa àquela mulherzinha. Peguei minha roupa e desci as escadas quase nu. Cheguei à rua. Vesti-me e caminhei com firmeza, como um desvairado. Tudo girava. Ouvi Dionysius gritando da janela. Não consegui decifrar o que dizia. Talvez insultos, talvez elogios. Depois ouvi risadas e a janela se fechando. Não tinha importância, Dionysius não precisava de mim. Acho até que me agradeceu. Todo o botim era dele.

Parei algumas ruas adiante e comecei a dar chutes aqui e acolá, nas latas de lixo, nas luminárias, nos vagabundos que cochilavam ao relento, na bosta dos cavalos que restavam sobre os paralelepípedos, nos poucos cachorros abandonados que ousaram cruzar meu caminho; soquei portões, agitei maçanetas, sangrei os nós de meus dedos esmurrando paredes, gritei tomado por uma cólera absoluta: "A verdade, a verdade!"

Voltei para casa. Abri a porta em silêncio. Escuridão. Intuía onde tia Konstanze guardava seu dinheiro. Era uma caixa de prata que imitava um pequeno sacrário. Nunca dissimulara seu conteúdo. Abri-a e a esvaziei na minha mão. Não sabia quanto aquilo custava, mas achei que era mais que suficiente. Voltei à rua.

Sabia onde ficava. Todos os homens de Munique conheciam aquele lugar. Caminhei de forma decidida. A verdade, queria a verdade. Não podia viver naquele estado de dúvida. Causa ou casualidade. Maldição ou virtude. Culpa ou inocência. Precisava conhecer a verdade.

O bairro era mais escuro do que pensava. Uma leve névoa se infiltrava nos portais. Uma pequena lâmpada distante parecia um farol de uma ilha proibida. Estava cercado por um ligeiro chapinhar de gotas, gemidos e ecos de vozes amortecidas. Depois, um silêncio aparente: o som da mentira tomou conta de tudo. Os paralelepípedos brilhavam como poltronas de um teatro onde seria representada uma medíocre ópera bufa. Cheguei à luz do farol. Abri a porta que havia ao seu lado. Entoquei meu rosto entre as lapelas, tapando quase totalmente minha face.

A dona do bordel, uma mulher gorda, me deu as boas-vindas exibindo seus dentes negros. Seu olhar guardava todas as misérias do mundo, a experiência de quem vira tudo, conhecia o desamor; um olhar no qual a resignação já se transformara em destino. Disse-me o preço e eu lhe entreguei o dinheiro exigido. Não perguntou nada, não escrutou meu rosto. Entregou-me uma chave e me acompanhou por um corredor. Das portas fechadas surgiam ofegos vazios e desesperados, respirações tristes disfarçadas de paixão, o som de colchões e o roçar de mãos ávidas de pele e prazer.

Entrei em um quarto cujas paredes eram quatro espelhos. Minha imagem reproduzida oito, dezesseis, infinitas vezes. Um catre, uma tênue luz de uma lâmpada a gás, uma bacia, uma toalha, uma campainha para dar o alarme em caso de perigo e, depois de alguns minutos, a profissional do amor.

Olhei-a sem pena, sem compaixão. Era a mensageira da verdade. Eu não disse nada, nem perguntei seu nome. Suponho que ela me julgou ser daqueles que não precisam de protocolos absurdos nem de conversas vazias. Rasguei suas roupas e obriguei-a a se prostrar no catre de costas para mim. "Não olhe meu rosto", exigi. Passou a me classificar então entre os nobres ímpios, aqueles obcecados em preservar seu bom nome.

Arriei minhas calças e procedi com os gestos mais indignos de quantos havia usado em minha vida. Uma máquina de costurar, o eixo que une as rodas de uma locomotiva, um frio tambor de procissão, um movimento sincopado e repetitivo, frio, muito frio, vazio, silêncio, espelhos, o que era da terra disfarçado de eterno, eu só queria a verdade, depressa, a verdade... Meu corpo não conseguia se esvaziar porque meu sentimento estava ausente, meu pensamento posto em um rosto branco inundado de vermelho, meu coração dominado por uma pergunta.

O tambor aumentou seu ritmo, agora a cadência era frenética, o suor escorregou pela minha testa e empapou meu cabelo. Ela mantinha silêncio, se deixava empurrar como um animal, sua alma era a de um objeto, não se queixava, só calava.

Por fim cheguei ao ponto culminante.

Dois segundos. Três. Cinco.

E então ela caiu, desabou. Virei seu corpo. Seus olhos estavam brancos. O sangue jorrava aos borbotões de seu nariz e ouvidos. Seis espasmos, a língua de fora, virada para um lado. Um gemido final e, depois, a morte.

Olhei aquela prostituta desmaiada. Vesti-me em silêncio. Ainda estava bêbado. Agarrei seu cabelo, levantei sua cabeça, cuspi em seu rosto e comecei a chorar. Aí está sua verdade, Ludwig, me disse. Passaram alguns minutos, os suficientes para sentir o perigo que significava ficar ali dentro. Cobri de novo meu rosto com as lapelas do casaco e saí com decisão, passando diante da proprietária. Limitou-se a sorrir, fingindo uma mentirosa cumplicidade, como se procurasse saber em meus olhos se o cliente ficara satisfeito.

A névoa da rua já abraçava meu corpo. Caminhei depressa pelas ruas de Munique até abandonar a cidade. Afastei-me vários quilômetros, correndo como um possesso. Enfiei-me em um bosque e me perdi dentro dele. Quando já não me restavam forças, cantei uma melodia infantil em um imperceptível *sotto voce*, como se ninasse um recém-nascido, como se nada importasse, aquele cantarolar tão característico de um homem distraído, de um louco ou de um assassino.

## 35

Meu corpo provocara três mortes instantâneas, três mortes em poucas semanas. Que esperança eu tinha de ir para a cama com outra garota? Precisava encontrar uma maneira de me curar, de sanar a estranha doença que se apoderara de meu corpo.

Levei oito semanas para me decidir.

O senhor sabe, padre, que, para todo homem de bem, um médico é uma pessoa de confiança, o confessor do ser humano, o conselheiro a quem confiar dúvidas e inquietudes. Pessoas sábias, discretas... Um médico é a primeira pessoa a quem um marido infiel fala de uma sífilis ou de outra doença venérea, guarda confidências de homens e mulheres sob um estrito segredo profissional. Um médico era a pessoa que devia consultar. Mas uma coisa era confessar uma infidelidade e outra três mortes... Como um doutor reagiria quando lhe revelasse que havia acabado com a vida de três mulheres? Manteria o silêncio? Decidi explicar só parte da verdade.

O senhor deve se lembrar do doutor Schultz. Falei-lhe dele há duas horas. Era o médico que me examinara quando eu era um recém-nascido, quando meus pais temiam que eu fosse um menino cego; enfim, o médico de nossa família durante os anos em que meus pais viveram em Munique. Era paciente, perseverante, discreto, sabia ouvir, sábio como poucos... A última vez que o visitara havia sido pelas mãos de minha mãe, poucos meses antes de entrar na Gesangshochschule, devido a uns eczemas que apareceram em meus joelhos. Minha mãe temeu a lepra. O doutor Schultz me examinou atentamente sob o olhar preocupado de minha mãe. Curou-me em duas semanas graças a uns unguentos que mandou um boticário de Karlsruhe preparar. Ele mesmo, com sua intuição e experiência, desenhou a fórmula. Ainda me lembrava de suas lentes, de seu olhar sério e impávido, de seu halo de solenidade, de seu tato suave e firme, desprovido de carinho, mas cheio de exatidão.

O doutor Schultz tinha um consultório em sua própria residência, no centro da cidade. Ainda recordava o lugar. Uma manhã, várias semanas depois de minha visita ao bordel, bati na sua porta. Encontrei um homem de cabelos brancos, envelhecido, mas que ainda conservava um olhar inteligente e nobre. Ele não me reconheceu. Não me via há oito anos. Então, eu era um garotinho, e agora, um jovem bem formado e desenvolvido. "Ludwig Schmitt von Carlsburg", lhe disse. Sua expressão se iluminou. "Entre, Ludwig, entre, que grata surpresa", me disse. Levou-me à sua sala. Estava intacta, tal como a recordava. Minha retina me devolveu objetos aparentemente esquecidos, embora latentes em minha memória. O esqueleto, as ilustrações de corpos desprovidos de pele, aparelhos de ferro e mármore, medidores, grossas lombadas de livros com indecifráveis latinismos.

Perguntou pelos meus pais, por minha vida, o que fazia em Munique... Fiel a sua eterna discrição, intercalou esporádicos silêncios para me dar a palavra, para que dissesse qual era o verdadeiro motivo de minha visita. Como não falei o doutor Schultz acabou me perguntando de forma direta:

— Bem, Ludwig, em que posso ajudá-lo?

Falei-lhe então de um suposto amigo que estava em uma situação angustiante e não se atrevia a vir pessoalmente para não ser descoberto, pois protagonizara acontecimentos terríveis. Disse-lhe que eu me oferecera a intervir por ele e que lhe prometera que o melhor médico de Munique, a quem conhecia desde a infância, tentaria ajudá-lo e que a discrição estava garantida.

O doutor Schultz assentiu, como se aceitasse as condições que de forma explícita eu estava lhe exigindo para ouvir minha história. Garantiu-me silêncio profissional e um remédio, se estivesse ao alcance de suas mãos.

— Não, não é possível — disse-me depois de ouvir minha história, atribuída àquele anônimo amigo inventado.— É verdade que o sexo transmite doenças venéreas, que a sífilis contagia depressa e pode levar à morte se não se intervém de modo adequado, mas só ao cabo de alguns anos... Nunca imediatamente!

Depois me falou da célula de Leydig, uma descoberta realizada quatro anos antes por um tal de doutor Franz Leydig, e que essa célula, localizada nos testículos, produzia hormônios denominados andrógenos, e que se estava investigando sobre as potenciais enfermidades que tal célula poderia transportar e transmitir. Mas me reiterou uma e outra vez que não havia explicação científica para que um líquido seminal produzisse uma morte imediata, que isso era impossível. Perguntou com delicadeza se eu estava seguro da veracidade das informações de meu amigo, que havia muitas pessoas que usavam uma fantasia irracional para atrair a atenção alheia. "Não, não é invenção, é verdade, a história é correta, conheço bem meu amigo", lhe disse. Então sugeriu que só podia se tratar de uma incrível casualidade que, com toda probabilidade, acontecera uma única vez na história da humanidade, mas que grandes acasos e fatos fortuitos aconteciam diariamente.

Para ser sincero, padre, acho que ele me disse aquilo por educação. Na realidade, ficara com a ideia de que eu era um ingênuo que acreditara nas fantasias de um sujeito complexado, cheio de sentimentos de inferioridade. Acompanhou-me até a porta com a mão nas minhas costas e me disse que se meu amigo voltasse a matar alguém com seu sexo que voltasse a avisá-lo, mas que não me preocupasse porque aquilo não voltaria a acontecer.

Era, simplesmente, impossível.

## 36

Levei mais oito semanas para tomar uma segunda decisão.

Se um especialista do corpo não podia me ajudar, talvez um da alma pudesse fazê-lo. Foi tia Konstanze quem, dois dias depois de eu ter roubado seu dinheiro para financiar a dissipassão das minhas dúvidas, me sugeriu sem se dar conta:

— Seja qual for o pecado que você cometeu com meu dinheiro, vá se confessar, Ludwig; Deus o absolverá e, se Ele o fizer, eu também o perdoarei.

A sugestão me calou fundo. Eu intuía que meu corpo estava tomado por uma espécie de maldição e quase todas as maldições têm origem no Maligno. Talvez um homem de Deus conhecesse um exorcismo que pudesse me livrar da letalidade do meu sexo. Não era nada disparatado; se existisse um exorcismo para o corpo que mata quando dá amor, pediria que me fosse aplicado. Compreenda, padre, meu desespero era total. Eu estava só e precisava de uma solução.

O segredo de um médico depende de sua fidelidade a um código profissional de honra, mas, como bem sabe, o de um confessor é obrigatório sob pena de expulsão. O segredo da confissão era uma garantia para explicar a verdade de tudo o que me acontecera.

Escolhi uma igreja afastada de meu bairro. Passei quase o dia inteiro ajoelhado nos bancos, fingindo que rezava. Vi um sacerdote jovem passar, tinha um aspecto saudável e me pareceu digno de confiança. Mas logo me dei conta de que aquele homem de Deus poderia compreender um problema da carne, mas não teria experiência suficiente para me apresentar uma solução. Descartei-o. Depois apareceu um velho: devia conhecer bem todos os exorcismos da Igreja, no entanto poderia estar padecendo uma perda das faculdades. Não serviria. Por fim, vi um sacerdote que me pareceu apropriado: grisalho, de uns cinquenta anos, um homem maduro e atento, de movimentos ágeis e enérgicos.

Observei-o durante dois dias, inclusive o segui a certa distância pelas ruas da cidade. Li seus gestos e seu olhar. Seus modos eram afáveis, nada afetados, e quando encontrava e saudava os fiéis, eles sorriam sem maneirismos. Sim, ele era o mais adequado. Seu nome estava escrito na placa de seu confessionário: padre Keiser.

Na tarde do dia seguinte fui ao vicariato e perguntei por ele.

— Só quero me confessar. Diga-lhe que vou ficar esperando por ele no confessionário, quero ter bastante tempo para fazer meu exame de consciência — disse ao auxiliar do vicariato, um homem magro que me olhava com desconfiança. Fui ao corpo principal da igreja e me ajoelhei no confessionário que exibia seu nome. Após quase um quarto de hora, ouvi passos decididos se aproximando pelo corredor. O padre Keiser entrou no confessionário, sentou-se, correu a cortina e se aproximou da telinha de madeira que encobria meu rosto e garantia meu anonimato.

— Ave Maria puríssima.

— Sem pecado concebida.

Quando acabei minha confissão, o padre Keiser respirou fundo. Seu hálito me chegou quente e ácido. Perguntou-me pelo meu estado de ânimo, quis saber se havia informado a polícia daquelas mortes. Respondi-lhe que ele era o único que sabia a verdade. Seu silêncio estava garantido por seus votos.

— É uma chamada do Senhor — me assegurou. — Se o problema, como você sugere, está em sua voz e em seu sexo, a voz deve ser calada para sempre e o sexo eliminado pelo resto de seus dias. Votos de silêncio e votos de castidade. É uma chamada, meu filho, é uma chamada do Senhor. Os desígnios do Senhor são inescrutáveis. Deus não exigiu de Abraão que sacrificasse seu próprio filho Isaac para provar sua fé?* Você não é um maldito, não, não é o que diz, meu filho, nenhum exorcismo deve ser praticado. Você é, sem dúvida, um eleito do Senhor. O Senhor está lhe indicando isso. Pede-lhe com provas irrefutáveis que abandone a carne, exige que não use a voz para cantar e despertar a admiração de jovens facilmente impressionáveis. Não há outra explicação. Pense, meu filho. Você está sendo chamado por Cristo para ser um de seus pastores. Minha penitência é simples. Cinquenta pai-nossos e um conselho: suma de Munique, vá a qualquer outra cidade da Confederação Germânica e peça para ser admitido em um seminário. Não importa a ordem: franciscanos,

* Genesis, 22: 1-99. Uma noite Deus se apresentou a Abraão e para pô-lo à prova lhe disse: "Pegue seu filho, seu único filho, o filho que tanto amas e leve-o à região de Moriá para me oferecê-lo em holocausto." (*Nota do padre Stefan*).

jesuítas ou beneditinos... Aquela ordem cuja filosofia se adapte melhor aos seus princípios. Deve estudar para o sacerdócio. Deus lhe dará as forças necessárias para adotar a castidade e manter silêncio, pois nosso bom Deus nunca exige de seus servos mais do que suas forças podem lograr*. Essa é toda a origem de seu mal...

Suponho que quando se virou para me dar a absolvição, ficou mudo. Atrás da grade de madeira já não havia ninguém escutando.

## 37

Medicina, religião e magia, as três ciências da Terra. Havia consultado um curandeiro do corpo e um curandeiro da alma. Desprovido de uma solução, só me restava o curandeiro do sobrenatural.

Eu não sabia onde procurar um especialista em tão obscuras práticas, e, ao mesmo tempo, não queria despertar suspeitas. Resolvi começar pelo menos comprometedor: um curandeiro. Quem não recebeu a assistência de um curandeiro, padre, seja para receber fricções nos músculos ou encomendar algum elixir, seja para adquirir unguentos da Alexandria ou sais da França?

Soube, por companheiros do conservatório que desde sempre haviam vivido em Munique, onde morava o mais célebre curandeiro da cidade. Expliquei-lhes que precisava de plantas medicinais para evitar uma aguda dor de garganta que ameaçava virar afonia.

Visitei-o na última hora da sexta-feira. Na residência do curandeiro havia ossos de todos os tamanhos e formas pendentes da parede, peles de animais cuja origem geográfica me era impossível definir, vasilhas de barro com etiquetas com nomes em grego, latim e

---

* Primeira carta aos Coríntios. 10:13: "Deus é fiel e não permitirá que vocês sejam provados acima de suas forças. Ao contrário: quando chegarem as provas, Deus lhes dará força para resisti-las com êxito." (*Nota do padre Stefan*).

aramaico, assim como papiros de desenhos egípcios com conselhos práticos para tratar dores musculares.

Limitei-me a lhe dizer que vinha representando um cliente muito especial, um nobre que desejava permanecer no anonimato e que eu era um simples mensageiro. Esse tipo de encomenda seduz os curandeiros, feiticeiros, bruxos e magos, pois sentem falta da paixão que outrora despertavam em papas, reis e nobres, quando a ciência era menos evoluída do que na época atual e recebiam honorários exorbitantes como conselheiros graças a seus feitiços e fórmulas secretas. Inventei que o filho do meu cliente havia sido amaldiçoado e que queria exorcizar aquela maldição.

O curandeiro mostrou-me seu mal-estar, sentindo-se quase insultado, me disse que as maldições não eram ciência e que ele era um cientista e não um mago, e que não poderia me ajudar em nada.

No entanto, consegui que me recomendasse a uma cigana húngara que garantia adivinhar o futuro nas linhas das mãos e que conhecia todos os feiticeiros, alquimistas, bruxos e bruxas da Confederação Germânica e do Império Austro-Húngaro; se existia alguém que pudesse exorcizar uma maldição, ela o conheceria. Aquela cigana húngara trazia ao curandeiro ossos de pata de avestruz, fundamentais, segundo me garantiu, para a cura das dores das costas e a calcificação correta das vértebras. Não sabia onde vivia, mas que a cada sábado oferecia seus serviços em uma taberna chamada Die Traube.

## 38

Na noite do dia seguinte, ao entrar na Die Traube, me vi em uma gruta úmida e suja, pestilenta, que cheirava a vinho ácido. O taberneiro era um homem a quem faltava o olho esquerdo. Em vez de usar uma simples venda, exibia um olho de águia duas vezes menor que seu olho saudável. Aquele olho não tinha movimento, e tampouco sua pálpebra superior se agitava. O pousadeiro deixara seu cabelo crescer naquele mesmo lado; era uma cabeleira cinza de ave de rapina que batia no meio de suas costas. No entanto, no lado de seu olho saudável, tinha a cabeça raspada a zero. O efeito era pavoroso: parecia metade pessoa e metade águia.

Naquele tugúrio, bêbados, meliantes, falsários, contrabandistas, delatores e prestamistas se misturavam com aprendizes de bruxo, especialistas em necromancia e feiticeiros de reputação duvidosa. Lapelas levantadas, olhares furtivos e conversas secretas escorregavam pela escuridão. O taberneiro veio a mim e pedi-lhe um copo de vinho para justificar minha presença. Enquanto vertia o vinho em um velho copo de madeira, lhe perguntei:

— E a cigana?

— Muitas ciganas aparecem por aqui — me respondeu com desinteresse.

— A húngara, a melhor, segundo dizem.

Assentiu e apontou com a cabeça na direção do final de um tubo negro, onde estava sentada uma velha que usava uma manta vermelha sobre as costas e um lenço cinza que cobria a cabeça. Aproximei-me. Ela desviou o olhar e cuspiu no chão, depois resmungou duas frases em um alemão terrível. Não errava só a pronúncia, mas também as declinações, o gênero dos substantivos e os tempos verbais. Depois olhou por cima de meu ombro, me ignorando. Insisti, e ela voltou a cuspir, lançando impropérios em uma língua balcânica que não reconheci. Não queria saber nada de mim. Voltei para perto do taberneiro. Talvez ele pudesse me explicar o comportamento arredio da cigana. Seu olho de águia parecia representar a morte; o saudável, a vida. Esforcei-me para dissimular a repugnância que seu olho me causava.

— Você é um ignorante. Não sei que diabo está procurando, mas vá com cuidado. Ela está proibida... O código de honra dos feiticeiros e bruxos os proíbe de cobrar por uma recomendação. Ela conhece todos os bruxos da Europa, mas como os magos estão proibidos de cobrar comissão pela indicação de clientes, a velha não ganhará nada se o ajudar. Peça-lhe que leia sua mão, pague e depois ela lhe dará a informação de que precisa.

— Não desejo conhecer meu futuro — respondi.

— Ela tampouco, estúpido, mas assim vai receber dinheiro sem ser acusada de cobrar por recomendar outro mago...

Voltei para perto da cigana e estendi-lhe minha mão. A bruxa esboçou um cumprimento rude e me mostrou dentes negros e corroídos. Pediu-me um preço exorbitante, quase a metade da mesada mensal que meu pai me enviava. Paguei o que me pediu e voltou a mostrar seus dentes carcomidos. Sua atitude inicial mudou completamente: me chamou de querido e passou suas unhas enegrecidas pelas pregas de minha palma.

— Sente, sente aqui. A linha da vida da sua mão é curta... E isso quer dizer que não vai viver muitos anos, mas não se preocupe — disse com uns olhos afiados que brilhavam na escuridão como se fossem estrelas distantes. De repente franziu o cenho e arregalou os olhos. Levou minha palma a poucos centímetros de seu rosto e tocou minha mão com as pontas de seus dedos ásperos. Olhou-me com estranheza e então afastou minha mão como quem se livra de uma brasa ardente. —Vá, vá embora, você foi amaldiçoado! Fora! Afaste-se de mim!

Fiquei em pé e agarrei-a pelas lapelas. Atravessei-a com meus olhos. Olhou-me assustada e se sentou.

— Não posso predizer seu destino... A linha da vida se enfia no Monte de Saturno e se transforma em cruz! Isso é... É impossível. Em livro nenhum, em ensinamento nenhum, em tradição nenhuma transmitida durante séculos e séculos há referência a uma mão como a sua. Em você, a vida e a morte são a mesma coisa...

Agarrei-a pelo braço e lhe disse:

— Não me interessam suas absurdas bruxarias! Quero o nome do mais sábio especialista nas maldições da Terra e seus exorcismos. Ou você me dá ou a mato aqui mesmo — ao mesmo tempo, lhe mostrei um pequeno punhal que levava escondido em minha cintura.

Safou-se de mim e cuspiu na minha cara. Depois resmungou:

— No lago Starnberg, o velho Türstock, em uma cabana que fica há meio quilômetro da ponta mais a oeste do lago. E agora vá! Fora! Fora! — disse com voz alquebrada ao mesmo tempo em que punha seus dedos para dançar.

## 39

Visitei-o na manhã seguinte. Aluguei um cavalo e fui até o lago Starnberg seguindo as indicações da cigana húngara. Encontrei sem dificuldades a cabana do velho Türstock. Era uma pequena construção de argila com um telhado de madeira do qual emergia uma fumegante chaminé de pedra. Ao lado da porta havia uma espécie de jarro de pedra alargado, sustentado por ferros oxidados. Mais adiante, um pequeno estábulo. Um cão latiu ao perceber minha presença e um velho saiu da cabana. Estava envolto em uma espécie de capa de tecido mais grosso, a modo de casacão. Uma longa barba branca brotava de seu queixo, talvez em homenagem ao seu ofício de feiticeiro. Caminhava apoiado em uma bengala três cabeças mais alta do que ele. A luz do sol o cegava, e ele colocou a mão na testa para esquadrinhar meu rosto.

— Você é Türstock, o feiticeiro? — perguntei.

— Sim, sou eu — me respondeu com voz lenta e repousada.

Depois de lhe dizer que queria consultá-lo, fui convidado a entrar em sua pequena cabana. O interior era escuro. Os círios e o fogo da lareira aqueciam bem o aposento. Milhares de livros antigos se amontoavam por todos os lados, nas estantes, no chão, na mesa, repousados em pedestais de madeira.

Ofereceu-me um chá. Colocou uma pequena panela no fogo, avivou-o com sopros suaves e depois pegou um pote do qual extraiu ervas aromáticas que lançou na panela.

— São ervas da Índia — disse-me.

Depois esperou em silêncio, com as pupilas brilhando ao crepitar das chamas, sem pressa alguma. Quando a água estava fervendo, verteu o caldo em duas vasilhas de barro usando um pequeníssimo coador. Estendeu-me uma delas e se sentou na minha frente. Escrutou-me com o olhar e depois, como se já tivesse decidido que eu era digno de sua confiança, começou a falar enquanto saboreávamos a beberagem quente e fumegante.

O velho Türstock me convenceu de sua sabedoria. Explicou-me que era o feiticeiro mais prestigiado de toda a Confederação Germânica; o sábio que mais conhecia as maldições e as lendas europeias; o homem que havia curado dementes e hidrófobos, que fora capaz de devolver a voz a pessoas mudas e de conseguir que paralíticos voltassem a se mexer. O velho Türstock atendera ao próprio Ludwig I para interpretar seus sonhos; conhecia mais de duzentos idiomas; sabia mais de três mil conjuros; assegurou-me que possuía cópias dos escritos de Arnau de Vilanova, chamado de o Catalão, o primeiro dos mestres ocultistas, um médico da Idade Média que curara o papa Bonifácio VIII usando um amuleto, apesar de ter sido antes encarcerado por ele pelo fato de proclamar a vinda do Anticristo; afirmou ter alugado e vivido durante dois anos na própria La Fleur de Lys de Paris, a solicitadíssima residência de Nicolas Flamel, de quem assegurava que descobrira a pedra filosofal e o segredo da eternidade; contou-me que participara de clandestinos tribunais de amor em Flandres e Champagne; me disse que tinha em seu poder vinte mil versos de trovadores da Occitânia, do Rosellón, do Languedoc e da Coroa de Aragão, mais a lista completa dos membros da seita dos Assassinos, aquela que destroçara o islamismo na Europa; que conhecia mais de quinhentos exorcismos diferentes, que serviam para extirpar desde demônios até anjos, porque, me garantiu, os anjos também possuem corpos de mortais e propagam males piores que os demônios; que exterminara a Mãe d'Água do Amazonas, uma mulher de olhar fascinante que arrastava ao fundo das águas aqueles que tinham a coragem de fitá-la; que capturara o mitológico homem-peixe diante das águas de Santiago de Compostela, extermínio que lhe valeu uma disputa com os feiticeiros lusitanos por ter acabado com o último descendente dos tritãos; que aprisionara com uma rede de ouro o último centauro, encontrado em Creta em 1810, a quem operou a parte equina de seu corpo, conseguindo que lhe brotassem depois extremidades humanas; e que, em seu percurso pela Grécia, fizera um ritual para salvar um assassino que os gregos chamavam de vampiro, um homem possuído por Gomia, um ser de hálito fétido e apetite voraz que devorava o sangue de homens e mulheres... Tudo isso me explicou o velho Türstock, os dois amparados pelo calor do fogo e o perfume de seu chá.

Quando, já cansado, me interrogou com seu olhar, dei início à minha farsa. Inventei, como fizera com o curandeiro, que vinha representando um nobre que queria preservar sua identidade para evitar o escândalo. Disse-lhe que aquele homem tinha um filho e que o menino em questão parecia ser sensível apenas às sonoridades, que os sons pareciam possuir seu corpo. Disse-lhe que o filho de meu mandante, quando adquiriu a fala, só clamava por uma sonoridade oculta, uma que ansiava ouvir entre todas as sonoridades do mundo, e que em tal busca parecia mergulhar em uma agitação incontrolável e que seu pai suspeitava que sua voz reproduzia os sons da Terra e que...

O feiticeiro soltou um grito e ficou em pé, derramando sobre seus papéis e livros o chá que restava em sua vasilha.

— Oh, maldição das maldições! Esse menino é... Oh, por todos os deuses!

— Diga-me — disse tomado pela ansiedade. —De que se trata?

O feiticeiro respirou fundo.

— A busca da sonoridade perfeita... Oh, sim, há muito tempo ninguém me falava dessa maldição! Pensei que já haviam extirpado da Terra os herdeiros de Tristão... O filho de seu mandante é, sem dúvida, um herdeiro de Tristão. Oh, destino fatal o espera!

— Um herdeiro de Tristão? Que Tristão? — perguntei com frenesi.

— Trata-se da lenda de Tristão e Isolda...

Eu já ouvira falar da lenda de Tristão e Isolda, mas não com detalhes. O velho Türstock se deu conta e começou a me narrar seu conteúdo.

— Tristão era um cavaleiro. Tristão de Leonís, sobrinho de Marcos, rei de Cornuália. É uma lenda muito antiga. Tem mais de setecentos anos. Chegou até aqui graças às canções de amor dos trovadores occitanos. Ah, a tradição! Os livros de agora banalizam tudo, mas houve um tempo em que quase não havia livros e só as canções e os poemas conservavam nossa história. Chrétien de Troyes foi um dos primeiros a escrevê-la, mas sua obra se perdeu. Existe uma versão do século XII, de Béroul de Normandia, outra de Thomas, o anglo-normando, e ainda mais uma de Eilhart von Oberg, que a escreveu em alemão; mas a versão mais conhecida é a de Gottfried von Strassburg. Espere... Tenho-a aqui.

Foi até sua biblioteca e, depois de passar sua mão enrugada por lombadas amareladas e empoeiradas, pegou um volume intitulado *Lenda de Tristão e Isolda*.

— Este texto que vês aqui foi composto entre os anos de 1200 e 1220... Ah, lenda das lendas! — suspirou o feiticeiro. —A história de amor de Tristão e Isolda percorreu toda a Europa: o reino da Áustria, a Coroa de Aragão, a Coroa de Castela, Irlanda, Inglaterra, França... E não é de se estranhar. Trata-se de uma história de amor tão perfeita que jamais poderá ser esquecida. Tristão era um cavaleiro valente, virtuoso, um homem hábil na arte das armas, da espada, da guerra, e também da poesia e da música, cantor, tangedor do alaúde, conhecedor das mais belas baladas. Tristão não era apenas sobrinho do rei, mas também seu mais fiel cavaleiro. Esse era Tristão, o cavaleiro entre os cavaleiros, o valente entre os valentes, o fiel entre os fiéis. O rei queria se casar para dar continuidade ao seu reinado e Tristão prometeu lhe trazer a donzela mais formosa que seu tio e rei merecesse. Certa manhã, duas andorinhas trouxeram até a janela do rei Marcos uma mecha de cabelo dourado. Este exigiu que sua rainha fosse a mulher da qual aqueles cabelos provinham. Tristão descobriu que se tratava da bela Isolda, filha do rei da Irlanda. Tristão assegurou a seu tio Marcos que conseguiria lhe trazer Isolda. Viajou da Cornuália à Irlanda, e, graças a ter livrado em nobre e perigosa batalha o país irlandês de um terrível dragão, conseguiu que o rei da Irlanda lhe entregasse sua filha Isolda como recompensa. E assim voltou de barco à Cornuália, feliz por ter cumprido sua promessa: levava a bela Isolda a seu tio, o rei Marcos. A mãe de Isolda, antes que ela partisse da Irlanda, entregou à filha um artefato mágico, o elixir do amor. Por que lho deu? Isolda era parte de um compromisso, obrigavam-na a se casar com um homem que não amava. A mãe de Isolda queria que o casamento de sua filha estivesse impregnado de amor. Entregou-lhe o elixir mágico e lhe recomendou que na noite de seu casamento ela e o rei Marcos o bebessem antes de se deitar. O elixir do amor tinha o poder de unir de forma irremediável os corações daqueles que dele bebessem. Depois de sorver o elixir, o rei Marcos e Isolda experimentariam, por arte da magia, um amor eterno. Jamais conseguiriam ficar separados: o amor perfeito uniria seus corações. Mas aconteceu uma coisa terrível. Durante a travessia, Tristão e Isolda resolveram beber uma taça de vinho para aplacar sua sede. Pediram à Brangania, a donzela de Isolda, que preparasse duas taças de vinho, mas, por descuido, pegaram o frasco errado e Brangania os serviu... Serviu-lhes o elixir do amor! A magia entrou em ação, o amor eterno impregnou-os e Tristão e Isolda, sobre as águas, navegando em direção à Cornuália, ficaram perdidamente atados por um amor mágico e perfeito, um amor iniludível, superior a qualquer vontade ou virtude. Não havia mais volta, a força do amor os arrastava, a beberagem do amor os possuía, a taça maldita, o amor eterno... Sinônimo da morte. Desde aquele fatídico dia, Tristão e Isolda ficaram condenados a se amar. O barco chegou à Cornuália e Isolda se casou com o rei Marcos, como estava previsto. Mas a cada noite — inclusive a noite de núpcias! — ela escaparia para se amar em segredo com Tristão. Alguém pode imaginar traição maior? Um cavaleiro virtuoso excitando-se com a esposa do próprio rei! O desejo acima da condição, a paixão acima da vontade. Infidelidade carnal, mentiras, enganos, disfarces, fugas ao bosque, desonra, traição... O cavaleiro Tristão e a rainha Isolda não conseguiram fugir de tudo isso. A força do amor que vivia dentro deles não lhes deixava outra opção, tal era o poder do elixir do amor... Depois de uma infinidade de venturas, desventuras, viagens e duelos, Tristão foi finalmente ferido por uma espada por causa de seu amor por Isolda. A ferida foi fatal e Tristão morreu nos braços dela depois de pronunciar quatro vezes seu nome. Ao vê-lo falecer, Isolda não pôde suportar a perda do ser amado, do coração que formava com o seu um uníssono. Como iria viver se o coração pelo qual se desvelava parava de bater? O amor eterno de Isolda se encarnava em Tristão e assim ela também morreu de tristeza e melancolia com o falecido cavaleiro em seus braços. O elixir do amor os levou à morte porque a morte é o único lugar onde o amor eterno vive. Oh, morte!, momento de redenção e de supremo deleite. Amor e morte, um mesmo destino! Os dois corpos foram enterrados um ao lado do outro e em suas tumbas nasceram dois galhos: um de videira e outro de rosas. E ao crescer se entrelaçaram, e contam que não houve homem ou mulher que conseguisse cortar aqueles galhos sem que voltassem a crescer para voltar a se entrelaçar. O amor de Tristão e Isolda era eterno. Um amor nascido de uma beberagem mágica e sobrenatural.

— E o que isso tem a ver com o filho de meu nobre mandante?

— Esse pequeno é... É um depositário do elixir do amor. Não se sabe ao certo como pôde acontecer. Contam que, duzentos anos depois, um jovem e charmoso trovador passou por acaso perto do lugar onde repousavam os corpos de Tristão e Isolda. O cantor estava cansado e se sentou junto aos túmulos. Sentiu sede. Observou então que nas ramas de videira que cresciam no mausoléu de Tristão haviam brotado alguns cachos de uva. O mui infeliz menestrel pegou um cacho e comeu uma uva. O líquido da uva penetrou em seu ser e se expandiu por suas veias. O elixir do amor que séculos atrás Tristão havia bebido voltou a possuir o corpo de um mortal. E dizem que desde então o trovador pôde cantar um som mais belo que a natureza, o som do amor: aquele foi o primeiro herdeiro de Tristão. Desde então, ao longo dos séculos, têm surgido de vez em quando, entre os vivos, sob desígnios caprichosos e imprevisíveis, outros herdeiros de Tristão, homens com o dom de carregar os sons dentro deles. Talvez descendam daquele trovador, talvez esse menino seja um deles; deverão investigar em sua árvore genealógica, em sua estirpe. Os herdeiros de Tristão são pessoas anônimas, desconhecidas, nascidas no seio de uma família normal, talvez burguesa, talvez não, talvez de artistas ou talvez de comerciantes... Pouco importa, porque seu destino é iniludível! Se o pequeno de quem você fala é um herdeiro de Tristão, nele habitarão os sons. Ele descobrirá à medida que cresça que os sons o penetram e se exibem em toda sua essência. Viverão dentro dele os sons da água, do fogo, da pedra, do vento, da madeira, dos metais, e se instalarão em seu corpo. Sim, o herdeiro de Tristão carregará os sons em seu âmago e poderá diluí-los e combiná-los entre si e usá-los ao seu livre arbítrio, e lhes dará vida com sua voz. Será o menestrel mais sublime, o trovador entre os trovadores, o cantor entre os cantores... Enquanto for menino, seu canto será inofensivo e estéril. Sua voz encantará por sua magia, provocará admiração, se perceberá prodigiosa... Não experimentará ainda seus efeitos letais, mas virá um dia em que chegará à puberdade. E aí, nesse dia, como acontece com todos os homens saudáveis, as glândulas envoltas por seus testículos produzirão uma nova essência, a semente do homem maduro, a que produz a vida e dá continuidade à raça dos homens pelos séculos dos séculos... O líquido seminal. Essa substância pressupõe uma nova sonoridade, antes desconhecida, um som nunca ouvido por ele, o único som da Terra que não poderia ter escutado, pois vem de seu próprio âmago... O único! De fato: o líquido seminal de um herdeiro de Tristão abriga o som do amor verdadeiro e eterno e ele o poderá... Ele o poderá cantar. Assim, através de sua voz, a sonoridade de seu líquido branco será um elixir do amor que provocará um arrebatamento imediato: aquele que ouvi-lo não poderá evitar cair de paixão por ele da mesma maneira que Tristão e Isolda se apaixonaram perdidamente um pelo outro ao ingerir o filtro do amor. Mas não existe o amor perfeito, a não ser na morte, no momento da redenção...! Por isso, a mesma essência que quando está em estado etéreo produz o som do amor eterno, em estado líquido produzirá... A morte! Como se fosse um ácido ou um veneno letal, devorará a pessoa na qual for introduzido e a matará instantaneamente. Sim, qualquer pessoa, homem ou mulher, adulto ou criança, nobre ou vassalo, que receber o esperma de um herdeiro de Tristão morrerá naquele exato momento. É esse o seu poder! Com o som de seu esperma, poderá despertar em qualquer semelhante o amor mais infinito que se possa imaginar... Grande poder! O poder de apaixonar e seduzir quem quiser! Mas... Oh, maldição! Não poderá amar fisicamente nenhuma pessoa sem condená-la à morte... Dois poderes independentes que surgem de um mesmo fluido corporal: Eros e Tanatos em um mesmo elixir. Ah, mistério! Som do amor?: elixir da sedução. Líquido do amor?: elixir da morte... Ambos em um mesmo agente: o herdeiro de Tristão! Elixir do amor! Elixir da morte! Supremo deleite!

Padre Stefan, sem dúvida nenhuma me vi reconhecido. Aquela fora minha vida. Eu, Ludwig Schmitt von Carlsburg, fui habitado pelos sons desde criança, tinha o dom de recebê-los, percebê-los, dissecá-los e guardá-los dentro de mim; eu, estudante de canto, descobri um novo som na noite em que me tornei homem, o som da vida; eu aprendera a cantar melodias arrepiantes para fazer pulsar o desejo das mulheres que seduzi; eu introduzira meu elixir branco em seus corpos nus e elas haviam morrido em meus braços. Eu... era um herdeiro de Tristão! Minha voz despertava o amor, mas minha semente levava à morte...

Fitei os olhos do adivinho. Pareciam ser sustentados por bolsas de pele. O suave tecido branco que parecia turvar seus velhos olhos dava a sensação de que vidraças brancas estavam sendo construídas sobre suas pupilas. Mesmo assim, o fogo produzia pequenos lampejos em seu olhar.

— O que acontecerá? — lhe perguntei.

— O garoto não saberá de sua condição, embora vá suspeitar que uma coisa estranha vive dentro dele. De repente, um bom dia, conhecerá uma menina e sentirá o apelo do amor. Seu âmago se alvoroçará e, como acontece com todos os homens atingidos pela chama do desejo, sua pulsão sexual lutará para sair e desafogar sua ansiedade na carne. Ele desejará que seu amor seja correspondido, que a pessoa que fez seu coração palpitar também o ame. É como agem todos os homens! Seu instinto entrará em ação. Sem sequer se dar conta, entoará qualquer canção usando o som de sua branca semente, o som do amor. E aquela mulher beberá o som, como se fosse um elixir mágico do amor, e ficará fatalmente apaixonada por ele. Ninguém, ninguém pode escapar dos efeitos do elixir do amor! Porque, se a pessoa que ouvir o som do amor não puder unir seu corpo ao de quem o cantou, a dor a acompanhará pelo resto de seus dias. Sim, anos duros a esperarão: seus ossos se desfarão, seu corpo apodrecerá, se consumirá por dentro, sua respiração se tornará mais difícil... Como uma fruta que embrutece, seu corpo acabará apodrecendo... Que dor! Uma dor superior à de um mártir, uma dor pior que os horríveis castigos infligidos pelos torturadores aos reféns inimigos... Não, não poderá renunciar. Quem ouvir o som do amor procurará loucamente ser penetrado e regado pelo elixir cujos eflúvios conheceu. Entregar-se-á ao corpo do herdeiro de Tristão para que seu líquido seminal invada seu ser e possa alcançar o descanso eterno nos braços do amor perfeito. Só então descansará e a dor cessará. Só então a redenção será total. Só então o elixir do amor e o da morte se unirão de novo para dar à alma seu repouso absoluto. E assim acontecerá com outra garota e com outra, e com outra mais... Ou com homens, se o herdeiro de Tristão resolver conhecer o amor entre iguais... E uma e outra vez se horrorizará ao comprovar que, ali onde coloca o amor, entrega a morte; que sua voz seduz e seu sexo mata; que um poder leva ao outro; que a morte é consequência de seu amor; que cada vez que amar voltará a ficar sozinho... Sim, só poderá se deitar com a pessoa seduzida uma vez... Uma única vez! E, ao contrário dos santos, que ao renunciar ao corpo alimentam alma, em seu caso o amor alimentará seu corpo. Alimentá-lo-á com a vida de donzelas, virgens, garotos, garotas... Arrebatará a vida de todos e propiciará a morte para ficar sozinho no mundo. Um herdeiro de Tristão sempre, depois de amar, voltará à solidão.

Fiz um esforço para conter minhas emoções. Queria uma solução, desejava uma saída. Eu sabia que todos os elixires têm um antídoto. E por isso aquele feiticeiro talvez pudesse me ajudar.

— Eu preciso lhe dizer uma coisa. Quem me enviou é uma pessoa muito rica. O preço não importa...

O feiticeiro abaixou os olhos.

— Oh, não! Não se trata disso! Estamos diante da única maldição entre todas as maldições cujo exorcismo é inacessível aos feiticeiros... Desconhecemos a fórmula. Não faz parte do nosso ofício... A solução da maldição de Tristão só cabe aos mestres de música. Eles são os únicos que a conhecem, mas duvido que entre todos os homens que conheceram o ritual de cura reste um único com vida.

— E por quê?

— Não restam mais herdeiros de Tristão. Haviam sido extintos. Houve uma época, séculos atrás, em que eram abundantes. Apareciam cantores com vozes maravilhosas em qualquer lugar, cantores que seduziam todas as mulheres que cruzavam seu caminho. E, com eles, a morte e o horror se estenderam pelos vales e montanhas da Europa... Aquilo não podia continuar. Foi então que os mestres da voz se uniram para deter aquela espécie de epidemia. Temiam que os herdeiros de Tristão pretendessem exterminar a raça humana... Músicos, compositores e professores de música conheciam o ritual para arrancar a maldição, mas isso faz uns trezentos anos... Não resta ninguém no mundo que tenha conservado a memória daquele método...

— E não cabe a... a renúncia? O menino não poderá se entregar à castidade e ao silêncio? Assim como um monge que faz votos? O silêncio apagará o som do amor e a castidade paralisará a fonte do líquido mortal. A vontade, talvez a força da vontade seja a única solução!

— Esqueça! A pulsão do amor é insaciável porque é eterna, compreende? Eterna! O sexo é o instinto animal do amor. O sexo do menino de quem você me fala está projetado para alimentar o amor eterno, esse amor em forma de som que ferve em suas entranhas. Sua alma precisará se alimentar de corpos de mulheres e se tornará um assassino desapiedado. Não será por maldade, mas por sobrevivência! Quando o pequeno chegar à puberdade e se tornar homem, não poderá controlar sua sexualidade e devorará com seu corpo vidas inocentes. A única coisa que vocês podem fazer é sacrificar o menino. Devem matá-lo, devem matá-lo... Ou trará a morte e a devastação.

*Diário de Richard Wagner*
*Anotação para Mathilde Wesendonck*

*8 de dezembro de 1858*

*Desde ontem me dedico de novo a "Tristão". Ainda estou no segundo ato. Mas... Que música vai ser esta? Seria capaz de trabalhar durante toda minha vida apenas nesta música. É profunda e bonita, e as maravilhas penetram suavemente os sentidos. Nunca havia feito algo semelhante, mas estou totalmente absorvido por esta música; não quero voltar a ouvir perguntas sobre quando vou terminá-la, pois vivo eternamente nela.*

## 40

No dia seguinte, parti para a Saxônia. Era uma longa viagem para o que seria uma breve conversa. Mas era necessária.

Quando cheguei a Dresden estava nevando. A cidade oferecia um aspecto plácido, como se nada do que acontecia no mundo pudesse afetá-la. Eu não queria ter aquela conversa com meu pai em nossa casa, não queria que minha mãe estivesse presente porque chegara o momento de fazer a verdade reluzir. Pai e filho precisavam conversar a sós.

Fui diretamente à Academia de Dresden, onde meu pai trabalhava. Não pareceu se surpreender ao me ver aparecer na porta de sua oficina. Encontrei-o envelhecido, mais lento em seus movimentos. Suas mãos estavam, como sempre, manchadas de óleos e tintas e ao seu redor havia várias telas, todas ainda incompletas. Abandonou seus pincéis, a palheta, e limpou as mãos com um trapo ainda mais coberto de tinta que seus próprios dedos.

Leu em meus movimentos a tristeza que me dominava. Fechou a porta. Mal esboçou três palavras. O momento que temera durante muitos anos havia chegado.

— Quem sou eu, querido pai?

— Quem é você? É Ludwi...

— Basta, pai! Sei meu nome, sei que sou Ludwig, mas não é essa a minha pergunta. Quem sou na realidade? De onde venho? Você sempre temeu o que poderia acontecer comigo... Jamais quis saber dos meus dons... Eu tentei conversar com você sobre eles, quis que soubesse como os sons se impregnavam em meu corpo... E quando descobriu que minha voz era prodigiosa, me encaminhou para a arte, a fim de me afastar do mal, para que recebesse a graça de Deus na música, assim como você a encontrou, ou acha que a encontrou, na pintura... Mas acabou-se o tempo dos segredos, querido pai. Quem sou? De onde surgi? A verdade, quero a verdade. Preciso dela para continuar vivendo porque... — não era o caso de lhe revelar as terríveis mortes que meu corpo havia provocado, e por isso me amparei no pouco que sabia acerca de meu dom —... Porque não aguento mais, desejo me libertar dos sons, estou ficando louco, completamente louco... E sei que só a verdade poderá me libertar. Qual é a verdade?

Meu pai suspirou profundamente, como se uma corrente de ar em seu interior houvesse sido enfim liberada, como se fosse se livrar de um peso que carregava há muitos anos nas costas.

— De acordo, Ludwig, de acordo. Mas devo adverti-lo de que a verdade, essa verdade que você persegue, será dolorosa, muito dolorosa...

Minha expressão serena tornou desnecessária uma resposta.

— Eu tinha uma irmã cinco anos mais nova do que eu: Martha. Ela morreu no dia em que você nasceu.

— Por quê?

— Porque... Morreu ao lhe dar à luz.

O sangue me subiu à cabeça. Meu pai estava me dizendo que minha mãe não era minha mãe e que eu era filho... de sua irmã!

— E eu... Eu, Ludwig... Não sou seu pai. Sou, na verdade, seu tio. Eu e sua mãe, quer dizer, sua tia, resolvemos acolhê-lo e criá-lo como se fosse nosso próprio filho. E assim lhe cedemos nosso teto e amor. Preferimos que você nunca soubesse, era desnecessário, totalmente absurdo... Juramos guardar segredo para sempre. Fizemos isso para manter a reputação de nosso sobrenome. Queríamos que vivesse no seio de uma família normal e digna. Mas quando começou a crescer, logo percebi que havia algo estranho com você, que as suspeitas de minha irmã Martha eram fundadas. Você podia ouvir tudo, desfiava os sons como se seus ouvidos fossem olhos... E eu comecei a temer que fosse um produto do diabo...

— Meu pai — interrompi —, quem era meu pai?

— Não sabemos, Ludwig. Tudo aconteceu tão depressa! Era outono. Passávamos uns dias de férias em um hotel pequeno e acolhedor da Áustria. Na terceira noite de nossa estadia, fizemos um passeio noturno pelos arredores do hotel. Minha irmã Martha, sua verdadeira mãe, viu um filhote de cervo cruzar o caminho pelo qual passeávamos e, imprudentemente, mergulhou na escuridão do bosque. Como uma criança que persegue fascinada uma alegre mariposa. Ela era assim. Não tinha medo de nada, de nada. E foi isso que a condenou. Em lugar de gritar para que a localizássemos, enfiou na cabeça que tinha de encontrar sozinha o caminho de volta. Martha era cabeça-dura. Teimosa e valente. Mas cometeu um erro e caminhou na direção contrária ao hotel, e não fez mais que penetrar e penetrar na montanha. Sozinha, longe de nós, abraçada pela tenebrosidade do espesso bosque, de repente um homem avançou sobre ela e a violentou. Suponho que se tratava de um simples meliante, de um salteador de estradas, de um foragido da Justiça escondido no bosque ou de um mero estuprador. Cheirava a álcool, estava totalmente bêbado, mas mesmo assim sua força era brutal. Durante todo o estupro, aquele selvagem cantou uma canção. Isso foi o pior, Ludwig. Por quê? Não sei, mas era o que Martha, sua verdadeira mãe, repetia sem parar: "Aquela canção, isso foi o mais abominável, Johann, o mais terrível... Era uma canção antiga, parecia um som de trovador, antigo, da Idade Média, em uma língua remota, uma mistura de francês e bretão que relatava uma lenda, uma história antiga..." Não tinha sentido que um mero rufião conhecesse línguas mortas ou canções de bardos medievais. Mas Martha insistia que fora assim... Quando o proscrito terminou seu terrível ato, virou-se para o lado a fim de descansar. O álcool fez com que perdesse a consciência. Então Martha, a corajosa e rebelde Martha, sentou em cima dele e agarrou seu pescoço grosso com suas mãos. Apertou e apertou até que aquele ser abominável ficou vermelho e seu rosto, roxo. Os dedos de Martha eram finos, e por isso ela não conseguiu extirpar-lhe a vida; no entanto, deixou-o suficientemente débil para ir atrás de uma pedra e batê-la com todas suas forças em seu crânio. Martha passou a noite inteira golpeando seu rosto até desfigurá-lo, até que nenhum traço do rosto pudesse ser reconhecido. Desejava esfumar aquele que arrebatara a coisa mais íntima e pura de seu corpo... Ficou ao lado do cadáver do agressor. Não gritou, não pediu ajuda. Sentou-se e esperou. Esperou e esperou. Nós ficamos procurando até avançada a madrugada, mas não a encontramos. Na manhã seguinte, ajudados pelas boas pessoas do hotel, continuamos a procurar. Fui eu quem a encontrou. Estava sobre a folharada, sentada no chão, seminua, ao lado de um cadáver desfigurado e coberto de sangue. Martha não me disse nada. Fitou-me com os olhos vazios e depois desmaiou. Não dei grito de alerta. Queria livrar minha irmã de qualquer processo judicial. Enterrei o corpo do estuprador usando pedras e troncos. Depois levantei Martha e me afastei o quanto pude do lugar dos fatos. Só quando estava suficientemente longe do túmulo improvisado pedi socorro para que o resto dos homens que batiam o bosque acudissem até as nossas vozes.

"Seu pai morreu pouco minutos depois de concebê-lo; sua mãe, assim que o deu à vida. Essa é sua verdadeira origem, Ludwig. É filho de um estuprador que, enquanto o concebia, cantou uma canção antiga e desconhecida. Depois daqueles acontecimentos terríveis, nos instalamos em um refúgio junto ao lago Königssee, em Berchtesgaden. Martha ficou escondida naquela cabana durante toda a gravidez, comigo ao seu lado. 'Johann, irmão querido, quando der à luz meu filho morrerei. Acontece algo em meu ventre, posso pressentir. Não sei o que é, mas intuo que sua existência será terrível como foi sua concepção. Cuide dele, querido irmão... Você fará isso por mim, Johann, fará isso por mim?', repetia sem parar. Na noite em que nasceu, aconteceu uma coisa estranha. Ao redor da cabana, era comum ouvir sons de aves noturnas, patos e outros animais que rondavam o lago. Mas naquela noite havia um silêncio absoluto e aterrador. Nada, não se ouvia nada. Eu saí da casa para tentar descobrir o motivo daquele silêncio sepulcral. Havia uma névoa densa sobre o lago, a noite era plácida e tranquila. Quando Martha começou a gemer de dor e as contrações se tornaram permanentes e cadenciadas, então se ouviu um som sem igual: o canto de um cisne. Era como um queixume, como o som de uma dor agonizante. O cisne cantou durante todo o parto. Não era um canto qualquer. Ludwig, o cisne desenhou uma melodia, uma melodia antiga. Martha me perguntou: 'Quem está cantando? Oh, maldição das maldições! Afaste esta melodia dos ouvidos de meu filho! É a que aquele meliante cantou quando me possuía! Amarga melodia de um amor não desejado!' Então você chegou a este mundo. Não chorou, não emitiu nenhum som. Martha pegou-o em seus braços, olhou para você e expirou. Naquele mesmo instante o cisne se calou e você começou a chorar emitindo uma lamúria suave e melódica; entoava a mesma melodia inconclusa do cisne. Era um recém-nascido, Ludwig, um recém-nascido... E cantava! Na manhã seguinte, o cisne apareceu morto na beira do lago, nas imediações da casa. Essa é sua história, Ludwig, essa é a única verdade."

TRISTÃO
*Devia compreendê-la*
*Antiga e grave melodia*
*Com seu tom plangente?*
*Em asas da brisa vespertina*
*Me chegaste, melancólica,*
*Um dia quando criança.*

*Flutuou na alva cinza,*
*Sempre mais lamuriosa,*
*E ao infortunado filho*
*Revelou a sorte de sua mãe.*
*Quando a que me engendrou pereceu,*
*E quando ao morrer me deu ela à luz,*
*A velha melodia*
*Com sua ansiosa tristeza*
*Deve ter exalado a ambos*
*Seus ecos lastimosos.*
*A melodia me interrogou um dia*
*E ainda, ainda me interroga:*
*A que outra coisa fui consagrado*
*Eu ao nascer?*
*Para que destino?*
*A arcaica melodia*
*Me respondeu de novo:*
*Para desejar e morrer!*
*Não! Ah, não!*
*Desejar até a morte*
*Sem poder morrer de desejo...*

— Isso é tudo, Ludwig — concluiu meu pai. —Sua concepção foi cercada de música e de morte. E não sei mais nada. Ponha-se em meu lugar, Ludwig... Você estava cercado de magia e mistério... Quando me explicou como os sons viviam em você, temi que fosse produto do horror e do feitiço e que também se convertesse em um estuprador. Receava seu sexo, tinha medo da sua puberdade. Quando soube que na Gesangshochschule os meninos de voz celestial eram castrados, achei que tinha encontrado a solução para seu bem-estar. Se sua voz fosse, na realidade, produto de um feitiço, você seria castrado, o que afastaria sua pulsão carnal e sua ânsia de estuprar...

Meu pai, quero dizer, meu pai adotivo, me olhava com uma mistura de culpa, tristeza, compaixão e calma. Sim. Finalmente se livrara daquela carga. Ele me amava, mas me temia mais do que me amava. Seu desejo de ser abraçado por Deus era muito forte para poder aceitar um filho adotivo — na realidade sobrinho — que era produto do diabo. Ele achava que eu fora criado pelo mal e a partir do mal, o que ameaçava a pureza da qual procurava se cercar e que tão brilhantemente plasmava em suas pinturas religiosas. Eu não tinha nada a lhe dizer. Tudo o que descobrira nas últimas horas a meu respeito e sobre meu passado era muito perturbador. Sentia-me exausto. Precisava de tempo para assimilar tudo aquilo, para ter uma ideia de minha verdadeira condição; de que eu era, na verdade, um órfão acolhido pela caridade do irmão da minha verdadeira mãe, que meu pai e minha mãe não haviam sido, na verdade, meus progenitores, e, sobretudo, padre Stefan, sobretudo, que eu era um herdeiro de Tristão. As condições em que fui concebido e as em que nasci também tinham afinidade com a lenda do cavaleiro Tristão. O pai de Tristão faleceu antes que seu filho nascesse e sua mãe morreu de tristeza assim que o viu nascer. A mesma coisa que acontecera comigo. Sim, definitivamente eu era um herdeiro de Tristão: meu licor seminal era composto de amor eterno e de morte.

## 41

Voltei a Munique. Tranquei-me no quarto da casa de tia Konstanze, acompanhado por várias garrafas de vinho. Só queria ficar sozinho. Fechei a janela e corri as espessas cortinas para obter uma densa penumbra. Mergulhado na escuridão, tombei na cama e fechei os olhos. Centenas de pensamentos se amontoaram em minha mente: minha infância, as inesgotáveis dúvidas de meus pais sobre minha natureza, a certeza de ser produto do horror e do sofrimento, a cena da violação de Martha, minha verdadeira mãe; acudia à minha mente o rosto desfigurado de seu malfeitor, meu pai; percutia em minhas têmporas a melodia que o cisne cantou na noite em que nasci, uma melodia que eu desconhecia, mas que se adequava a um estado que era metade consciência e metade sonho.

Pensei em minha condição: poderia conquistar a alma de qualquer mulher, as mais belas, as que tivessem corpos mais arredondados, peitos mais sensuais, lábios mais carnudos, pernas mais firmes... Poderia trazer ao meu corpo qualquer pessoa, homem ou mulher, nobre ou vassalo, como se fosse o flautista de Hamelín, mas só provocaria a morte, a morte e a devastação... Eu só desejava amar, amar de verdade, amar como os homens amam. Pensei em Ludovica, em como poderia ter sido nosso amor se meu próprio líquido não a tivesse matado. Pensei em Martina, em seus olhos verdes. Eu teria me entregado a olhos verdes como os dela. Pensei em todas as mulheres pelas quais meu coração palpitaria ao longo de minha vida. Por quantas me apaixonaria? Não poderia unir minha vida a delas por mais de uns instantes, uma única vez, e depois as perderia. Era-me dado conhecer o amor, me havia sido concedido o poder do amor absoluto e perfeito, mas o amor terreno era totalmente impossível. Poderia ficar com a mulher que quisesse graças ao meu dom, mas em troca teria de renunciar a ela. A solidão era a única coisa que eu poderia esperar do amor. Não seria suficientemente forte para renunciar a ele. Eu não desejava possuir milhares de corpos, eu só queria amar... Amar uma mulher, me entregar a ela, lhe dar a semente que me permitiria, graças ao mistério da vida, ter filhos. Não, não poderia ter filhos... Minha voz era amor, mas minha semente era mortal.

Comecei a beber vinho sem parar até cair prostrado. Sonhei que sobrevoava os bosques da Baviera, que percorria a Gesangshochschule, que possuía Friedrich com meu corpo e ele morria em meus braços, que recuperava os testículos de todos os meninos da escola, que os mestres da banca examinadora do conservatório se transformavam em almas que desfilavam e cantavam em coro sob a direção de Herr Direktor; sonhei que chorava tomado pelo desespero e que as lágrimas formavam um rio no qual bebiam as estátuas dos anjos cantores; que Dionysius me transportava em um tapete mágico até um harém árabe onde me deitava com quarenta mulheres em uma única noite e que levava todas à morte em uma bacanal absoluta sob os aplausos de Franz, o Disforme... Acordei de repente coberto de suor frio e vomitei no chão; náuseas terríveis me asfixiavam. Voltei a deitar. Não sabia há quanto tempo estava naquele estado de semi-inconsciência... Voltei a desabar ainda imerso naquele mal-estar permanente que misturava realidade, ficção e recordações.

Imaginei-me, então, vestido de frade e sonhei que fazia votos de silêncio e de castidade, que me convertia em um monge enclausurado e que passava os dias e as noites rezando a Deus. Pedia-lhe que seu poder me infundisse a força necessária para vencer o impulso do sobrenatural, que me ajudasse a me abster de meu sexo mortífero. Sonhei que rezava durante sete anos seguidos e que me flagelava com uma chibata de cinquenta afiados espinhos e jogava sal em minhas feridas e, entre açoite e açoite, chorava, não de dor, mas pela renúncia, pelas melodias que jamais emergiriam de minha voz. As sonoridades reprimidas dentro de mim choravam, pediam aos gritos para chegar ao exterior, ver a luz, sair de meu corpo, e, entre elas, a sonoridade do amor gritava de desespero e empurrava o resto para fora e se expandia em minhas entranhas quebrando meus ossos, e eu deixava minha chibata de lado e jogava no chão com fúria o crucifixo de Nosso Senhor Jesus Cristo, e queimava sua imagem de madeira enquanto pisoteava-a e lhe devolvia as chibatadas. Os frades de minha ordem tentavam me segurar e me agarravam pelos braços para me dobrar, e eu então cantava salmos usando o som do amor, e os frades me largavam e se despiam e eu os possuía com meu corpo enquanto gritavam de horror e pediam clemência a Deus e, um a um, morriam de costas sob meu sexo letal. No sonho, o feiticeiro

Türstock avisara àqueles frades, não deviam ter se aproximado de mim, não deviam ter me acolhido naquele templo, eu era apenas um homem e não há vontade humana capaz de resistir ao esmagador poder do amor eterno, a seu devir, à sua implacável engrenagem. Dentro de mim vivia o amor e este não pode apodrecer como a água estanque, o amor deve fluir como a água dos rios. Eu jamais poderia deter um rio com minhas mãos, e por isso não tinha outro remédio a não ser o de me abandonar à vontade do amor perfeito. Faria de meu corpo um instrumento para nutrir a infinita gula do amor eterno, que se alimentaria da alma das mulheres a quem arrebataria a vida com meu licor seminal. Naquele sonho eu saía do templo dos frades e na saída me esperava o feiticeiro Türstock com uma espada, e me recordava que não havia outra solução, que a morte era a única coisa que podia impedir a devastação, que só minha morte física poderia calar a sonoridade do amor eterno que vivia em mim. E eu dizia ao feiticeiro que desejava ser tenor, e então voava como um pássaro sobre todas as capitais da Europa e pisava nos palcos dos teatros mais célebres e entoava árias, duetos e trios. Centenas e milhares de espectadores me aplaudiam com o mais absoluto fervor e exaltavam minha voz e me proclamavam seu deus e eu me convertia no cantor entre os cantores e depois me despedia do público com uma canção de amor tão bela que caíam desmaiados na plateia, palco e anfiteatro, e eu lhes entregava a sonoridade do amor e matava meu público com meu sexo, todos os espectadores, um a um, e os juízes que me aprisionavam e me julgavam e me condenavam à morte, e uns verdugos surdos-mudos decapitavam minha cabeça e, enquanto minha cabeça rolava pelo chão, ainda emitia as sonoridades da Terra entre risadas, e meu corpo bailava decapitado brincando com Deus até cair desmaiado, e aí o feiticeiro me dizia que não me tornasse tenor porque meu final seria o mesmo que ele me brindava, a decapitação, e que era melhor evitar a ignomínia e a desonra. Eu me ajoelhava, e o feiticeiro Türstock levantava sua espada e a deixava cair e, quando a lâmina estava a ponto de cortar minha cabeça pela raiz, acordava de novo e voltava a vomitar, e depois voltava a dormir e o sonho recomeçava...

Fiquei assim em meu quarto, repetindo todos aqueles sonhos sem parar como se fosse um ciclo sem fim: procurava deter o poder do amor eterno, depois sucumbia e cantava, matava, e então era decapitado, e de novo tentava deter o amor para voltar a sucumbir, matar e ser condenado, e outra vez mais, e outra durante quarenta dias seguidos em que não não comi nada. Só bebi vinho e mais vinho para voltar a vomitá-lo e voltar a sonhar e voltar a acordar e voltar a beber, vomitar, sonhar, despertar, beber, vomitar, sonhar...

Tia Konstanze batia de vez em quando na minha porta. "Deixe-me... Deixe-me só", eu lhe dizia. "Se você não sair, chamarei um médico, Ludwig." Mas eu sabia que não seria capaz. No fundo dela mesma pensava que Deus estava me castigando e ela jamais interromperia o labor de Deus.

Depois de quarenta dias de loucura, resolvi acabar com meu tormento. Tentei uma coisa absurda: esvaziar meu corpo da sonoridade do amor. Cantei e cantei com aquele único ingrediente: com o som do amor, um diamante em estado bruto, a máxima essência e concentração. Cantei com todas as minhas forças a sonoridade do amor durante seis dias seguidos para me esvaziar dela, para extirpá-la de dentro de mim; tratava-se de acabar com a água do poço. O elixir de Tristão em estado sonoro inundou e ricocheteou nas paredes do meu quarto até que minhas cordas vocais não conseguiram mais. Como se se tratasse do final de uma sinfonia, a orquestra a pleno volume, as trombetas e os trombones em um *molto forte*, um canto ensurdecedor, um caudal incrível, um jorro de voz que tivesse vencido a força de um furacão, o som do amor eterno em toda sua plenitude.

Mas seu caudal era infinito. Como se se tratasse de um manancial, aquele fluir não se detinha nunca, era impossível me esvaziar do som do amor eterno, do som que tanto desejara e que agora abandonava. A fonte não tinha fim. Aquilo era tão absurdo quanto esvaziar o mar... Ato contínuo, caí de joelhos.

Se não podia me esvaziar daquele som, o faria com meu líquido seminal. Durante mais seis dias consumi minhas energias em frenética masturbação, bombeei o veneno branco e mortal. Fluiu e fluiu como bomba de fonte de jardim, mas seu caudal parecia não terminar nunca. Depois de cada masturbação, surgia uma ração inteira de licor letal, meus testículos produziam e produziam com o frenesi de abelhas que fabricam mel, o manancial era eterno, voltava a tentar esvaziar o mar...

Depositara a produção de seis dias de prazer solitário em uma taça, que estava quase transbordando de veneno branco. Dei-me conta de que era absurdo continuar me masturbando. O amor eterno era... eterno.

Nada tinha mais sentido. Minha semente em estado etéreo era tão inesgotável como o era em estado líquido. Então, pois, como o feiticeiro dissera, só a morte poderia dar um fim a minha desgraça. Ele tinha razão, era preciso matar o menino, o herdeiro de Tristão; a única saída era acabar com sua vida, pois o garoto jamais venceria o poder de Tristão, porque um homem não pode vencer o poder do amor eterno.

Beberia da taça para provocar minha morte. Se o contato com meu líquido seminal produzia a morte, talvez acontecesse com meu próprio corpo. E assim fiz. Levantei a taça e brindei ao diabo. Coloquei os lábios sobre a borda e verti seu conteúdo em minha boca. O licor branco deslizou com a lentidão do mel. Não tinha nenhum sabor, sua consistência era parecida com a da gordura do cordeiro quando está quente. Com a ajuda da língua, sorvi quase metade da taça. Mas não aconteceu nada. Eu era imune ao meu próprio veneno, qual escorpião ou serpente mortal, cujos ataques mortais nada produzem neles mesmos.

Imune à morte sobrenatural, resolvi tentar a morte física. Fiz com os lençóis de minha cama uma corda, subi em uma cadeira e passei a corda branca improvisada por uma das vigas do teto. Ali estava o ato final da minha vida, uma cena perfeita para acabar com o tenor que nunca fora, o final de uma voz tão celestial e perfeita que levava à morte.

Amarrei a corda no meu pescoço e pulei. Percebi um rangido em meu pescoço, meus pés flutuaram, se sacudiram, o ar dos meus pulmões começou a se esgotar, os espasmos e as convulsões começaram.

Estava morrendo, padre, e com minha morte eu matava o amor eterno para libertar os inocentes que meu corpo mataria se resolvesse continuar vivendo. Meus olhos começaram a enturvar-se, minha vida passou na minha frente em um único segundo e gritei com um fio de voz.

Restava-me só um mero segundo de vida.

## 42

E de repente, quando já ia morrer, tia Konstanze entrou no meu quarto. Sua camisola estava rasgada, parecia uma pedinte, feita farrapos, como se um lobo a tivesse arranhado. Seus olhos estavam vermelhos, de um vermelho incomum, a saliva surgia de sua boca como um manancial sem fim, suas unhas sangravam e havia cortado toda sua cabeleira. Chegou até a mim e agarrou minhas pernas levantando-me o suficiente para que a corda parasse de pressionar. Soluçava como uma garotinha.

— Não! Não! Você não pode morrer! Oh, Ludwig! Oh, Ludwig! Minha esperança, meu deus, meu destino! Respire! Viva! Você não pode morrer!

Comecei a tossir como o afogado que é resgatado ainda com vida mas seu corpo está cheio de água. O ar voltou a inundar meus pulmões durante alguns instantes. Mas meu peso começou a se tornar insuportável para tia Konstanze. Não pôde mais. Deixou-me cair e eu comecei de novo o mortal procedimento do enforcado. Tia Konstanze correu então para a cozinha e voltou em poucos segundos com um facão, subiu na minha cama e, de um só golpe, cortou o lençol do qual pendia meu corpo.

Caí no chão como um saco e de novo tossi e tossi até recuperar o ar, até que minha respiração se normalizou. Meu pescoço estava queimado pela pressão do lençol, mas eu havia sobrevivido.

Tia Konstanze, abraçada a mim como uma menina assustada, chorava sem parar, seus peitos estavam descobertos, o sangue brotava dos arranhões que ela mesma se infligira.

Oh, padre! Nem sequer pensei. Estava muito bêbado, muito esgotado, muito desesperado para ter percebido que tia Konstanze ficou em seu dormitório, do outro lado da fina parede de meu quarto, durante os seis dias em que gritei com todas as minhas forças o som do amor para me esvaziar dele. O som do amor penetrara em seu corpo, se enfiara em suas veias, já estava em suas entranhas. Tia Konstanze sorriu com leveza, um sorriso doce e triste, um amálgama de melancolia e raiva, de desejo e renúncia.

Herr Direktor provara uma gota de mel; Martina, uma colher; Ludovica, duas; mas tia Konstanze... Tia Konstanze bebera uns cem copos de mel eterno.

*Carta de Richard Wagner a Mathilde Wesendonck*

*19 de março de 1859*

*Por fim terminei ontem meu segundo ato, o grande, com todos os problemas musicais imagináveis, e os resolvi como em nenhum outro caso. É o ápice da arte que desenvolvi até agora.*

# Terceiro caderno

# 43

Levei vários dias para me recuperar. Tia Konstanze me aplicou emplastros qual uma donzela da Idade Média a seu cavaleiro ferido na batalha. Colocou gazes úmidas em meu pescoço queimado; administrou-me infusões para curar meu estômago, ferido pelo vinho; providenciou suaves unguentos que apliquei sobre a pele do meu órgão viril, demolido por seis dias de masturbação frenética e desesperada...

Sempre que entrava em meu quarto ela abaixava os olhos. Nossos olhares não se cruzaram nem uma única vez, nem tampouco ela roçou minha pele. Os dois sabíamos a verdade: que eu a havia impregnado de um amor irrefreável pelo meu corpo, que sua alma recatada — que já renunciara a experimentar a paixão — se incendiara qual lava de vulcão, que seu corpo sofria, que tremia pelas noites, que arranhava a cabeceira de sua cama como uma possuída pelo demônio, resistindo graças à sua fé em Deus ao ímpeto sobrenatural que tentava arrastá-la para meu quarto, que gemia e que seu gemido nem sempre era de dor, que furtava das minhas gavetas peças de roupa para levá-las a seu leito e impregnar sua pele com o perfume de meu corpo, que alternava golpes de vara em suas costas com prazeres ocultos que só conhecia de teoria, que se confessava todas as manhãs para reincidir na mesma noite, que um desejo mais forte que sua própria vida a impelia em direção ao meu corpo, um corpo que não se atrevia a roçar, um corpo que a convertia em tudo aquilo que temera, um corpo que chamava ao incesto, que a convidava a pecar...

E eu? Eu havia superado a morte, me levantara do inferno, vencera o desejo de morrer. Jamais voltaria àquelas profundezas que quase engoliram minha existência.

No entanto, duas vontades viviam em mim. Uma era própria, a de Ludwig, a humana. A outra era alheia, a do amor eterno, a sobrenatural. As Sagradas Escrituras já diziam: "Ninguém pode servir a dois senhores, porque se amar um aborrecerá o outro." É verdade, padre Stefan: uma vida não pode ser regida por duas vontades, e assim, depois de ter tocado no fundo, resolvi entregar ao amor eterno o poder sobre meus atos. O amor eterno venceu. Ele decidiria meu destino, governaria meus atos, sustentaria o cetro de minha vontade e administraria tanto minha voz como meu sexo. Um véu cobriu os olhos de minha consciência e eu, Ludwig, hibernei minha vontade.

Minha vontade era mais débil que o amor eterno, que me impeliria a matar com o sexo para se alimentar de corpos humanos, porque o amor eterno precisa de homens e de mulheres para subsistir, padre, isso eu posso lhe garantir.

Ludwig, o homem que fui um dia, ficou definitivamente anulado. Todos os sentimentos de piedade que alguma vez abriguei desapareceram. A compaixão, a clemência, a humanidade e a ternura se esfumaram de meu coração. Reduziram-se à mínima expressão, mergulharam em um coma profundo. Ludwig Schmitt seria a partir daquele momento uma marionete: um sonâmbulo guiado por sonhos caprichosos e imprevisíveis, um hipnotizado por um louco, um simples cão que executa as ordens de seu dono só para agradá-lo. Minha semente mandaria em mim, passaria por cima da minha razão, da minha condição, da moral, por cima de qualquer convenção, juramento ou lei. A partir daquele momento eu seria o vassalo de um poder obscuro e luminoso; converteria-me em súdito de um monarca sem nome nem reino, do rei entre os reis. A seus pés, oh, amor eterno!

# 44

O amor eterno também cantou por mim. Meu senhor combinava sons de uma forma irrepreensível, embora sem humanidade, sem a pulsão do homem apaixonado e terreno. Meu canto se tornou perfeito, tecnicamente insuperável, mas sem a calidez das almas mortais. O amor eterno era frio como o gelo. Meu coração não cantava mais, não era mais a minha ternura que dava vida aos sons das coisas. Minha voz perdeu sua expressão humana. Só eu percebi aquela mudança. Para meus professores, minha voz continuava única. Mas eu sabia que não era minha alma que cantava. Quem cantava era um deus arrogante e desapiedado, quem cantava era o amor eterno, um amor sem objeto, um amor sem nada mais e, logicamente, um amor vazio.

Durante aqueles dois anos em Munique, alternei as aulas com as saídas noturnas a que Dionysius me convidava. De manhã exercitava minha voz e à noite fingia admirar meu amigo em suas medíocres seduções. Ele se enchia de orgulho diante de mim. "Não poderei superar sua voz, mas você tampouco meu poder de sedução", me dizia entre risos estrondosos, ignorando minha infinita capacidade de seduzir. Toda noite o deixava em sua pensão com uma ou duas garotas de baixa estirpe, que Dionysius possuía com ódio até alta madrugada, alimentando uma paixão vazia. Fornicava para se afastar do amor, para provar a si mesmo que podia iludi-lo, para manter a absurda crença de que o fogo não queimava e a água não molhava. Só ele sabia que quando mandava suas amantes embora e ficava sozinho em sua cama, tremia, gemia e mordia seus próprios punhos maldizendo sua mãe, aquela mãe que abandonara seu filho em uma noite de verão, aquela mãe que partira para terras distantes sentada no lombo de um corcel negro, os braços agarrando o amante que segurava as rédeas do cavalo e as de seu coração adúltero.

Enquanto Dionysius fornicava sem amor, meu amo me mandava vagar pelas ruas da cidade e, protegido pela escuridão, escolher qualquer casa. Penetrava pelas janelas ou subia nos balcões ou contornava pátios do fundo ou me enfiava pelas carvoeiras. Os sons da noite eram nítidos. Escrutava-os para saber onde podia entrar sem ser descoberto. Quando o veredicto era favorável, qual saqueador experiente, ia até a alcova de minha vítima. Aproximava-me dela e o amor eterno de meu líquido seminal se encarnava através de minha voz. Bastava-me entoar uma única frase melódica para que a mulher em questão acordasse sem nenhum sobressalto, abrisse os olhos, subjugada e possuída, me olhasse com ardor e paixão e me oferecesse seu leito. Eu a despia, a possuía sem piedade e, quando me sobrevinha o êxtase, a mártir perecia sob minha cintura, encharcada do branco cianureto. As mulheres eram meros objetos para mim, migalhas de pão, vermes que a ave entrega a suas crias, vísceras de animais que o leão devora na selva africana. Sentia-me só, mas seguro, imensamente seguro.

Depois saía com cuidado. Os sons me avisavam dos perigos. Era impossível ser descoberto. Voltava para casa em plena madrugada. Quando me enfiava em minha cama, ouvia tia Konstanze se revirar em seu leito, desperta, inquieta, consciente de que seu sobrinho voltava depois de administrar o supremo deleite a alguma mulher. Então ela ofegava ansiosa, tomada pela inveja, pelo desejo mais pecaminoso, tentada a atravessar o corredor que levava à minha porta. Certas manhãs acordava com os pulsos avermelhados pela pressão das cordas com as quais ela mesma se amarrava em sua cama.

E assim, uma noite depois da outra, matei em Munique mais de duzentas mulheres em apenas dois anos. Muitas virgens e não virgens, viúvas, casadas, virtuosas, nobres, plebeias, até mesmo irmãs religiosas. Sim, padre, o senhor está diante de um dos seres mais abomináveis entre todos os que viveram na Confederação Germânica. Nunca se suspeitou de nada. Mortes naturais embaralhadas com outras mortes naturais. Nem um indício, nem um resto do meu elixir mágico, nem uma prova, nada a temer. As enfermidades e as síncopes levam a cada dia várias vidas de homens e mulheres deste mundo. As que eu levava eram, simplesmente, somadas às anteriores...

O amor eterno, meu amo e senhor, pedia seu alimento carnal dois dias por semana. E a cada ração que engolia, aquele amor eterno que me governava se tornava mais forte, mais robusto e vigoroso.

Minha solidão crescia na mesma medida.

Renunciei ao amor terreno para me converter em escravo do amor eterno.

*Carta de Richard Wagner a Mathilde Wesendonck*

*Primavera de 1859*

*Este "Tristão" é uma coisa incrível! Boas encenações completas vão deixar a gente louca.*

## 45

Transcorridos os dois anos de meu ingresso no Conservatório de Munique, obtive por fim o título de tenor com as qualificações máximas. Dionysius ficou em segundo lugar, logo depois de mim. Comemoramos em uma noite de luxúria em que arrastou três mulheres para seu quarto. Eu, de minha parte, exterminei outras duas.

Dionysius foi contratado pelo Nationaltheater de Munique, como baixo. Eu recebi uma incrível proposta: um contrato como tenor do Hoftheater de Karlsruhe. O mais interessante era a projeção que aquela contratação significava. Em Karlsruhe eram interpretadas as melhores óperas alemãs, italianas e francesas. Sua orquestra era excepcional e seu público um dos mais informados da Confederação Germânica. Se minha voz tivesse êxito, minha fama se espalharia por todos os reinos da Confederação Germânica e depois se estenderia ao resto da Europa. Abandonei a capital da Baviera e fui viver em Karlsruhe.

O quarto que tia Konstanze me alugara durante dois anos ficou livre e ela não voltou a alugá-lo. Soube tempos depois que tampouco trocou os lençóis em que dormi na última noite. A partir do dia em que abandonei a casa, todas as noites, sem exceção, tia Konstanze saía da própria cama, atravessava o corredor, abria minha porta e se enfiava em meus lençóis vazios. Meu corpo não estava mais ali, mas ela se revolvia entre as sobras de meus cheiros gemendo de prazer e dor, mergulhada no maior dos pecados, na mais egoísta das fricções. O confessor de tia Konstanze na St. Annakirche se recusou a continuar lhe dando a absolvição. O perdão de Deus requer um verdadeiro arrependimento e a reiteração diária de tia Konstanze acabou indignando seu sacerdote. Tia Konstanze percorreu os confessionários de todas as igrejas de Munique. De pouco lhe serviu esconder seu rosto ou dissimular sua voz. Ao cabo de três anos, nenhum sacerdote aceitou lhe administrar o sacramento da confissão e tia Konstanze deixou de comungar para não incorrer em sacrilégio.

Foi a partir daquele momento que idealizou seu plano redentor.

*Carta de Richard Wagner a Mathilde Wesendonck*

*9 de julho de 1859*

*Pelo menos um dia em cada dois fico contente com o trabalho: entre eles tenho, geralmente, um dia pior, porque o dia bom me torna arrogante e me esgoto trabalhando. Desta vez não tenho aquele sentimento de medo como se fosse morrer antes da última nota: pelo contrário, estou tão seguro de terminar minha ópera que anteontem, durante um passeio a cavalo, fiz uma canção a respeito. É esta:*

*No Schweizerhof de Lucerna,*
*Longe da pátria e do lar,*
*Ali morreram Tristão e Isolda*
*Tão triste ele e ela tão doce:*
*Morreram livres, morreram com gosto*
*No Schweizerhof de Lucerna.*

## 46

Em Karlsruhe fui recebido como um gênio do canto. Os rumores sobre minha voz inigualável haviam se espalhado desde o dia em que minha contratação veio a público. Depois de vários recitais, o diretor do teatro decidiu que minha voz merecia uma grande ópera. Deu-me o papel de Fidelio na ópera de Beethoven. Aquela era minha grande oportunidade, minha primeira ópera. No dia da estreia, minha voz se elevou e ricocheteou nas paredes da sala. Os críticos conversaram com admiração depois de cada uma das minhas intervenções. No final da ópera, o público ficou em pé e me ovacionou durante quase vinte minutos para acabar entoando meu nome em coro.

Aquele foi um dos mais extraordinários sucessos experimentado pelo teatro de Karlsruhe. No dia seguinte, o público se amontoou nas bilheterias do Hoftheater. Todos queriam ouvir minha voz. Inicialmente, tinham sido previstas vinte apresentações, mas a direção do teatro se viu obrigada a promover quarenta, tal era o tropel de seguidores que aderiram à minha voz. Meu salário foi triplicado.

Em Karlsruhe continuei inundando com meu elixir do amor donzelas e meninas. Mas Karlsruhe era uma cidade menor que Munique, e assim me vi obrigado a espaçar meus crimes para não despertar as suspeitas da população. Minha luxúria carnal era acompanhada da gula pela comida. Depois do terrível jejum na casa da tia

Konstanze, nos dias que antecederam minha tentativa de suicídio, voltei a comer com fruição. Devorava quase sem mastigar, me tornara um ser insaciável em todos os sentidos. Meu corpo adquiriu um peso desorbitado. Era como se cada mulher falecida sob meu corpo se convertesse em uma parte dele.

## 47

Foi no início de 1856, quando só tinha dezenove anos e era quase um cantor profissional, que o diretor do teatro me comunicou um novo desafio: interpretar *Lohengrin*, a ópera do mestre dos mestres, o gênio alemão.

Entregaram-me a *particella* dois meses antes da estreia. Em duas semanas consegui dominar a partitura. O pianista do Hoftheater com quem ensaiei não podia acreditar. Seus elogios e comentários pelos corredores e salas ampliaram ainda mais minha fama. Dois meses depois foram iniciados os ensaios no palco. Primeiro, a parte dramática, sem música: a posição a ocupar no palco, as entradas e saídas de cena, os gestos, as posturas... Depois fizemos os quatro ensaios com orquestra de que dispúnhamos antes da estreia. O restante dos cantores, meus companheiros que interpretavam os papéis do rei Enrique, de Elsa de Brabante ou do duque Godofredo, não conseguiram dissimular seu espanto: minha voz era a mais perfeita que seus ouvidos haviam escutado. Os críticos escreveram nos jornais de Karlsruhe que aquele seria um sucesso ainda maior do que *Fidelio*. Os artigos falavam de mim como o gênio da voz; *Lohengrin*, diziam, se prostraria aos meus pés.

Chegou o dia da estreia.

A glória estava ali, podia senti-la e acariciá-la. As luzes a gás se atenuaram. Sentia-me seguro, infinitamente seguro. Cantei a primeira ária; soou magnífica, melhor que nos ensaios. Depois a segunda, em seguida outra intervenção, e outra mais, acabou o segundo ato, veio o terceiro... Os nobres e os endinheirados se reclinavam para trás, satisfeitos com meu sucesso, pois, inflados como galinhos, poderiam contar aos seus amigos que tinham ouvido o grande Ludwig Schmitt von Carlsburg, que sua voz era uma maravilha. Sem precisar olhar, podia perceber a satisfação nos rostos do público, podia sentir o roçar das mãos dos casais debaixo das poltronas, manifestando seu amor através de minha voz. Inundei o teatro com os sons da Terra, transformados pela minha voz.

Quando caiu o pano, o público se levantou de suas poltronas e explodiu em um aplauso ensurdecedor. Minha voz os embevecera, suas almas ignorantes estavam arrebatadas pela emoção de um cantor sem sentimentos, com todos os registros, mas vazio de amor humano. Cada aparecimento implicava mais um aplauso, mas quando eu, o último, o tenor Lohengrin, surgi para reverenciar o público, os bravos ressoaram, as palmas e os gritos de júbilo atravessaram as janelas do Hoftheater de Karlsruhe, inundando a cidade. Era a consagração da minha carreira de tenor.

Olhei para o público, padre, e simulei agradecimento em meus olhos. Mas, na realidade, me invadia uma altivez própria de um anjo caído, mais ainda, de um demônio. Olhava seus rostos e pensava: "Sim, vocês acham que sou o deus da cidade... Ignorantes! Aplaudem o assassino de suas filhas, o corpo de um herdeiro de Tristão que devora almas femininas, enaltecem a voz que pode dominar seus desejos, a voz onde vive a sonoridade que acabará com suas vidas assim que o desejar... Estúpidos! Profanos! Sim, louvem-me, louvem o deus que lhes dará vida eterna!"

*Memórias de Richard Wagner*

> *A primeira vez que ouvi falar do jovem cantor Ludwig Sch. von C. foi pelo meu velho amigo Tíchatschek, que viera me ver em Zurique no verão de 1856 e conseguiu fazer com*

*que, no futuro, prestasse atenção naquele jovem artista dotado de uma voz admirável.*

*Naquela época, Ludwig Sch. iniciara sua carreira dramática no Hoftheater de Karlsruhe; e foi precisamente seu diretor, que também veio me visitar no verão do ano seguinte, quem me informou da predileção especial de Ludwig Sch. por minha música e pelas exigências que eu impunha aos cantores dramáticos.*

*E assim, estando ali, concordamos que eu poderia programar para Karlsruhe a estreia de meu "Tristão", de cuja concepção tratava naquele momento; e para isso era de se esperar que o grão-duque de Baden, que sempre me havia sido muito favorável, conseguisse superar os obstáculos que ainda me impediam de dar uma volta sem sobressaltos pelo território da Confederação Germânica. Pouco tempo depois recebi uma carta amável do jovem Ludwig Sch. em pessoa, em que me mostrava sua profunda admiração em termos realmente fervorosos.*

## 48

Quando o diretor do Hoftheater me deu a notícia não consegui acreditar. Eu havia ouvido Richard Wagner uma vez em Dresden muito tempo atrás. Quando tinha dez anos, meu pai me levou para ouvir a *Sinfonia n.9* de Beethoven. Desde a morte deste, ninguém a conduzira com tanta expressividade como Wagner, o mestre dos mestres, aquele que agora... Havia composto uma ópera sobre a lenda de Tristão e Isolda! O senhor se dá conta, padre, da incrível sincronia que estava se forjando? O compositor mais genial da Confederação dedicava uma ópera a Tristão. O papel de Tristão cabia a um tenor... e eu, que era um herdeiro de Tristão... era tenor!

Se ficasse com aquele papel, se conseguisse ser escolhido para interpretá-lo, transformaria uma lenda em realidade. Um herdeiro de Tristão cantando uma ópera dedicada à sua própria vida! Era como se Dom Juan tivesse ressuscitado para cantar *Don Giovanni*, ou como se a Rainha da Noite descesse do firmamento para cantar Tamino e Pamina, ou como se Undine tivesse surgido das águas para cantar as notas de Hoffmann...

O sangue de Tristão interpretando Tristão! O elixir do amor eterno em cima de um palco, revivendo sua própria história, sua própria morte...! O senhor compreende, padre, meu estado de excitação? O papel de Tristão tinha de ser meu. Se fosse destinado a outro cantor seria um sacrilégio, um erro imperdoável!

O diretor lhe falara de mim e o gênio pareceu concordar. Meu nome já chegara aos seus ouvidos! O homem que se inspirou em Tristão estava disposto a conhecer, sem sabê-lo, o herdeiro do protagonista de sua própria obra! Escrevi-lhe uma carta fervorosa, mas não obtive nenhuma resposta.

Ao cabo de alguns meses, consegui que me fizessem chegar o libreto e a partitura de *Tristão e Isolda*. A primeira coisa que fiz foi ler o texto do libreto, escrito pelo próprio mestre inspirando-se em poemas medievais. A história era quase idêntica à que me fora descrita pelo feiticeiro Türstock, salvo por alguns elementos. Entre todos eles, há um do qual gostaria de lhe falar: o elixir da morte.

O elixir da morte não aparecia em nenhum dos textos de Béroul, nem de Thomas, nem de Gottfried von Strassburg. Era uma contribuição do genial mestre. Mas que sublime!

A lenda original conta que Brangania, a donzela de Isolda, entregou o elixir do amor por descuido a Tristão e Isolda depois de eles terem lhe pedido uma taça de vinho. Mas o mestre modificou essa parte da história, deixando-a assim: Isolda, navegando para Cornuália, rumo ao lugar em que seria obrigada a se casar com o rei Marcos, quis envenenar Tristão com uma poção mortal. Isolda odiava

Tristão: ele a recebera como recompensa e a entregaria ao rei. Isolda pediu a Brangania que lhes servisse uma taça venenosa: um elixir mortal. Ela beberia com Tristão, levando-o à morte e provocando seu próprio suicídio. Mas Brangania não podia suportar a ideia da morte de Isolda e, por isso, lhes entregou o elixir do amor.

Pouco importou que Brangania tivesse substituído a beberagem! Um elixir levava ao outro: bebendo do amor eterno, morreram um pelo outro... de amor.

Minha excitação cresceu até o infinito. O mestre dos mestres somara ao elixir do amor o elixir da morte. Fiquei maravilhado ao descobrir como o mestre captara a dualidade do amor eterno, como havia conseguido interpretar a verdadeira natureza dos herdeiros de Tristão. O argumento dos poemas do gênio da música era metafisicamente perfeito, digno de um tratado de Schopenhaeur: só na morte é possível encontrar o amor eterno.

Não era o que acontecia comigo? O elixir etéreo da minha voz conduzia as mulheres ao elixir líquido da minha semente.

Depois, a música. Que música, padre, que música! Todas as obras devem ser escritas em uma tonalidade. Sabe o que isso significa? Sabe o que são as 24 tonalidades? É o universo, padre, é o universo dos sons: são as 24 dimensões das quais nenhum músico pode escapar, são os únicos 24 pontos de referência em que uma composição pode se mover, são as alcovas nas quais qualquer compositor é obrigado a entrar, sair ou ficar. É o universo da música, padre. Qualquer composição se vê forçada a cantar em um desses tons, em uma dessas alcovas, em uma dessas coordenadas, 24 sistemas de referência absolutos e relativos ao mesmo tempo. Já lhe contei como, no estúdio do professor Klemens, a disposição de notas em escalas devolvera a ordem ao meu caos interno. Pois o mestre dos mestres havia desafiado a concepção harmônica da história. Bastaram-me os primeiros compassos da abertura para me dar conta. Um novo acorde, mágico, sem tonalidade, sem ponto de referência: um novo passo na música, uma ruptura total, um acorde impossível, uma tonalidade indecifrável. Aquele acorde era como um hieróglifo, como uma língua morta, um mistério insolúvel, tão impossível quanto o Mistério da Trindade: *fá*, *si*, *ré* sustenido e *sol* sustenido. Um acorde diabólico, uma figura harmônica singular, impossível de analisar a partir dos pressupostos teóricos da harmonia tonal. Ao longo da ópera, o acorde soa sem suas progressões melódicas, é o *leitmotiv* da obra, adquirindo a condição de "resultado sonoro absoluto".

Começou a se forjar em mim a ideia de que naquela ópera encontraria meu destino. Tal intuição se viu confirmada por algo misterioso: um estranho verso do libreto, um que dizia: *Riso e pranto, paixão e feridas...* Aquele foi o único fragmento que não consegui compreender. Tratava-se da cena em que Tristão, próximo da morte, espera ansioso que Isolda vá ao seu encontro. Por que o riso poderia se fundir com o pranto? Por que a paixão e as feridas poderiam se fundir? Por quê? Intuí que havia algo naquele verso, que ali poderia encontrar minha libertação, que ali poderia romper os grilhões com os quais o amor eterno se acorrentara ao meu corpo.

Mas a falta de lógica daquelas palavras me impediria de enfrentar aquela passagem da partitura. Para mim, aqueles versos escritos pelo mestre... careciam de sentido. Fiz com que o diretor do Hoftheater soubesse, mas, ignoro por que, ele pareceu evitar minhas palavras, ocultando-me algo sobre a estreia de *Tristão e Isolda* programada para Karlsruhe.

*Memórias de Richard Wagner*

*Por algum motivo que ainda não foi esclarecido, acabou sendo impossível levar a cabo o projeto de representar em Karlsruhe meu "Tristão", que eu terminara no verão de 1859.*

*Quanto a Ludwig Sch., me comunicaram que, apesar da grande admiração que tinha por mim, considerava espe-*

*cialmente inexequíveis as condições impostas ao cantor do papel principal no último ato. E, além do mais, me diziam que seu estado de saúde era grave: sofria uma obesidade que deformava seu aspecto juvenil. Foi, sobretudo, a imagem evocada após este último comentário que me influenciou desfavoravelmente.*

## 49

Ao cabo de uns meses, decepcionado pela notícia de que haviam adiado indefinidamente a estreia de *Tristão e Isolda*, recebi uma estranha carta anônima:

*A Herr Ludwig Schmitt von Carlsburg:*

*Faz muito tempo que você me procurou em busca da salvação. Aqui está ela:*

*Do mesmo modo que existem herdeiros de Tristão, também existem herdeiras de Isolda, mulheres com poderes idênticos ao que vive em você: o poder de dissecar os sons e lhes dar vida com a voz. As herdeiras de Isolda também são capazes de ouvir em suas entranhas o som do amor eterno e, logicamente, cantá-lo. Ao cantar o som do amor, também despertam uma paixão imediata nos homens que são impregnados por sua frequência. Sim, os homens que ouvirem a voz de uma herdeira de Isolda se verão levados a deitar-se com ela. Mas o unguento fatal que impregna o âmago de uma Isolda, seu fluido vaginal, leva à morte instantânea quando ela atinge o apogeu carnal.*

*A todo Tristão corresponde uma Isolda.*

*A sua está viva e já inundou os palcos da Confederação Germânica com sua voz; é uma soprano sem igual. Você reconhecerá sua condição na magia de sua voz, assim como ela reconhecerá a sua.*

*Existe uma maneira de acabar com a maldição do Tristão que vive em você. Só através de uma herdeira de Isolda você poderá exorcizar a sonoridade do amor eterno que o possui. Na herdeira de Isolda reside o segredo de sua salvação. Tenha extremo cuidado: ela não é imune ao seu elixir mortal, do mesmo modo que você tampouco é imune ao dela.*

A missiva não exibia nenhuma assinatura. A quem pertencia? Talvez ao curandeiro que visitei em Munique? Ao doutor Schultz? Ao padre Keiser? Ao feiticeiro Türstock? E fosse quem fosse... Como me encontrara?

Um calafrio percorreu meu corpo. Existia uma mulher na Confederação com os mesmos poderes que eu. Uma mulher de voz sublime, uma mulher capaz de despertar paixões. Um contato com os eflúvios de seu sexo no momento de seu clímax significava ter morte instantânea. Uma herdeira de Isolda, uma mulher em cujo âmago também havia o elixir do amor eterno... Onde estava essa mulher? Onde vivia? Quantos homens seduzira com sua voz e matara com seu sexo?

Eu já renunciara à minha vontade, já descartara qualquer possibilidade de ternura e paixão. Era escravo de meu próprio licor seminal, a solidão e a ira eram minhas companheiras. E, de repente, aquela carta. Uma possibilidade, uma fresta, um raio de esperança... Oh! Por quê? Por quê?

*Memórias de Richard Wagner*

*Quando visitei pela primeira vez Karlsruhe no verão de 1861, voltou a ser considerada a execução daquele projeto abandonado pouco antes, e isso graças à simpatia do grão-duque, embora, no que se referisse ao papel de Tristão, suportei mal, quase com desgosto, a sugestão da direção para que entrasse em negociações com Ludwig Sch.*

*Declarei que não queria conhecer de nenhuma maneira aquele cantor; temia que as grotescas imagens que construíra sobre seu aspecto por culpa de sua enfermidade pudessem me tornar insensível ao seu talento artístico real.*

## 50

Durante aqueles dias que passei em Karlsruhe, recebi um convite. Um aristocrata alemão ia se casar com uma princesa russa e gostaria de presentear sua noiva e seus convidados com um recital dos quatro melhores cantores da Confederação. Teria lugar em Munique, em sua própria mansão, em uma grande festa que seria celebrada um dia antes do enlace. Dionysius foi o baixo escolhido e eu, o tenor. Quanto às vozes femininas, contrataram a contralto mais célebre de Berlim e uma jovem soprano que aparecera recentemente no Hoftheater de Dresden com sucesso clamoroso. Seu nome: Marianne Garr. Um sexteto instrumental seria contratado para nos acompanhar e interpretaríamos peças clássicas que todos os profissionais conheciam muito bem, e por isso não seria necessário nenhum ensaio.

O Hoftheater de Karlsruhe me deu uma licença, mas com a condição de que voltasse imediatamente para a próxima apresentação de *Lohengrin*, prevista para três dias depois. Eu dispunha de tempo só para o recital, e por isso não poderia visitar tia Konstanze nem passar pelo conservatório onde estudara.

Encontrei-me com Dionysius fora da cidade, ao pé da muralha, na Neuhauser Tor. Juntos, fomos até a mansão do aristocrata, situada a poucos quilômetros de Munique. Tratava-se de um palácio renascentista de dimensões colossais, com janelas altas e cortinas ostentosas. Infinitos jardins cercavam a mansão, além de fontes, cercas vivas de todos os tamanhos, bosques, caminhos e flores.

Quando chegamos era quase noite. Os jardins estavam decorados com tochas por todos os lados, oferecendo a cálida atmosfera e o tom festivo que o fogo transmite. Lótus nos tanques, ramos de flores por todos os lugares, tudo preparado na véspera daquela que deveria ser uma das celebrações mais espetaculares da história da Baviera.

Estávamos com traje de gala. Dionysius estava exultante, louco para que o recital acabasse e ele pudesse abordar alguma dama para seduzi-la. Meu amigo não havia mudado. Fomos levados a uma salinha, na qual esperaríamos o momento de entrar no salão onde estavam os convidados. Estávamos todos preparados, mas faltava chegar a soprano. Onde estava?

O aristocrata alemão e a princesa russa, o noivo e a noiva, irromperam na sala para nos saudar.

Nosso anfitrião era um homem de uns quarenta anos. Seu cabelo era grisalho e sua expressão severa, embora seus olhos transluzissem uma afabilidade latente. E a princesa... Oh, padre, a princesa! Era uma verdadeira beleza. Olhos verdes, nariz fino, boca perfeita, sorriso que produzia vertigem... Chamava-se Anna.

Observei Dionysius no momento em que fazia uma reverência à princesa Anna. Seu rosto de sedutor inescrupuloso se transformara. Pude ver que sucumbira à beleza dela. Anna também havia posto seus olhos em Dionysius. Algo parecia ter se acendido entre os dois. Os olhos da princesa cintilavam cada vez que percorria os do meu amigo e ele respondia com outro brilho ainda mais deslumbrante. Reconheci com meu ouvido mágico os sons da paixão que brotava de ambos.

Fomos informados de que a carruagem da soprano chegaria com certo atraso e, depois de uma conversa protocolar e uma breve passagem do repertório que interpretaríamos, o aristocrata e a princesa Anna apertaram nossas mãos mais uma vez e nos desejaram boa sorte. Depois se dirigiram ao salão principal para continuar atendendo seus convidados.

Olhei Dionysius. Estava lívido. Pela primeira vez em sua vida o feitiço do amor inundara seu coração palpitante.

Mas não apenas uma alma cairia nas mãos do amor naquela noite. Ao cabo de alguns minutos, avisaram que Marianne Garr, a soprano, finalmente chegara. Quando a anunciaram, meu coração se acelerou. Por quê? Eu intuía que ela não era uma cantora qualquer e meu nervosismo aumentou.

De repente a porta foi aberta e apareceu uma garota alta e magra. Estava enfurnada em um casaco e usava capuz, e, por isso, mal pude ver seu rosto. Mas o que sim pude fazer foi... ouvir o som de sua alma. Bastaram-me dois segundos para reconhecer minha Isolda. Sim, padre, aquela era minha Isolda.

TRISTÃO
*Como os corações*
*Se elevam palpitantes!*
*Como os sentidos*
*Estremecem de prazer!*
*Floração crescente*
*De anelante amor,*
*Celestial ardor*
*De amorosa languidez!*
*Gozoso frenesi*
*Enche meu peito!*
*Isolda! Tristão!*
*Longe do mundo,*
*A possuo!*
*Vivo apenas por você,*
*Suprema voluptuosidade do amor!*

Seu corpo emanava um deslumbrante fulgor de sonoridades. Parecia um manancial, dela surgiam todos os sons da Terra, eu podia ouvi-los. Meus companheiros não perceberam porque não tinham meu dom, mas eu, capaz de ouvir a sonoridade das almas, mal pude colocar meus olhos naquela mulher. Era como tentar encarar o sol em pleno dia, um brilho maior do que o da Luz de Deus. Notei que ela diminuía o passo; com certeza intuíra minha presença sonora; se era de fato uma herdeira de Isolda, seus ouvidos também notaram os sons que viviam dentro de mim.

Marianne Garr levantou seu capuz, e encontrei o rosto que imaginara, o da única mulher que seria capaz de fazer renascer o amor terreno em mim, a única capaz de me devolver à condição de homem, de homem mortal.

Pensei na carta anônima e comecei a tremer: "Tenha extremo cuidado: ela não é imune ao seu elixir mortal, do mesmo modo que você tampouco é imune ao dela."

A soprano me olhou e aguçou seus olhos. Acontecia com ela a mesma coisa. Estava tremendo. Reconhecera em mim seu Tristão. Pude intuir nela um pensamento fugaz:

ISOLDA
*... pergunte a ele mesmo,*
*ao homem livre,*
*se se atreveria a se aproximar de mim...*

— Meu nome é Marianne Garr — disse-me.

Permanecemos a uns metros um do outro. Os dois sabíamos que possuíamos o amor eterno, que nossos corpos haviam arrebatado centenas de vidas, que sob uma aparência de sensualidade musical escondíamos a letalidade mais cruel. Seus olhos continham a mesma dor que os meus irradiavam, a dor de ter renunciado a qualquer possibilidade de se apaixonar, de ter esquecido a emoção das almas voluptuosas, de ter sucumbido a um rei cruel e insaciável...

Aquela noite não foi só de música, mas também de amor. Cercados por *junkers**, nobres e aristocratas europeus e russos, Dionysius cantou com os olhos postos na princesa Anna e expressou seu amor com sua voz. No dia seguinte Anna deveria desposar o aristocrata, mas seu coração já estava preso ao de um baixo chamado Dionysius Hollfeld.

Marianne, minha Isolda, me ofereceu um repertório de sons estremecedores e eu lhes respondi de imediato. Era o modo recíproco de manifestar nossa verdadeira condição. Ela produzia uma nota com o som de um arroio e, no mesmo momento, o fluir da água já inundava as frequências de minha voz. Ela entoava uma frase com as sonoridades do vento e, de imediato, minha voz usava o som da brisa. Olhávamo-nos com firmeza. Isolda desafiava Tristão e Tristão desafiava Isolda. Nossos corações haviam expressado desespero, mas não eram eles que sustentavam agora aquela dialética sonora: eram nossos monarcas. A corrente de sons que despejávamos um ao outro não tinha outro objetivo além de o de mostrar nosso poder letal. Como cervos que exibem suas galhadas para impressionar o rival ou como o rei que dispersa seu exército para acovardar o inimigo, nossas vozes exibiam suas plumas, advertindo-nos: esses soldados, essas bestas, essas espadas, essas catapultas e esses aríetes já não lhe são suficientes? Deseja de fato enfrentar a arma mais letal de todas, o veneno que acabará com seu reino?

Depois de várias peças, acabou o recital. Aplausos, aplausos cálidos.

Enquanto recebia as infindáveis felicitações dos nobres, vi Marianne sair pelo terraço principal e descer as escadas para mergulhar na escuridão dos jardins. Uma condessa gorda e perfumada que ouvira todas as minhas óperas se aproximou para se desfazer

---

* Membro da classe dos proprietários de terras da Prússia e da região oriental da Alemanha. (*N. do T.*)

em elogios. Seu rosto redondo não me permitia ver o jardim. Respondi com monossílabos por cima de seu ombro. Aonde Marianne havia ido? Fugia de mim? Perdia minha Isolda para sempre? Deixei a condessa com a palavra na boca e abri passagem entre os convidados para ir diretamente ao jardim.

Meu corpo me pedia para abraçar Marianne, mas o amor eterno que me governava me dizia: "Aonde você está indo, Ludwig? Afaste-me dela!"

Atravessei a escuridão.

— Marianne, Marianne! — chamei, ignorando as advertências de meu amo e senhor.

Penetrei mais e mais nos jardins. Os sons das fontes pareciam risinhos abafados de ninfas. De repente, ouvi um leve ruído que provinha de uns arbustos altos que ficavam à minha direita. Tratava-se de um pequeno labirinto infantil feito a base de paredes de arbustos. Enfiei-me no labirinto, mas não era possível ver nada. Fui percorrendo corredores que se retorciam e acabavam em becos sem saída. Voltei, virei à direita, depois à esquerda. Ouvi o som de outra fonte. Vinha do centro do labirinto. Tentei chegar até ele, mas os corredores se fechavam uma e outra vez.

De repente, um braço surgiu com violência atrás de mim, me empurrou para trás e colocou uma adaga afiada em meu pescoço. A adaga se apoiou com força em minha jugular, abrindo uma leve incisão. Notei uma gota de sangue escorrer ao longo do meu pescoço. A mão feminina que sustentava aquela arma mortal tremia. Percebi que minha assassina hesitava um instante em sua decisão, mas aquele momento de fraqueza não iria durar e se não agisse em poucos segundos seria fatalmente degolado.

— Quem é meu carrasco? — disse com um sussurro. — É por acaso a herdeira de Isolda? Ou é você, Marianne? É sua alma apaixonada de mulher que vai cortar meu pescoço ou é a força vazia que dirige seus atos de dentro de você, essa força que odeia, que a possui e que anulou seu ser? Você por acaso esqueceu seus dias de infância? Esqueceu como tremia quando os sons eriçavam sua pele? Esqueceu as lágrimas vertidas pelos primeiros amores da juventude que perderam a vida entre seus braços? Esqueceu que uma mulher ainda vive em seu corpo? Ainda há esperança, Marianne! A paixão não morreu em nós! Posso perceber! De onde vem seu tremor? Não é o tremor da apaixonada Marianne que você foi um dia? Ainda estamos a tempo! Podemos recuperar o amor terreno, podemos devolver ao nosso coração o amor dos humanos, esse amor infinito, tosco, simples e desprezível que, na realidade, desejamos, esse amor que um dia, tempos atrás, nos fez dignos de nosso corpo! O homem e a mulher podem dobrar o amor eterno! Não é você quem deseja me matar! Você sabe! É o amor eterno que a governa... Ele deseja me matar porque detectou a presença de meu elixir e o teme... Sei disso porque o amor eterno que rege meus atos também sente medo do seu. Mas essa não é a nossa lide! Oh, minha Isolda, sou seu Tristão! Bebamos do elixir que deixará nossas almas apaixonadas! Dê-me seu som de amor e eu lhe darei o meu... Apaixone-me para que volte a sentir a paixão de Adão e eu a apaixonarei para que volte a sentir a paixão de Eva! Faça-me homem e eu a farei mulher!

Seus dedos tremeram até afrouxar a pressão que exerciam sobre a empunhadura. A adaga caiu no chão e percebi que Marianne desabava atrás de mim.

Naquele momento, fogos de artifício, surpresa final do noivo para sua amada, iluminaram o céu da noite da Germânia.

## 51

Juntos, Marianne e eu alcançamos a fonte do centro do labirinto. A luz dos fogos, misturada à da lua, iluminava os olhos de Marianne. Seu olhar era triste e desesperado. Em sua alma, como na minha, a esperança quase havia morrido. Seus olhos irradiavam o horror de centenas de homens mortos, transluziam uma solidão absoluta, a mesma que vivia em mim.

O som da fonte do labirinto era delicado, um tilintar nervoso que nos preveniu do que estávamos prestes a fazer. Fitamos nossos olhos. Estávamos dispostos. Unimos nossas mãos e cantamos em uníssono a *Canção das Lágrimas* usando um único som: o do amor eterno. Deixei Marianne apaixonada e Marianne me apaixonou. De nossas gargantas surgiram, em um uníssono sem igual, as notas do amor, entrelaçando-se, separando-se para voltar a se entrelaçar, como mananciais que desembocam em um mesmo lago. Juntos, bebemos e bebemos do amor eterno.

*Quão doce e suave*
*Sorri,*
*Seus olhos*
*Se entreabrem com ternura...*
*Vejam, amigos!*
*Não estão vendo?...*
*Como resplandece*
*Com luz crescente!*
*Como se alça*
*Cercado de estrelas.*
*Não estão vendo?*
*Como se inflama seu coração*
*Animado!*
*Augustos suspiros*
*Inflam seu peito.*
*E de seus lábios*
*Deleitados e suaves*
*Flui um hálito doce e puro.*
*Amigos, vejam!*

*Não estão percebendo? Não veem?*
*Só eu ouço*
*Essa voz*
*Cheia de maravilhosa suavidade,*
*Que, qual delicioso lamento,*
*Tudo revela*
*Em seu consolo terno?*
*É qual melodia*
*Que, a partir dele, me penetra,*
*Ressoando em mim seus ecos deliciosos.*
*Essa clara ressonância que me circunda,*
*É a ondulação de brandas brisas?*
*São ondas de aromas embriagadores?*
*Como se dilatam e me envolvem!*
*Devo aspirá-las?*
*Devo percebê-las?*
*Devo beber ou submergir?*
*Ou me fundir em suas doces fragrâncias?*
*Na flutuante torrente,*
*Na ressonância harmoniosa,*
*No sopro infinito*
*Da alma universal,*
*No grande Tudo...*
*Perder-se, submergir,*
*Sem consciência...*
*Supremo deleite!*

E foi assim, padre Stefan, que me impregnei da voz de Marianne, minha Isolda. Oh, que voluptuosidade incrível! Pela primeira vez fui eu quem experimentou a sensação vivida por todas as mulheres que regara com minha voz. Foi como receber o batismo da música, respirar aromas de rosas celestiais; uma brisa fresca beijava meus lábios, carícias quase imperceptíveis, sensuais como cabelos ondeados pelo vento, os sorrisos de todas as mulheres do mundo, um arco-íris de infinitos gradientes, um sentimento inabarcável que se enfiou em meu corpo e fez meu coração palpitar.

Meus olhos expressaram o que eu também li nos de Marianne. Finalmente! Por fim o amor voltou aos nossos corpos. A paixão transbordou nossos corações! O elixir penetrara em nós como em Tristão e Isolda em seu barco rumo à Cornuália! O carinho, o amor e a emoção próprios dos mortais voltaram aos nossos corpos. Podíamos amar! Abraçamos-nos e começamos a chorar. Um tremor percorreu nossos corpos. O sonâmbulo despertara de seu sonho fatal, o homem escravizado se rebelara. O sentimento de mortalidade inundou nossos corações de novo e, com ele, a ternura, a caridade e compaixão. Choramos juntos os anos de solidão vividos, o imenso vazio que se apoderara de nós. Nossos corações voltavam a palpitar, Ludwig era Ludwig de novo e Marianne era Marianne outra vez. Estávamos nos amando de forma inevitável.

Senti desejo de deitar-me com Marianne. Ela se estreitou contra meu peito. Atraí seu corpo para o meu, nossas cinturas se beijaram. Uma espécie de força pedia aos gritos que uníssemos nossos corpos, um contato carnal imediato, um ímã, um atração irresistível. Era a mesma força sobrenatural que impelira tantas e tantas mulheres a se deitar comigo depois de ouvir o som do amor de minha voz.

De repente notei uma dor aguda me invadir. Primeiro nas costas, depois nos braços, no peito e na cabeça. Meu coração disparou, comecei a ficar tonto como se houvesse ingerido uma planta venenosa ou bebido águas impuras.

Marianne e eu não havíamos deixado de ser deuses: havíamos nos rebaixado à condição de deuses mortais. Agora já estávamos envenenados de amor. Abraçamo-nos, nos beijamos e juramos amor eterno.

— Agora, agora! — disse Marianne. —Aqui mesmo!

Comecei a desabotoar os botões das costas de seu vestido e ela os de minha jaqueta. Apalpei e beijei seus seios e ela acariciou meu peito. Beijamo-nos com desenfreado frenesi. Deitamos no centro daquele labirinto, sob a canção da fonte e o olhar da lua. As serenatas noturnas do sexteto de cordas chegavam dos salões, onde a festa continuava, alheia ao nosso momento, e os fogos de artifício sulcavam o firmamento acima de nós.

As roupas estavam espalhadas ao nosso redor. A força do amor exigia que nossos corpos se unissem. Os dois pressentíamos a dor física que experimentaríamos se não agíssemos assim. Sabia — os dois sabíamos — que no final daquele ato carnal estava a nossa própria morte. Não desejava mais nada além de morrer imbuído do amor eterno que vivia em Marianne.

Mas quando nossas cinturas estavam a ponto de se unir, quando o louco amor por Marianne me arrastava para seu corpo de forma irrefreável, me dei conta de que meu licor seminal... também a mataria.

Oh, padre Stefan! O senhor poderia matar seu deus? Abraão teria tentado matar seu filho Isaac se seu deus fosse um deus falso? Um amante consegue matar sua amada por amor? Não. Eu podia morrer por ela, mas não matá-la.

Não... Era impossível. Eu não poderia matar Marianne mesmo sabendo que morreria com ela. Não podia... O senhor não compreende, padre? Como iria matar minha amada? Como iria envenenar com meu líquido mortal a mulher mais bela, mais perfeita, mais amada, a minha deusa, a minha ama e senhora?

Afastei meu rosto do dela, olhei-a com compaixão e lhe disse:

— Marianne... Se lhe entregar meu elixir branco... a matarei... Levarei à morte aquilo que mais amo neste mundo...

Ela começou a soluçar.

— Oh, Ludwig, esse também é o meu sentimento... Se no meu apogeu você se impregnar de meu bálsamo... eu o matarei... Não me peça um sacrifício desses... Jamais poderei matá-lo! Você é a fonte do meu amor!

Separamos nossos corpos e nos vestimos. Voltamos a nos abraçar e a chorar. A dor se acentuou em nossos ossos e percorreu nossas veias. O veneno era terrível. Qual espada de cavaleiro, verdadeiros cortes pareciam se abrir em nossas peles, nossos ossos rangiam. A tortura só começara. Não há corpo humano que não sucumba à chamada do amor eterno!

Saímos do labirinto e retomamos o caminho até a carruagem que devia nos levar ao hotel em que me hospedava nos arredores de Munique.

As lágrimas ainda escorriam pelas minhas faces quando, no meio do jardim, avistei o perfil de duas figuras que se abraçavam e se beijavam na escuridão com frenesi. Dionysius e Anna, ocultos entre as árvores, dançavam nus para consumar um apaixonado ato carnal.

## 52

— Você está louco — disse a Dionysius quando me acordou em plena madrugada. Marianne jazia, vestida e adormecida, ao meu lado, no quarto do hotel onde havíamos passado a noite sem outro contato que os dos nossos dedos.

— Louco de amor! Oh, Ludwig! Como estava errado! O amor existe, existe sim! — disse um exultante e irreconhecível Dionysius.

— Se vocês forem descobertos serão mortos. Como você vai desposar Anna de manhã se à tarde ela o fará com seu prometido? Você por acaso está sabendo quem está enfrentando? É um dos homens mais poderosos da Confederação Germânica!

— Não há tempo para discussões. A carruagem nos espera. Vocês querem ou não vir conosco a Landshut? Conheço um sacerdote jesuíta que, sem perguntas, casa pessoas apaixonadas clandestinamente. Chegaremos a Landshut com a aurora, bateremos em sua porta e nos casaremos.

Marianne e eu levantamos e descemos para a rua. Entramos em uma carruagem de quatro lugares. Dionysius e Anna estavam sentados à nossa frente. A princesa não abaixou os olhos quando a fitei. Dionysius e eu éramos amigos. Ela sabia que eu faria qualquer coisa por ele.

Os quatro amantes fugiam da realidade em direção a uma pequena cidade do norte da Baviera para contrair matrimônio. Depois de três horas, cruzamos as muralhas de Landshut e fomos a uma pequena igreja que ficava em um dos extremos da bela cidade banhada pelo rio Isar. Dionysius saltou da carruagem e bateu na porta do templo. Um frade abriu e Dionysius trocou umas palavras com ele. O frade fechou a porta e Dionysius se virou para a gente. Fez um gesto, estava tudo bem. Ao cabo de alguns minutos, apareceu um velho sacerdote jesuíta. Dionysius conversou alguns minutos com ele e depois veio até nós. Tal como dissera, o velho sacerdote aceitava nos casar em segredo. O senhor sabe, padre, que muitos clérigos aceitam fazer casamentos de urgência em troca de um suculento donativo; depois, é uma oportunidade de trazer mais dois adeptos ao ameaçado movimento católico.

Uma cerimônia privada e secreta. Quatro alianças de ouro. Dois homens e duas mulheres. Dois mortais e dois deuses. Um amor finito e outro eterno. Um amor para a vida e outro para a morte.

Fomos à rua central de Landshut. As cores pastel das fachadas decoravam nosso espírito.

— E agora, o que vamos fazer? — perguntei a Dionysius.

— Vocês façam o que quiserem. São livres...

Sua afirmação me causou uma imensa tristeza. Livres! O que meu amigo sabia sobre a miserável condição que impedia que Marianne e eu nos amássemos como um verdadeiro casal?

— E vocês, Dionysius?

— Anna precisa voltar a Munique para participar nesta mesma tarde de seu segundo casamento.

— Mas... Dionysius! É sua mulher! Ela vai se deitar hoje à noite com outro homem?

— Anna prometeu ao pai que se casaria com aquele homem, Ludwig, e eu tenho de respeitar sua decisão. Uma coisa é a vida e outra o amor! Não importa. Cedo ou tarde viveremos um para o outro. Nosso amor vencerá tudo! — me disse Dionysius.

E nos despedimos com um abraço sincero e caloroso.

Anna e Dionysius subiram na carruagem e se apressaram em voltar à capital do reino da Baviera. Seu desamor apenas começara.

Por nosso lado, Marianne e eu fomos para o único hotel de Landshut e reservamos um quarto para quando a noite chegasse. Depois almoçamos e passeamos pelas margens do rio Isar. Marianne me falou de sua vida, de sua infância e adolescência. De seus estudos de canto, de como os sons haviam inundado sua vida, do que cantar significava para ela. Sua mãe também havia sido cantora de ópera e seu pai maestro. Crescera cercada pela música desde o início, ao contrário do que acontecera comigo. A descoberta de seu dom aconteceu mais tarde que a minha. Aos cinco anos de idade, percebeu que podia lembrar qualquer partitura tocada no cravo de sua casa ou qualquer ária e canção que sua mãe cantava. Preferiu não me falar de seu primeiro amor, de seu primeiro apogeu carnal. Só me disse que era um garoto nobre e apaixonado por ela, um estudante de violoncelo que faleceu enquanto ela gritava de prazer, sentada em sua cintura. Quando Marianne falava de seus amores, seus olhos se enchiam de lágrimas. "Aprendi a não amar", foi tudo o que me disse. E eu soube que atrás dessa frase se escondiam centenas de crimes, de homens mortos durante o ato de amor.

A noite chegou. Não podíamos nos tornar receptores do elixir da morte e assim, depois de nos abraçarmos e beijarmos, fizemos como havíamos feito de forma individual nos anos anteriores. Marianne e eu nos perdemos pelos arredores de Landshut para liberar nossa pulsão carnal. Cada um, separadamente, encontrou uma vítima apropriada, cantou-lhe a sonoridade do amor e, uma vez inflamada, entregou seu corpo para lhe dar o repouso eterno. Essa foi, padre Stefan, nossa peculiar noite de núpcias. Dois assassinatos em uma mesma noite em Landshut para comemorar nosso casamento. Oh, noite, abrigo da mentira e da traição! Oh, noite, manto que tisne a realidade de ficção!

No meio da madrugada, voltamos a nos encontrar em nossa alcova, já esvaziados, já livres da pulsão carnal. Nossos rostos estavam envergonhados, não pelo ato realizado, não por aquele adultério sincero, aberto, e necessário. Tratava-se de outro tipo de vergonha, a da desonra, da dignidade perdida, dos amantes apaixonados entregando-se a outros corpos para não perecer...

Entenda, padre, nosso amor era tão perfeito que só o adultério permitiria mantê-lo vivo. Tudo o que queríamos era unir nossos corpos, mas a infidelidade mútua constituía a mais autêntica prova de nosso verdadeiro amor. Era a única forma de libertar nosso sexo sem acabar com a vida do ser amado!

Depois, quando veio a aurora, nos deitamos e entrelaçamos nossas mãos para nos consolar. Reencontramos nossos corpos que, sem dúvida, haviam suspirado um pelo outro enquanto fornicavam com um estranho.

Nossa ternura foi então a máxima, e nosso carinho, infinito.

AMBOS

*Oh, desça, noite de amor,*
*Faça-me esquecer que vivo!*
*Receba-me em teu seio,*
*Liberte-me do mundo!*

TRISTÃO

*Já se apagaram*
*Os últimos fulgores...*

ISOLDA

*... de tudo que pensávamos*
*e de tudo em que acreditávamos...*

TRISTÃO

*... de todas as lembranças...*

ISOLDA

*... de todas as imagens...*

AMBOS

*... divino crepúsculo,*
*augusto presságio,*
*dissipe a horrível ilusão,*
*liberte-nos do mundo.*

ISOLDA

*Desde que em nossos peitos*
*Se pôs o sol,*
*Brilham nos sorrindo*
*As estrelas do deleite.*

TRISTÃO

*Nas redes de teu feitiço*
*Suavemente envolvido,*
*Ante teus olhos*
*Docemente transfigurado*

ISOLDA

*Coração com coração,*
*Boca sobre boca.*

TRISTÃO

*Em um mesmo suspiro,*
*Estreitamente unidos.*

AMBOS

*Languesce meu olhar*
*Cego de delícias*
*E empalidece o mundo*
*Com sua fascinação.*

ISOLDA

*Aclara-se o engano*
*Do dia que nos rodeia.*

TRISTÃO

*E cujas falazes ilusões*
*Se estendem diante de mim.*

Apenas beijos, carícias e abraços... até o amanhecer, quando, finalmente, mergulhamos no sono com as mãos ainda agarradas. A noite de amor eterno e vazio dava lugar ao dia de aparente amor terreno.

No dia seguinte, Marianne partiu para Dresden, onde cumpria um contrato. Combinamos que nos encontraríamos lá posteriormente. Apesar de não podermos jamais consumar nosso casamento, o fato de nos amarmos era suficiente, pelo menos de dia, como cabia. Ela consultaria a direção do teatro de Dresden sobre possibilidade de me contratarem para o lugar de tenor principal.

Marianne e eu nos despedimos com um beijo cheio de dor. Dor humana na alma e dor sobrenatural no corpo, tristeza e dor física: os efeitos do som do amor eterno continuavam nos devorando por dentro.

Eu, de minha parte, voltei a toda velocidade para Karlsruhe. Uma nova apresentação de Lohengrin teria lugar no dia seguinte. Haviam me dado uma licença de dois dias, não de três. Faltavam poucas horas para a próxima apresentação.

Depois de uma viagem exaustiva, cheguei ao Hoftheater quando os compassos da abertura estavam soando e o tenor suplente já estava vestido de Lohengrin. Era um tenor medíocre que estava há tempos esperando pelo momento de me afastar para ocupar meu lugar.

— O papel é meu. Dê-me essa roupa, ainda sou o tenor principal deste teatro! — exigi.

— Fale com o diretor. Ele mandou que eu cantasse esta noite. Onde você estava, Ludwig? — me disse.

Agarrei-o pelas lapelas e, quase com violência, obriguei-o a se despir e me entregar as roupas. Os outros cantores tiveram de nos separar, mas, finalmente, o tenor suplente desistiu.

Troquei de roupa a toda pressa, ouvindo os primeiros compassos de minha primeira ária. Entrei no palco exatamente no compasso em que minha voz devia entrar.

A julgar por quem estava escondido no meio do público, eu nem podia imaginar as trágicas consequências que implicaria não ter cantado naquela noite...

*Memórias de Richard Wagner*

> *Depois de não ter sido possível a representação, planejada em Viena, da minha nova obra, passei uma temporada em Biebrich, junto ao Reno, durante o verão de 1862, e dali fui a Karlsruhe para assistir a uma representação de "Lohengrin" na qual atuava Ludwig Sch. como protagonista; cheguei em segredo e havia decidido não me deixar ver por ninguém; ocultaria minha presença especialmente de Ludwig Sch. Tinha medo de que se confirmassem todos os meus*

*temores a respeito da impressão horrível que sua suposta deformidade provocava. E assim me mantive firme, fiel à ideia de renunciar à sua voz, além de desejar continuar sendo um desconhecido para ele. Mas a verdade é que aquele estado de espírito tão amedrontado mudaria bem depressa.*

*Em um primeiro momento, o aspecto do Cavaleiro do Cisne chegando com seu barquinho na margem me pareceu um pouco estranho, como Hércules em sua juventude. Mas, depois, sua interpretação me fez sentir o encanto peculiar provocado por um herói legendário enviado por um deus e em cuja presença você se pergunta "quem é esse", ou então diz: "aqui está!".*

*Essa impressão instantânea, que chega até ao mais profundo, só pode ser comparada a um encantamento; durante minha primeira juventude, e mesmo durante toda minha existência, recordo ter sentido uma similar através da grande Schroeder-Devrient; desde então não voltara a senti-la de um modo tão forte e singular até a entrada de Ludwig Sch. em "Lohengrin".*

*Depois, no decorrer da apresentação, dei-me conta de que ainda incorria em diversos erros com seu modo de se mover e sua interpretação, mas inclusive isso me produziu o fascínio próprio de uma pureza juvenil ainda sem defeitos, de uma casta predisposição ao desenvolvimento artístico mais florescente.*

*O ardor e o terno entusiasmo nos quais se derramava aquele olhar amoroso e maravilhado do jovem me mostraram imediatamente o fogo demoníaco no qual acabariam se incendiando; desde aquele exato momento Ludwig Sch. se converteria para mim em uma pessoa cujos dons ilimitados me levariam a uma angústia trágica.*

*Assim que terminou o primeiro ato, pedi a um amigo que fora me buscar para a ocasião que pedisse a Ludwig*

*Sch. um encontro comigo depois da representação. E foi o que aconteceu. À alta hora da madrugada, o jovenzinho, fresco e bem disposto, veio ao hotel em que eu me hospedava e foi fechado um acordo: só tivemos tempo de pilheriar e pouco nos dissemos. A única coisa que ficou clara é que voltaríamos a nos ver em um encontro mais longo em Biebrich.*

## 53

Marianne conseguiu. Tanto sua insistência como minha fama, que já se espalhara por todos os reinos da Confederação Germânica, convenceram a direção do Hoftheater de Dresden. Deram-me o posto de tenor principal do Grande Teatro. Pude assim ficar junto de minha amada esposa.

Passei, padre, cinco anos ao seu lado, durante os quais só rocei seus cabelos. Não me importava morrer em seus braços, não me importava acolher sua redoma letal. Mas, já lhe disse... Matá-la? Isso era outra coisa! Não, não... Não podia permitir isso, nem mesmo perecendo com ela. Pelo mesmo motivo, ela também recusou toda consumação de nosso amor.

Não nos restou mais remédio do que o de continuar a mesma farsa carnal de nossa noite de núpcias: três vezes por semana, íamos sozinhos aos extremos opostos da cidade. Quando ela ia ao norte, eu ia ao sul; se ela se dirigia ao oeste, eu ia ao leste. Dresden é uma cidade grande. Conseguimos não chamar a atenção com nossos crimes. É verdade que às vezes aparecia um boato sobre uma gripe ou epidemia, mas então nos obrigávamos a ter duas semanas de abstinência. Desse modo, os comentários se dissipavam e ninguém relacionava as duas mortes seguintes aparentemente naturais com aquelas que acordavam a cidade...

A cada noite, depois da coleta carnal, nos reuníamos aqui, neste mesmo quarto. Envergonhados e chorosos pela humilhação, dormíamos, qual anjos ou pré-púberes, agarrados um ao outro no mais honesto e pudico dos abraços, suspirando por um ato definitivo que éramos incapazes de cometer... por amor ao outro.

Naqueles cinco anos, o veneno continuou invadindo todos os cantos de nossos corpos. Reumatismo, descalcificação dos ossos, dores de cabeça, intumescimento dos músculos... Apesar de tudo, nossas vozes continuaram triunfando nos palcos. Nossos corpos se desfaziam, mas o amor eterno, que vivia de nossa voz e de nosso sexo, registrava uma vitória após outra, alheio ao nosso padecimento. Era como se o poder dos sons nos fornecesse forças quando era preciso. Quando se tratava de uma ópera ou de um recital, os sons que se remexiam dentro de nós apaziguavam nossa dor, e assim obtínhamos forças suficientes para cantar. Não encontro outra explicação para compreender como pudemos suportar tantas apresentações, levando-se em conta que a degradação física a que o elixir mortal nos submetia corria em nossas veias.

E eu, observando minha Marianne, pensando em como salvá-la de sua dor e condenação, não podia tirar da cabeça uma frase do feiticeiro Türstock que, certamente, padre Stefan, não passou despercebida ao senhor quando lhe narrei nosso encontro em sua cabana do lago Starnberg: "A solução da maldição de Tristão só cabe aos mestres de música. Eles são os únicos que a conhecem, mas duvido que entre todos os homens que conheceram o ritual de cura reste um único com vida."

*Memórias de Richard Wagner*

> *Ali, junto ao Reno, durante duas fantásticas semanas, eu e Ludwig Sch. nos encontramos com Bülow, que havia vindo me visitar justamente naqueles dias e nos acompa-*

*nhava ao piano enquanto percorríamos com total liberdade meus trabalhos sobre os Nibelungos e especialmente meu Tristão. Já que estávamos ali, foi dito e feito tudo quanto poderia nos beneficiar sobre um conhecimento mais profundo dos interesses artísticos de ambos.*

*Em relação às dúvidas de Ludwig Sch. sobre a possibilidade de executar o terceiro ato de Tristão, me confessou que em absoluto elas se deviam ao medo de uma fadiga do órgão vocal ou de sua resistência física, mas ao fato de ainda não ter conseguido compreender algo que justamente lhe parecia a frase mais importante de todas, a da maldição do amor, sobretudo no que se refere à expressão musical destas palavras: "Riso e pranto, paixão e feridas". Eu lhe mostrei como o queria expressar e que acento, realmente extraordinário, quis dar a essa frase.*

*Compreendeu rapidamente e reconheceu que se equivocara no movimento musical, pois o havia imaginado muito rápido, e então entendeu que a razão de que não tivesse chegado à expressão correta era que não havia compreendido corretamente a passagem.*

*Levei-o a considerar que talvez estivesse exigindo um esforço enorme por culpa daquele compasso prolongado, que era realmente fora do comum; ele esclareceu que tal exigência era de todo insignificante e me provou ali mesmo que era capaz de interpretar a passagem de maneira totalmente satisfatória precisamente com esse alongamento.*

*Esse traço simples ficou gravado em mim de um modo tão inesquecível como instrutivo; o máximo esforço físico deixava de ser uma moléstia desde que o cantor tivesse consciência da expressão exata de cada frase; a compreensão intelectual lhe dava, inclusive, força para superar a dificuldade material.*

*(...)*

*A partir de então, meus esforços em chegar a uma representação de Tristão se misturaram com os da participação nela de Ludwig Sch.; somente saíram bem quando um nobre que era amigo de minha arte há muito tempo me ofereceu o Hoftheater de Munique para tal apresentação.*

*No começo de março de 1865, Ludwig Sch. apareceu em Munique durante uma curta visita para se entrevistar comigo com o objetivo de assumir imediatamente nosso projeto segundo o plano previsto; sua presença foi a ocasião para uma representação de "Tannhäuser", sem nenhuma preparação prévia, na qual eu assumi a direção com um único ensaio.*

## 54

Tudo isso acontecia quando fazia poucos meses da morte do rei Maximiliano II da Baviera. Subiu ao trono, com apenas dezoito anos de idade, seu filho Ludwig Otto Friedrich Wilhelm, sob o nome de Ludwig II. Muitos afirmavam que não era o monarca adequado para a Baviera, um homem muito jovem, muito sensível às investidas artísticas do romantismo alemão. O senhor sabe, padre, o romântico jamais será um bom rei.

O recém-coroado Ludwig II estava cego pela genialidade de Wagner. Poucos dias depois de sua coroação, pediu a Franz Seraph von Pfistermeister, seu secretário de gabinete, que procurasse Wagner com um anel, um retrato seu e uma carta que pedia ao compositor que fosse se encontrar com ele sem mais demora... Em pouco tempo se converteria no verdadeiro mecenas do mestre e financiaria todas as suas óperas, inclusive as que não haviam podido ser estreadas. Entre elas, *Tristão e Isolda*.

Wagner falou tanto ao rei de *Tristão e Isolda* que ele, em sua ansiedade por ouvir a ópera, organizou uma estreia com os melhores cantores.

O compositor, fascinado pela minha voz, propôs ao rei que eu interpretasse Tristão e Ludwig II aceitou imediatamente. Viajei à Baviera e, sem mais, lhe pedi que Marianne encarnasse o papel de Isolda.

Monarca e gênio aceitaram sem pestanejar. Era uma coisa inédita. Os herdeiros de Tristão e Isolda, marido e mulher, tenor e soprano, interpretando em um teatro sua própria história, escrita e composta pelo gênio dos gênios. Não é, padre, uma incrível demonstração de quão inevitável é o destino dos homens?

Dado que tive de ficar vários dias para acertar todos os detalhes da estreia, aproveitei minha estada em Munique para visitar Dionysius. Marcamos um encontro em uma cervejaria e, frente a frente, com uma jarra no meio, desafogamos nossas tristezas.

— Ela continua casada com o aristocrata, Ludwig; não o ama, mas deu sua palavra... Eu já lhe disse... Mas nos vemos todas as noites. Vou aos jardins de sua casa e a chamo com sinais secretos: imito o canto dos rouxinóis ou deposito pedacinhos de casca de pinheiro na fonte que fica debaixo de sua janela. Ela, respondendo ao meu chamado, foge então de sua alcova e nos encontramos em um labirinto de arbustos que há em seu jardim, e nos entregamos ao amor no centro dele, junto a uma fonte deliciosa.

Seu romance com a princesa Anna transformara aquele outrora guloso lascivo em uma alma entregue à paixão. Dionysius abandonara suas habituais risadas: a leveza da vida cedera à gravidade das coisas.

— Você sabe, Ludwig, é o melhor dos esconderijos, pois qualquer vigia levaria um bom tempo até chegar onde estamos se ouvisse nossas respirações e nossos suspiros apaixonados. Uma vez me detiveram e tive de passar por louco, e outra por leproso, para que os vigias não dessem o alarme enquanto Anna fugia pelo outro lado do labirinto.

— Dionysius, como você pode suportar uma coisa dessas? Isso não acabará com seu espírito? Com o amor de vocês?

— Sim, meu amigo. Nos dias em que não posso ver Anna não consigo dormir. Não suporto a ideia de que primeiro foi minha esposa e que, no entanto, seja outro o homem que vive com ela... Não podemos continuar vivendo uma vida de enganos. Só vivo na noite, quando nos encontramos. Durante o dia sou um morto-vivo, uma alma sem repouso... Mas ultimamente... tenho medo, Ludwig, ele suspeita de algo... Propôs a Anna acompanhá-la em seus passeios noturnos pelo jardim... Advertiu-a de que, apesar dos vigias, ela não deve andar sozinha na escuridão.

Dionysius e a princesa Anna, amantes à noite e desconhecidos de dia; Marianne e eu, casal de dia e adúlteros à noite. Amor eterno ou amor terreno? Sinto muito, padre, mas escolher não é tão simples...

## 55

Depois de vários dias, enviei um telegrama a Marianne em Dresden. Devia me encontrar imediatamente. Precisava começar a ensaiar *Tristão e Isolda*. Respondeu-me alvoroçada, ardia de desejos de me ver e estar ao meu lado.

Ao cabo de uma semana, chegou a Munique para estrear a ópera genial. O rei nos forneceu uma casa e todas as facilidades. Ludwig II colocara o reino da Baviera a serviço da música de Wagner. Tudo na corte girava em torno dos desejos do compositor.

Os ensaios foram exaustivos. A ópera era longa ao extremo e exigia esforços incomuns, gritos agudos e dilacerantes que poucas vozes conseguiriam cantar.

Durante os dias que antecederam a estreia de *Tristão e Isolda*, minha inquietação só foi aumentando. Não era apenas pelo fato de que também meu corpo estivesse alquebrado pela dor, mas a certeza de que, depois da estreia, Marianne e eu encontraríamos uma solução para nossa condenação.

O acorde mágico de Tristão, o libreto do mestre... Tudo apontava para um iminente desenlace. Marianne estava cada vez mais cansada, as dores a faziam gemer pelas noites e, frequentemente, acordava mergulhada em tortuosas lamentações. A situação era insustentável.

Em uma daquelas noites tive um sonho estranho. Eu andava por um bosque majestoso e, de repente, surgiram dos arbustos dois leões. Um deles tinha o rosto de minha tia Konstanze e o outro, o de Herr Direktor, o abominável diretor da Gesangshochschule. Os dois leões me mostraram seus dentes e rugiram a poucos metros de mim. Estavam famintos, ávidos de minha carne. A saliva escorria de suas bocas e se lambiam com fruição. Eu fiquei para trás. Então os dois leões se aproximaram de mim, um de cada lado, e me estenderam uma das patas. Ambos pareciam me escoltar. Começamos a caminhar pelo bosque até que penetramos em uma região tenebrosa e escura, no final da qual encontramos uma gazela ferida, um delicado animal de pele retesada e suave. Os dois leões deram então um pulo para a frente querendo se lançar sobre a gazela desprotegida.

Naquele momento acordei coberto de suor. Ofegando, me levantei e saí do quarto. Fui até a janela do hotel, contemplei a rua, escura e vazia. Haviam passado dezoito anos desde que eu inundara Herr Direktor com o elixir do amor eterno e sete desde que o fizera com tia Konstanze, embora, em seu caso, a dose tivesse sido brutal. Se, depois de ter ingerido apenas umas gotas do amor eterno de Marianne, minha dor ao cabo de quatro anos era insuportável, em que estado deviam se encontrar Herr Direktor e tia Konstanze?

Reverberaram em minha mente, mais uma vez, as palavras do feiticeiro Türstock: "A solução da maldição de Tristão só cabe aos mestres de música. "

Olhei para minha esposa. Dormia, embora se movesse de um lado a outro em plena inconsciência. De repente emitiu um queixume: "Meus ossos, meus ossos...", sussurrou, totalmente adormecida.

Voltei a pensar em Herr Direktor e nas palavras do feiticeiro Türstock: "... aos mestres de música."

Suspirei fundo, me vesti e saí com a alvorada em direção aos bosques do sul de Munique.

## 56

Desloquei-me em uma pequena carruagem de dois lugares. Suponho, padre, que se recorde de como fez um calor extraordinário na primavera passada. O sol atravessava as folhas dos bosques junto ao lago Starnberg. Por um momento, a paisagem que nos meus onze anos apenas se vestia de branco agora me oferecia novas tonalidades, verdes e azuis, como se aquele tivesse se transformado em outro lugar. Pensei que minhas recordações do internato eram desmesuradas, que na realidade minha infância fora banhada pela luz e o céu. Mas à medida que me aproximava das imediações da Gesangshochschule, o sol se dissipou e as tonalidades brancas, cinza e negras do passado inundaram o presente.

Peguei uma curva e se levantou diante de mim o muro da Gesangshochschule. A primeira coisa que fiz foi procurar com os olhos os anjos cantores. Mas não restava um. Tal como Herr Direktor sonhara, todos eles haviam descido de seu pedestal. O muro agora estava reto, vazio de esculturas, vazio de infância. Quase podia ouvir o eco daqueles anjos caídos. Os uivos ressoavam na memória das pedras, das folhas, dos muros.

Cheguei à altura da grade. Estava fechada. O vento soprava com força e levantava as folhas em danças caprichosas e elípticas. Era o meio da tarde, restavam cerca de duas horas de luz. Amarrei meu cavalo, abri a grade e entrei. Ali estavam os alpendres e os hibernáculos, no mesmo estado deplorável: vazios de música e cheios de solidão. Caminhei através do pátio até chegar ao edifício principal. Não havia luz, nem uma única alma, tudo parecia fechado. Fui até o vestíbulo, onde anos atrás meu pai me deixara para se emancipar de seus medos. Também estava fechado. Bati várias vezes no vidro, mas ninguém respondeu. Não se ouvia nada. Era óbvio que a escola encerrara suas atividades.

Fui até a igreja. Peguei aquela trilha que tantas vezes percorrera em companhia de Friedrich. Veio à minha memória a gritaria das aulas, dos pátios, dos banheiros; quase podia visualizar os retângulos humanos em formação, olhando para frente, servindo a uma disciplina que não teria continuidade.

Ali estava a igreja. As vidraças grenás e enegrecidas continuavam em seu lugar, as árvores sufocavam quase completamente o templo. No chão havia algumas telhas, soltas pela água, a neve e as mudanças de temperatura. A decadência era absoluta. Olhei para o campanário. Ali estava o sino cinza e enferrujado. Percebi algo de novo nele. Seu apêndice! O pêndulo do sino fora restituído. Aquele tanger que só pude imaginar respondendo ao corpo de metal e ao jugo da madeira acudiu agora a meu pensamento em sua justa frequência. Todos os elementos estavam ali, o sino estava completo.

Abaixei a vista. A porta da igreja estava aberta. Entrei. Contrastes de luz e escuridão inundavam tudo. Tênues raios de luz atravessavam as vidraças e desenhavam falsas sombras em toda parte. Os bancos estavam em seu lugar, cheios de pó.

Vieram à minha memória os sons do coro, as infinitas cantatas, o retumbar do órgão, as passagens dos solistas, os olhos brilhantes dos meninos que sonhavam com a música.

De repente, uma voz atrás de mim...

— Você demorou muito, Ludwig, demorou muito...

Estava mais que envelhecido, mais que decrépito, mais que acabado: estava, literalmente, consumido. Mal lhe restava cabelo, seu rosto estava povoado de sulcos nos quais caberia quase um dedo. Percebi que suas orelhas estavam meio partidas, seus dedos não tinham unhas, e, a julgar pelos movimentos sinuosos de seu corpo, deduzi que seus ossos estavam quase desfeitos. Apoiava-se em uma bengala de madeira. Sua presença me trouxe um sentimento de absoluta repugnância.

— Estou esperando há tantos anos por você... Tantos anos... Mas agora você está aqui — levantou os olhos fitando o vazio, farejando minha presença. Seus olhos estavam cobertos por um véu cinza; ficara cego.

Aproximou-se lentamente de mim. Levantou sua mão e passou-a em meu rosto para recordar a imagem que suas pupilas já não podiam abraçar.

— Siga-me.

Herr Direktor se movimentava com desenvoltura na escuridão física. Atravessamos o pátio, ele caminhando sempre na minha frente. Fomos em silêncio até o hibernáculo onde entesourava suas condecoradas estátuas. O alpendre tinha o mesmo aspecto, embora o vidro borrado não permitisse ver nada do interior.

— Você pode vê-lo, meus olhos já não — apontou o muro atrás do hibernáculo. Um anjo sobre um pequeno pedestal! Portava uma trombeta, mas não a tinha em sua boca e sim apoiada em sua cintura; o rosto de Herr Direktor deixou entrever um sorriso sutil, mistura de alegria e tristeza. —É o último, o último de todos os anjos, aquele de que precisava para realizar meu sonho, meu grande projeto. Mas falhei, Ludwig, falhei... Jamais me perdoarei... Este é o último herdeiro de Tristão, o último... Se não tivesse sido tão néscio, e não tivesse deixado me enganar por sua voz dissimulada... Agora este anjo repousaria no alpendre ao lado dos outros...

Herr Direktor havia mencionado o termo "herdeiro de Tristão". Estava claro que sabia muito mais do que eu imaginava sobre minha maldição.

Entramos no alpendre daquele lugar onde extirpara a pulsão da vida de tantos meninos e tanto sofrimento havia presenciado. As estátuas inundavam todo o espaço, quase amontoadas, mal caberia outra entre elas. De suas cinturas pendiam restos de testículos, quase irreconhecíveis: pareciam saquinhos negros e desfiados. Herr Direktor pegou um deles com sua mão trêmula e o arrancou pela raiz da cintura da estátua pétrea.

— Não se tratava de *castrati*... Não é verdade? — disse.

— Ninguém entende nada... Ninguém compreendeu jamais... Não castrava os jovens cantores para que sua voz fosse pura, mas, exatamente, para que sua voz não fosse mortal. Tratava-se de separar as cordas vocais e suas bolsas de elixir eterno... Só isso... Proteger o mundo dos herdeiros de Tristão... Um *castrati* não é mais que um assassino afastado de seu destino, uma voz estéril a que seu poder letal foi extirpado... — apoiou-se no altar em que tempos atrás eu estivera a ponto de ser despojado do som do amor eterno. — Foi-me encomendada uma missão, Ludwig... e falhei. Você está diante do último dos mestres encarregados de exterminar os herdeiros de Tristão... Sou o último de um seleto grupo de professores de música. Falhei, falhei, mas paguei minha dívida... Estou há dezoito anos gemendo de dor pelas noites, sem conseguir conciliar o sono, minhas entranhas se consumiram, minhas veias transportam um veneno negro, o etéreo som do amor está desfazendo meu corpo há muitos anos... Mas agora você está aqui para me dar o descanso eterno, para me dar o elixir líquido... Ludwig... Eu sabia que você voltaria, eu sabia...

— Não, Herr Direktor — respondi —, está enganado. Jamais depositarei o segundo elixir em seu corpo. Ficou louco? Por acaso acredita que vou inundá-lo com o veneno branco? Apodreça com seus anjos!

E derrubei com um empurrão várias estátuas, que derrubaram em cascata quantas havia ao redor. As estátuas se partiram em pedaços, algumas cabeças rolaram.

Herr Direktor colocou seus olhos vazios em mim. Não podia ver, mas os colocara exatamente nos meus. Sua expressão não exibia ódio, era algo pior, que sequer pode ser nomeado. Suspirou profundamente.

— Então... Você irá embora sem levar aquilo que veio procurar... Se está aqui é porque também corre pelas suas veias o etéreo elixir do amor eterno. Posso percebê-lo, notei-o em sua voz, em seu tremor... O deus que você foi um dia foi rebaixado à condição de mortal e agora... Agora você quer uma solução, não é verdade? Sim, as herdeiras de Isolda também não desapareceram de todo...

Fiquei em silêncio. As palavras de Türstock, o feiticeiro, voltaram a retumbar em minha memória: "A solução da maldição de Tristão só cabe aos mestres de música. " Aproximei-me de Herr Direktor e o peguei pelo pescoço. Ouvi como algumas de suas vértebras saiam do lugar.

— Me mate, arranque minha vida com suas mãos — disse-me. — Você me nega o supremo elixir da morte pelo qual anseio há tantos anos... Mas eu lhe aviso. Você não poderá recorrer a mais ninguém. A nenhum feiticeiro, a nenhum bruxo ou alquimista... Sou o último, Ludwig, o último que conhece o segredo.

Seu hálito era putrefato, seus dentes tinham quase desaparecido, sua língua era quase negra. Levantou sua mão e pôs diante de meus olhos os negros testículos que momentos antes arrancara daquele anjo.

— Me dê o elixir da morte. Enquanto estiver vertendo suas gotas deliciosas em mim, lhe revelarei como exorcizar o amor eterno que se apoderou de seu corpo.

Aquele velho estuporado e abominável sabia como podia salvar minha amada. O exorcismo que me devolveria a vida também salvaria Marianne. Marianne, Marianne! Seu rosto apareceu em minha imaginação, chorando em Dresden, gemendo de dor. Uma imagem se desenhou em minha mente: a de uma Marianne velha, quase sem cabelos, como Herr Direktor, com suas mesmas mãos, sem unhas, as orelhas carcomidas, os ossos desfeitos... Não! Não! Não podia permitir a degeneração da minha amada! Precisava salvá-la!

O mestre decrépito e doente intuiu em meu modo de respirar que eu ia ceder ao seu pedido.

E assim foi.

Arriei minhas calças, tirei meu membro e administrei ao diretor da Gesangshochschule meu veneno mortal. Foi um ato diferente dos terríveis assassinatos que cometera, mais vazio que a relação mecânica que tivera com a prostituta de Munique.

Herr Direktor deitou de boca para baixo sobre o altar e, depois de se despojar de suas roupas, começou a falar:

— Você precisará convencer sua Isolda. Deverá convencê-la de que... Oh, Ludwig, não me leve a me deter! Estou cumprindo minha parte do trato... Comece ou me calarei.

Obedeci-o. Fechei os olhos, segurei a respiração e contive minha repulsa. Como na noite em que cheguei à puberdade, os anjos me fitavam nos olhos, riam, gritavam e me exibiam seus testículos dissecados.

— ... precisará convencê-la de consumar seu amor, de consumar o ato carnal.

Comecei a empurrar qual tear mecânico.

— ... você deverá portar uma adaga e escondê-la com você. Quando ela estiver prestes a atingir o apogeu...

Um sistemático e vomitivo vaivém, um ato sexual sem desejo, a maior das vexações...

— ... quando estiver a ponto de derramar o elixir da morte em você, você deverá se sobrepor ao seu desejo, exatamente antes de sua explosão letal, no mesmo e exato segundo...

O ritmo se acelerou em um afã de terminar com aquele ato grosseiro, com aquele desprezo infinito, com aquela chantagem infame...

— ... nesse instante você deverá cravar a adaga no coração dela. Deste modo terá superado a lenda, terá traspassado com vida um ato carnal com o amor eterno, o homem terá se imposto ao eterno, o humano terá vencido o divino, o terreno acima do sobrenatural... Terá conseguido ter uma relação carnal com uma herdeira de Isolda sem morrer... Então será livre para sempre... Livre de elixires, livre do amor eterno que anos atrás, sobre este altar, eu mesmo quis afastar do seu corpo... Liberdade para sempre...

Lágrimas tomavam conta de meus olhos, gritos de pavor e de ódio, de medo e de dor...

— ... mas ela também o saberá, Ludwig... Talvez ela também porte sua adaga... Só um dos dois sobreviverá... Aquele que matar o outro durante o êxtase, aquele dos dois que trair seu amado... Apenas este será livre...

Então o elixir da morte explodiu com um de meus uivos, surgiu por todos os poros de minha pele e Herr Direktor soltou um gemido de prazer eterno. O testículo negro que seus dedos retesados sustentavam caiu no chão e rolou alguns centímetros. O sangue inundou o altar; era sangue negro, quase seco, quase arenoso. Dezoito anos esperando por aquela doce morte...

Fui para fora e voltei a lançar um grito, o mesmo que proferira naquela noite em que sobrevivi à minha castração. Meu berro penetrou nos bosques e afugentou os animais. Meu cavalo se agitou na grade, tomado de pavor, e eu me ajoelhei no chão e maldisse Tristão.

Depois de soluçar alguns minutos a sós, sem outra companhia que a dos anjos de pedra e do corpo inerte do diretor, refleti sobre o revelado exorcismo. Estava claro. Se quisesse salvar Marianne, ela deveria cravar uma adaga em meu coração exatamente no momento de meu ápice sexual... Marianne conseguiria fazer isso? Não... Era impossível... Ela rejeitava meu corpo para não me matar com seu unguento. Como iria fazê-lo com uma adaga?

Quando voltava para a cidade, uma ideia indigna cruzou minha mente. Se eu a matasse, recuperaria minha liberdade. Oh, afaste-se de mim, apague suas desprezíveis sugestões e maus pensamentos! Não a matarei! Não a matarei!

## 57

De novo em Munique, me dirigi ao próximo destino. A porta de tia Konstanze estava fechada. Desci as escadas e fui ao convento de St. Annakirche. Uma das irmãs, com seu hábito azul e cinza, me recebeu com amabilidade.

— Fez com uma guilhotina usada para decapitar galos. Colocou as mãos sob a lâmina e sentou-se em cima dela a fim de pressionar para baixo. Cortou as duas mãos... Foi horrível... Não sabemos por quê. Encontraram-na quase exangue. Suas duas mãos estavam a poucos metros de seu corpo, que jazia no chão, desmaiado e moribundo. Foi levada ao hospital da cidade...

Corri para o hospital de Munique. Médicos e enfermeiras caminhavam ansiosos pelos corredores. No ambiente se respirava o cheiro de álcool e ataduras. Perguntei por tia Konstanze. Ninguém sabia de nada. Não estava mais lá. Uma enfermeira ouviu minha conversa e me abordou quando já estava saindo do edifício.

— Eu o ouvi... Falava da mulher que decepou os pulsos... Estava doente, muito doente. Jamais havíamos visto coisa igual... Só eu sei onde está... Revelou-me uma noite antes de sair do hospital. Tentei dissuadi-la, mas foi impossível... Estava totalmente decidida... No leprosário... Decidiu entregar seu corpo em troca de uma grande quantia de dinheiro que doou a uma ordem religiosa. Você sabe que nos hospitais de leprosos pagam pelo corpo de uma mulher que apazigue os desejos dos doentes reclusos... É proibido, mas às vezes ainda acontece, ainda acontece...

O leprosário de Munique era uma espécie de cárcere destinado às vítimas finais da lepra. Um lugar afastado de tudo, uma cidade com suas próprias leis, um lugar do qual mal se aproximava alguém, onde os alimentos eram deixados à noite a cem metros da porta para ser recolhido no dia seguinte pelos próprios leprosos...

Fui imediatamente ao leprosário, apesar de já ter escurecido. Não podia me aproximar muito do edifício, sob o risco de contágio. Quando estava a vinte metros da porta, um dos leprosos que montavam guarda me avistou de uma espécie de torreão improvisado e me mandou parar. Parei e lhe disse que desejava ver uma mulher chamada Konstanze, uma sem as mãos...

O vigia desapareceu e, depois de um tempo, a porta trancada do hospital se entreabriu.

Apareceu tia Konstanze.

Estava encurvada, quase desfeita. Seus tocos estavam disfarçados com ataduras. Seu corpo já exibia sintomas da lepra. Pedaços de carne pareciam estar prestes a se soltar de seu pescoço. Tive que fazer um esforço para não afastar a vista.

— Por que, por que, tia Konstanze? — clamei.

Levantou os braços e me mostrou os tocos com um olhar duro e firme.

— Não podia esperar mais nada da vida. Sua voz me impregnou tempos atrás com a paixão absoluta e descarnada. Minha fé me manteve longe do pecado, mas chegou um momento em que me foi impossível frear minha pulsão. A dor era muito profunda. A tentação não se afastava de mim. Não podia viver assim, minha consciência não permitia. Já disse o Senhor: "Se teu olho direito o faz pecar, arranque-o e o lance longe de ti, porque é preferível perder um só de teus membros do que deixar que todo teu corpo seja lançado no inferno. E se tua mão direita o faz pecar, corte-a e a lance longe de ti, jogue-a fora, porque é preferível perder um só de teus membros do que deixar que teu corpo inteiro seja lançado no inferno."* Minhas mãos deviam ser separadas de meu corpo.

— E os leprosos? Você não precisava de tanta penitência! Deus já a perdoou!

---

* Mateus, 5: 29-30. (*Nota do padre Stefan*).

— Oh, Ludwig! Não é pelo bom Deus... É por você. Agora um elixir mortal reside em mim. Precisava de uma redoma mortal para afastar você de mim. Minha redoma é terrena, não é uma poção sobrenatural, como a que habita em você, é a da enfermidade, a que me cabe como mulher mortal... Mas agora estou protegida por ela. Se você me possuir, encontrará a morte... Eu sabia que você voltaria. É da sua natureza. Quer sempre a vitória, sempre... Devia se manter afastado de meu corpo porque se tivesse se aproximado de novo eu teria me entregado a você. Agora, no entanto, se me possuir, encontrará a lepra e, com ela, a morte...

Não pude acreditar. Tia Konstanze se entregara à mais terrível das enfermidades para que não me aproximasse dela, para impedir que um dia a fizesse sucumbir à tentação.

Existe, padre Stefan, renúncia maior?

Ao cabo de uma semana tia Konstanze morria de lepra. Algo me havia sido revelado: que a vontade humana podia vencer a sobrenatural, que Adão podia vencer a serpente, que o amor terreno dos homens podia superar o amor eterno dos deuses, que Marianne e Ludwig podiam derrotar Tristão e Isolda...

*Memórias de Richard Wagner*

> *A dita cena se preparou então, com a volta de Ludwig Sch., esse artista tão intimamente identificado comigo, no princípio do mês seguinte de abril por meio da colocação em cena dos ensaios gerais prévios à representação de Tristão.*
>
> *Nunca o mais torpe dos cantores e dos músicos deixou que eu lhes desse tal quantidade de conselhos, até nos mínimos detalhes, como ocorreu com este herói do canto, que desde o primeiro instante se elevava até a mais alta maestria; a obstinação aparente e mais suave em meus conselhos a acolhia de um modo muito agradável, posto que imediatamente*

*compreendia o sentido de dita correção, que realmente eu teria me sentido desleal se, temendo ferir sua susceptibilidade, tivesse tentado poupá-lo da menor crítica.*

*A explicação residia em que meu amigo, por iniciativa própria, já havia penetrado o sentido ideal de minha obra e o assimilara em sua totalidade; nem um fio do tecido espiritual da obra, sequer a menor indicação dos detalhes mais secretos, lhe havia escapado ou deixara de captá-lo com o tato mais delicioso.*

*(...)*

*Para dizer a verdade, tudo isso permanece ainda hoje; três anos depois, quando estou escrevendo estas recordações, ainda me é impossível descrever a atuação de Ludwig Sch. como Tristão e como dita atuação alcançou seu ponto álgido no terceiro ato do meu drama (...) cujo significado expressivo exigia a harmonização mais detalhada ao mesmo tempo que uma orquestração de movimento muito independente, expressando uma gama de sentimentos que compagina o mais extremo desejo de voluptuosidade e a aspiração mais decidida à morte...*

*(...)*

*A qualquer um que tenha examinado com detalhe a partitura deste terceiro ato é certo que eu lhe teria dito todo o possível para lhe mostrar a grandeza incomparável da interpretação artística de meu amigo, e acrescento que depois do ensaio geral os ouvintes imparciais previam já neste ato um efeito popular e prediziam para este um êxito absoluto.*

## 58

Os ensaios iam por bom caminho. O compositor estava certo de que sua ópera alcançaria um êxito formidável.

Uma noite, depois de voltar do Nationaltheater, propus a Marianne dar um breve passeio depois do jantar. Era o mês de maio, a temperatura estava agradável.

— Você precisa acreditar em mim, Marianne! Vivi isso em sonhos. Será no terceiro ato. Eu pronuncio seu nome quando, moribundo, você vem ao meu encontro... Não é assim? Pois se trata de que o faça quatro vezes! Quatro representações nos bastarão! Na quarta, como na lenda de Tristão e Isolda, terei pronunciado seu nome quatro vezes... Não entende? Eu a avisei desde que lhe falei desta ópera, lhe assegurei que tinha sido escrita para nós, sua música é mágica, carece de harmonia...! Depois da quarta representação, minha amada Marianne, uniremos nossos corpos em nosso hotel. Estou absolutamente seguro! Nada acontecerá! Terei pronunciado quatro vezes seu nome com uma música eterna! Jazeremos juntos por fim e depois do ato carnal continuaremos vivos... Você precisa confiar em mim! Nada vai nos acontecer!

Marianne me olhava com desejo, com o firme desejo de que fosse assim. Seu corpo estava machucado pela ação do veneno. Estava extremamente cansada, os ensaios deixavam-na exausta.

No dia seguinte Marianne adoeceu gravemente e a estreia teve de ser cancelada.

O rei Ludwig II financiou uma estadia em Bad Reichenhall, onde, disseram os médicos, o clima poderia contribuir para a recuperação de Marianne. Em Bad Reichenhall, graças aos médicos, ela conseguiu se recuperar. Voltou a Munique e retomamos os ensaios. Uma nova data: final de maio. Mas Marianne voltou a se sentir indisposta...

Ela simulava uma afonia, mas eu sabia a verdade. A estreia era o amanhecer do fim.

Wagner ficou desesperado. Todos os poetas que haviam começado a escrever o poema de *Tristão e Isolda* morreram antes de completá-lo. Em seu caso, durante os últimos anos a ópera de *Tristão e Isolda* sofrera um total de quatro cancelamentos. O mestre afirmava, abatido, que jamais conseguiria ver a ópera ser representada, que aquele era o destino de qualquer obra artística que se chamasse Tristão e Isolda, pois sua história de maldição se prolongava no tempo.

Ao final, convencida de que não havia outra opção, Marianne se comprometeu a estar pronta para estrear em 10 de junho.

No dia anterior recebi uma visita inesperada: Dionysius.

Estava muito nervoso: havia sido descoberto com a princesa Anna nos jardins do aristocrata. O marido enganado os seguira. Eles faziam amor no labirinto quando ele irrompeu para separá-los com um grito. Depois esbofeteou o rosto de Dionysius com uma luva. O aristocrata o desafiara para um duelo.

— É melhor, Ludwig. Não podíamos continuar assim... Amanhã não poderei assistir à estreia de *Tristão e Isolda*, você precisa me desculpar, mas tenho de me preparar para o duelo. Escolhi o florete, o único que manejei alguma vez, faz tempo, quando era jovem, em aulas de esgrima. Mas só recebi os conselhos mais elementares e... Faz tanto tempo! Se sobreviver, Anna será minha para sempre. Mas se morrer... creio que adoecerá de tristeza. Se isso acontecer, Ludwig, meu amigo, cuide dela. É a única coisa que lhe peço. Você é meu único amigo... O duelo será dentro de duas semanas, exatamente na noite depois da última representação de Tristão e Isolda. Se sair com vida, corra para me ver. Se naquela noite não bater na porta de seu hotel, você saberá que Dionysius já é parte do ontem...

## 59

A sala do Nationaltheater de Munique estava repleta, lotada, não cabia uma alma. Olhei para o público: a noite se vestira de gala, a burguesia, os que eram abastados e os que lutavam para ser, os políticos e os traídos, os militares e os condecorados, todos, absolutamente todos estavam ali. As batidas dos aplausos serviram de leque e trouxeram a mim o tato dos tecidos dos paletós dos cavaleiros, os brilhos das pedras luxuosas das damas, o aroma de mil perfumes franceses entrelaçados com notas musicais, as dobras das saias das virgens mais jovens que olhavam de relance para seus possíveis pretendentes, procurando separar os mais endinheirados dos menos convenientes... E, acima de todos, no camarote, o mestre dos mestres ao lado do rei Ludwig II.

Finalmente, a estreia da ópera *Tristão e Isolda*. Eu, Ludwig Schmitt, herdeiro de Tristão, tenor profissional, estava prestes a interpretar o cavaleiro do amor; minha esposa, Marianne, herdeira de Isolda, soprano profissional, a rainha do amor. A Anton Mitterwurzer, meu companheiro no Hoftheater de Dresden, foi destinado o papel de Kurwenal, escudeiro de Tristão. Anna Deinet, Peter Hartmann, Karl Samuel Henrich, Karl Simons, Ludwig Zottmayr... Nos bastidores, todos preparados e engalanados com os trajes desenhados por Franz Seitz, nos desejamos boa sorte. Estávamos excitados pelo privilégio de ser os primeiros cantores da história a dar vida à lenda de Tristão e Isolda com música do futuro.

Silêncio na sala.

Hans von Bülow levantou sua mão e a orquestra iniciou os primeiros compassos: o mágico acorde de Tristão inundou o teatro. O acorde impossível via, por fim, a luz! Uma nova dimensão nascia no mundo da música. Os ouvidos dos presentes procuraram a tonalidade da música, mas não havia harmonia possível naquele acorde, era uma ruptura definitiva com as leis da harmonia, era como se mover na escuridão, sem pontos de referência. Os ouvintes não entendiam nada. Os críticos começaram a conversar entre eles: "E a tonalidade, onde está?", se perguntavam. "Não há tonalidade! — respondiam os entendidos —, é cromatismo puro em forma de acordes!" E o público se mexeu em seus assentos. O mundo da música mudara para sempre.

No palco, ao mesmo tempo, o fenomenal cenário criado por Heinrich Döll e Angelo Quaglio. Para o primeiro ato, a coberta do barco onde Tristão e Isolda navegavam rumo à Cornuália, a nave onde beberiam seu fatal elixir da morte. No centro do palco, um timão de madeira; por cima, panos pendurados, simbolizando as velas infladas pelo vento.

O primeiro e o segundo ato transcorreram sob o assombro do público. Aquela música era muito nova, incompreensível para seus ouvidos. Mas estavam embevecidos, subjugados...

Por fim, o terceiro ato. O cenário exibia o pátio do castelo de Kareol. Uma árvore enorme se elevava e atuava como um teto fenomenal. Ao fundo, o mar com o barco de Isolda acudindo para socorrer seu Tristão. O torreão do castelo dava ao conjunto uma imponência absoluta.

O terceiro ato acabou e eu estava no chão, interpretando a morte de Tristão. Isolda cantou então sua ária, a ária da morte de Isolda, provavelmente a mais bela das árias jamais escritas: a orquestra descreve um *crescendo* que simboliza o êxtase carnal, e a voz da soprano outro *crescendo*, que representa o êxtase mortal. Uma ária sem tonalidade, acordes que jamais se resolvem e mergulham o ouvinte em uma infinita ansiedade... Até que o apogeu sexual e a morte se unem em um estrondo da orquestra e da voz: o momento em que o supremo deleite é alcançado, o momento do prazer eterno que só se encontra na morte, o momento em que Isolda morre de amor ao ver Tristão falecer.

Marianne cantou como nunca. Ou talvez fosse melhor dizer que foi o amor eterno que o fez?

*Carta de Wagner a Ludwig II, três dias depois da estreia de* Tristão e Isolda.

*Uma coisa se conseguiu, este maravilhoso "Tristão" foi concluído. O senhor sabe que quem compunha versos sobre "Tristão" o deixava inacabado — desde Gottfried von Strassburg.Quase parecia como se essa espécie de antiga maldição houvesse pretendido também abraçar minha obra: pois somente está acabada quando tem vida própria diante de nós como drama e nos fala diretamente ao coração e aos sentidos; isso foi conseguido.*

*Memórias de Richard Wagner*

*Durante estas representações de "Tristão" que vivemos cresceu em mim, com relação ao prodigioso talento de meu amigo Ludwig Sch., um primeiro sentimento de assombro e angústia até chegar a um autêntico terror. Acabou por me parecer como um crime que repetisse com regularidade essa proeza segundo tocasse ou não em nosso repertório de óperas, e na quarta representação, depois da maldição de amor de Tristão, me vi forçado a declarar resolutamente às pessoas do meu entorno que aquela seria a última representação de "Tristão" e que não iria autorizar nenhuma outra mais.*

*(...)*

*E eis que minha relação com Ludwig Sch., chegada a uma união tão íntima, abria como consequência no futuro de nossa ação combinada a perspectiva de um êxito inesperado.*

*A partir de nossas experiências com o órgão vocal de Ludwig Sch., ficou realmente clara a natureza inesgotável de um talento realmente genial. Esse órgão pleno, flexível, brilhante quando o tinha de utilizar como instrumento imediato para o cumprimento de uma tarefa perfeitamente assimilada do ponto de vista intelectual, se apresentava a nós como realmente inesgotável.*

*(...)*

*Não obstante, até hoje a voz cantada só se formou sobre o modelo do canto italiano, não havia nenhum outro. E o canto italiano, no entanto, estava inspirado por inteiro no espírito da música italiana; a este corresponderam os "castrati" em seu momento de máximo apogeu e aperfeiçoamento, porque o espírito de tal música só tinha como finalidade o prazer sensual, sem a paixão da alma propriamente dita; naquele tempo quase não se usava a voz do homem jovem, o tenor, mas um falsete cujo sentido era muito parecido com o dos "castrati".*

*Mas agora a tendência da música moderna, sob a direção absoluta do indiscutível gênio alemão, sobretudo com Beethoven, elevou-se à altura de uma autêntica dignidade artística, introduzindo no domínio de sua incomparável expressão não apenas o prazer sensual, mas também a energia espiritual e a paixão profunda.*

*(...)*

*O rei, por outro lado, havia solicitado ao teatro da Residenz uma audição privada na qual se executariam fragmentos de minhas diferentes obras. De "Tannhäuser", "Lohengrin", "Tristão", "O ouro do Reno", "A Valquíria", "Siegfried" e, finalmente, "Os mestres cantores", um fragmento característico devia ser interpretado por alguns cantores e uma orquestra ao completo e sob minha direção pessoal. Ludwig Sch., que naquela época ouvia pela primeira vez alguma coisa nova minha, cantou por sua vez com uma beleza e uma potência assombrosa a "Canção de amor" de Siegmund, os "Cantos de la frágua" de Siegfried, o Loge no fragmento de "O ouro do Reno" e, finalmente, o Walther de Stolzing, o fragmento maior desbastado de "Os mestres cantores".*

*(...)*

*Ao acabar, Ludwig Sch. e eu fomos tomar chá em um hotel. Uma calma alegre, uma fé amistosa e uma firme esperança era o que se desprendia de nossa conversa que era quase por completo de piadas. "Adiante — dizíamos —, amanhã outra vez de volta à comédia da vida e ao final seremos livres para sempre."*

*Estávamos tão seguros de que íamos voltar a nos ver em pouco tempo que achávamos quase supérfluo e fora de lugar nos despedir definitivamente. E assim nos separamos na rua como se estivéssemos nos desejando, como era habitual, uma boa noite; na manhã seguinte meu amigo partiu tranquilamente para Dresden.*

## 60

Sentia-me esgotado, dedicara naquela tarde ao rei Ludwig II um extenso recital de fragmentos de obras de Wagner. A isso devia acrescentar as quatro representações já consumadas da magnífica ópera *Tristão e Isolda*.

Aquela seria a noite definitiva. Depois de me despedir do mestre dos mestres, fui para o hotel, onde Marianne me esperava.

Àquela mesma hora, nas cercanias da cidade, dois homens vestidos de preto, as mãos cobertas por luvas, a poucos metros de distância e observados por uma testemunha anônima, desembainharam seus floretes. O marido desairoso e o amante apaixonado mediriam com o aço a força de seu amor. Um dos dois morreria naquele duelo porque, assim como amor eterno basta a si mesmo, o amor terreno não admite terceiros.

Cheguei ao hotel, subi as escadas e abri a porta de meu quarto. Tudo estava na penumbra. Os lençóis, desordenados, pareciam estendidos. As cortinas estavam corridas. Marianne estava deitada na cama. Seu olhar foi eloquente. Os dois sabíamos que o engodo estava prestes a terminar. Era o momento de consumar nosso amor. A noite, por fim, se tingia de verdade.

TRISTÃO

(Entra impetuosamente)

*Isolda! Meu amor!*

ISOLDA

(Correndo para ele)

*Tristão! Meu amor!*

*Você é meu?*

TRISTÃO

*Possuo-a de novo?*

ISOLDA

*Posso abraçá-lo?*

TRISTÃO

*Posso acreditar?*

ISOLDA

*Enfim! Enfim!*

TRISTÃO

*Venha sobre meu peito!*

ISOLDA

*Sinto-a realmente?*

TRISTÃO

*É você quem eu vejo?*

ISOLDA

*Vejo seus olhos?*

TRISTÃO

*Vejo sua boca?*

ISOLDA

*Está aqui sua mão?*

TRISTÃO

*Está aqui seu coração?*

ISOLDA

*Sou eu? É você?*
*Tenho-o prisioneiro?*

TRISTÃO

*Sou eu? É você?*
*Não é um engano?*

AMBOS

*Não é um sonho?*
*Oh, delícias da alma.*
*Ou, doce, augusto,*
*Invencível, inefável*
*Celestial prazer!*

TRISTÃO

*Sem igual!*

ISOLDA

*Sem limites!*

TRISTÃO

*Sobre-humano!*

ISOLDA

*Eterno!*

TRISTÃO

*Eterno!*

ISOLDA

*Impressentido,*
*Jamais conhecido!*

TRISTÃO

*Imenso e*
*Altamente sublime!*

ISOLDA

*Delírio de alegria!*

TRISTÃO

*Voluptuosa embriaguez!*

AMBOS

*Arrebatamento do mundo*
*A celestial altura!*
*Meu! Tristão/Isolda meu/minha!*
*Eternamente, eternamente unidos!*

ISOLDA

*Que longa separação!*
*Quanto tempo distantes!*

TRISTÃO

*Quão distantes e tão próximos!*
*Tão próximos e quão distantes!*

ISOLDA

*Oh, inimigo da amizade,*
*Maldita ausência!*
*Tempo preguiçoso*
*De monótona lentidão!*

TRISTÃO

*Ah, distância e proximidade!*
*Irreconciliáveis!*
*Benigna proximidade!*
*Desoladora distância!*

ISOLDA

*Você na escuridão,*
*Eu na luz!*

TRISTÃO

*A luz! A luz!*
*Oh, essa luz!*

Oh, padre Stefan. Como posso expressar em palavras o que representava aquele encontro carnal? Mais emocionante que a chegada do filho pródigo! Mais mágico que a passagem do recém-nascido pelo ventre da mãe! Mais sublime que cruzar o umbral do Reino dos Céus! Havíamos esperado tanto tempo por aquele momento! Quase cinco anos de casamento sem consumação!

Insinuei a Marianne que confiasse em mim, recorri de novo à minha invenção de que a quarta representação, quatro vezes a voz de Isolda, era um antídoto contra nossa maldição e que os dois sairíamos com vida daquela lide de amor. Mas Marianne selou com seu indicador meus lábios.

— Cale-se, Ludwig — disse-me. — Não diga mais nada. Não precisa me convencer.

Percebi que desde sempre ela soubera que nossa libertação depois de uma quarta representação fora mero pretexto. Devia ter suspeitado desde o início. E, no entanto, não se opôs a intercambiar comigo o elixir da morte. Por quê? Acaso seu esgotamento e dor haviam feito cessar sua piedade por mim? Já decidira me dar seu unguento fatal? Achei estranha aquela repentina mudança de atitude de Marianne, pois ninguém, padre, ninguém pode administrar a morte à pessoa que ama verdadeiramente.

Resolvi não dizer nada. Se ela aceitasse copular uma vez comigo, eu poderia executar meu plano. E isso me bastava.

Despimo-nos, lentamente, sem pressa, saboreando o esperado momento. Aproximei-me, deitei-a no leito, beijei-a nos lábios, nas faces e no pescoço. Depois acariciei seu ventre, seus seios, seus braços, e percorri com meus lábios cada pedaço de seu corpo. Quando a paixão estava à flor da pele, entrei, por fim, no oráculo da vida, no receptáculo onde a essência dos homens garante a continuidade de sua espécie. Marianne suspirou, fechou os olhos e girou a cabeça para um lado. Pareceu-me que fitava um ponto concreto da mesinha que ficava ao lado da cama. Debaixo de um livro havia um pequeno objeto escondido. Por um momento uma terrível ideia cruzou minha mente. O que mais Marianne sabia que eu ignorava?

Continuamos nos amando. Não foi um ato sensual, nem sequer voluptuoso. O erotismo não é mais que egoísmo disfarçado de amor; por sua vez, o sexo, o ato carnal em toda sua crueza, é amor cru, despojado de toda ambição ou cobiça. E assim não posso lhe recitar agora, padre, um poema; não posso usar metáforas ou alegorias... Não, padre, a arte não cabe aqui. Só posso lhe falar de como nossos órgãos agiam, de movimentos mecânicos, da rigorosa aceitação de nossos membros, só posso lhe falar de anatomia... Sinto, nosso ato não era erótico, era, simplesmente, sexual... E, como tal, não tinha outro objetivo além do próprio ato. Não podia ser de outra maneira. Ou acaso o amor eterno se rebaixaria a expressar a absurda e mundana morbidez dos mortais? Não, não... O amor eterno não é carnal, não tem objetivo, já lhe disse padre...

Naquele mesmo momento, Dionysius e o aristocrata levantaram seus floretes, que refletiram a luz da lua. Brandiram um primeiro golpe. Um estalido desfez o silêncio. Outro golpe, outro estalido de metal, investida de ódio, de ódio eterno... O aristocrata tinha uma habilidade dez vezes maior que a de meu amigo, era um homem treinado em sete tipos diferentes de espada. Por outro lado, Dionysius só dispunha de quatro noções de esgrima mal aprendidas muito tempo atrás. No entanto, seu amor pela princesa Anna lhe proporcionava a habilidade restante e conseguia deter cada um dos ataques do furibundo adversário que, sem piedade, tentava atravessar o corpo de Dionysius com o aço.

A poucos metros de distância, escondida nos arbustos, a mulher pela qual ambos batiam suas vidas observava atentamente o duelo. Anna, a princesa, rezava. No meio das sombras, mal distinguia quem era quem.

Enquanto as espadas dos desafiantes se chocavam, também o faziam meu corpo e o de Marianne, e, no caso, o único som era o de nossa pele.

Nossos olhos se encontraram. Manifestaram medo, um medo atroz. Medo do momento do ápice. Sim, era o momento tantos anos desejado, mas os dois sabíamos que era o último em que estaríamos juntos... Abaixei minha mão e a coloquei debaixo do colchão. Apalpei o metal da minha adaga. Tudo estava preparado. Marianne voltou a colocar a vista no livro da mesa de cabeceira.

As palavras de Herr Direktor cruzaram minha mente: "... mas ela também o saberá, Ludwig... Talvez ela também porte sua adaga... Só um dos dois sobreviverá... Aquele que trair seu amor... Este será livre..."

Marianne também teria uma adaga escondida?

De fato, de repente Marianne dirigiu sua mão à mesinha, levantou o livro e, com incrível velocidade — tudo isso aconteceu em um segundo —, pegou um estilete resplandecente e afiado. Virou-se com agilidade, de forma que nossos corpos trocaram de posição. Agora ela estava sentada em cima de mim, e nossos corpos continuavam conectados através de nosso sexo letal.

Eu estava tombado na cama; Marianne levantou o estilete com as duas mãos para desferir o golpe definitivo.

Acaso Marianne também conhecia o exorcismo? Ia cravá-lo em meu coração para vencer a maldição e recuperar a condição de Eva?

Na escuridão, o duelo dos amantes de Anna continuava. As afiadas e ameaçadoras pontas lutavam para penetrar no corpo do rival. Os desafiantes suavam, o cansaço dos golpes de espada começava a deixar-se sentir em seus braços. As respirações se converteram em ofegos. De repente, Dionysius caiu no chão. O adversário lançou um ataque desapiedado. O cantor levantou seu braço como pôde e deteve uma vez mais a espada que procurava atravessar seu corpo.

Voltei a colocar meus olhos em Marianne, que, lágrimas nos olhos, sustentava o estilete no alto enquanto continuávamos fazendo amor. Rapidamente, fui eu quem tirou desta vez a adaga de baixo do colchão.

Exibia-a.

Seus olhos se abriram.

Ali estávamos! Tristão e Isolda trocando amor e morte, consumando um duplo ato de amor e traição. Nunca tanta desonra havia sido adjudicada a um homem e a uma mulher! Pode-se imaginar um momento mais triste que esse? Que os amantes confirmassem que tanto um quanto o outro haviam planejado matar seu amado usando como armadilha um ato sexual...?

Naquele momento Marianne lançou seu estilete a um lado.

— Não posso! Sou incapaz! Morramos já! Dê-me seu licor fatal e se impregne do meu!

Hesitei uns instantes. Marianne já largara a arma. Virei-me para o outro lado e, de novo, fiquei sobre Marianne. Era ela agora quem estava embaixo; eu a esmagava com meu peso. De meu âmago veio a ordem: "Mate-a, Ludwig, mate-a!" Apertei com força a empunhadura do punhal, levantei-o com minha mão direita e fechei os olhos enquanto nos amávamos. "Afaste-se de mim, pensamento maldito! Afaste-se!" Recordei tia Konstanze. A vontade humana é mais forte que a eterna... Ela o havia demonstrado... "É sua natureza. Você sempre quer a vitória, sempre..." dissera diante do umbral do hospital de leprosos.

Fazendo um esforço titânico, pus a adaga na mão de Marianne.

— Tome, Marianne, não me peça que a mate. Faça-o você. Não pense e faça-o, faça-o sem titubear... Mate-me! Meu êxtase se aproxima! Mate-me quando eu lhe der o sinal!

Lágrimas começaram a brotar de seus olhos.

— Não, Ludwig, não me peça que o mate... Faça-o você! Já viu que não consegui vencer a mim mesma. Tentei cravar-me o estilete e não fui capaz. Faça-o você! Eu lhe imploro! Mate-me!

E me devolveu a adaga, que eu guardei na mão direita para quando chegasse o momento.

Maldisse-me por ter suspeitado dela. Quando levantou seu estilete, Marianne não ia dirigi-lo ao meu peito, mas ao seu!

Dionysius conseguiu ficar em pé e, por sorte de um golpe certeiro, derrubou o aristocrata no chão. Era seu momento, não disporia de outro. Mas falhou no ataque e o florete adversário rasgou seu braço graças a um movimento hábil de seu rival. Um uivo penetrou a noite. Tenha cuidado, Dionysius, não confie, não confie...

Marianne e eu continuávamos dançando, pele com pele. As lágrimas deslizavam agora por nossos rostos. Os dois sabíamos que restava pouco tempo. O ápice estava próximo. O veneno mortal de seu corpo estava a ponto de se desprender e de entrar em contato com o meu. Meu branco elixir letal também estava quase surgindo.

— Não, não Marianne, não posso matá-la... — disse-lhe entre soluços. — Não é essa minha intenção. Minha adaga tem outro destino.

— Pois a deixe de lado e procedamos como devíamos ter feito no labirinto na noite em que nos encontramos. Intercambiemos o elixir mortal que nossos corpos desejam e acabemos de uma vez por todas com esta tortura. Demo-nos o máximo prazer que um homem e uma mulher podem experimentar: morrer de amor!

TRISTÃO

*Assim morreríamos*<br>*Para estar mais unidos,*<br>*Ligados eternamente,*<br>*Sem fim,*<br>*Sem despertar,*<br>*Sem angústias,*<br>*Sem nome,*<br>*Aprisionados pelo amor,*<br>*Entregues um ao outro,*<br>*Para só viver pelo amor!*

ISOLDA

(Levantando a ele os olhos<br>como se estivesse em êxtase)<br>*Morreríamos assim*<br>*Para estar juntos...*

TRISTÃO

*... ligados eternamente,*<br>*sem fim...*

ISOLDA

*... sem despertar...*

TRISTÃO

*... sem angústias*

AMBOS

*... sem nomes,*
*aprisionados pelo amor,*
*entregues um ao outro,*
*para só viver pelo amor!*

Oh, padre! Eu não podia aceitar tal destino. Não podia entregar a Marianne meu elixir mortal. Ela me pediu que morrêssemos ali para dar fim à nossa maldição... Pensei em tia Konstanze e lembrei as palavras de Herr Direktor: "Se conseguir ter uma relação carnal com uma herdeira sem morrer... então será livre para sempre..."

Dionysius gemeu devido à dor do braço ferido e seus joelhos se dobraram. Afastou o florete uns centímetros fatais. O aristocrata ficou em pé, levantou sua espada e, sem piedade, desferiu um golpe definitivo.

E eu... Eu, de minha parte, pouco antes do supremo deleite, poucos instantes antes que meu veneno penetrasse no corpo de minha Isolda, coloquei meu corpo de modo adequado, levantei o joelho direito, desci minha adaga e...

## 61

Sangue.

Sangue abundante.

Dois gritos abafados

Dois homens mortalmente feridos.

Dionysius fitou com horror o florete atravessar seu coração e ficar paralelo ao solo, ancorado em seu peito. O sangue jorrou aos borbotões de seu corpo; fincou os joelhos no chão e gemeu um nome de mulher:

— Anna... Meu amor. Morro por você...

Não, Dionysius não morreu rindo, como um dia predissera... A poucos metros dele, escondida entre os arbustos, uma princesa ferida na alma saiu correndo em direção a Dionysius, chegou até ele, se ajoelhou, levantou seu capuz e, com os olhos inundados de lágrimas, gritou:

— Não, não! Dionysius, meu amor!

O cantor, sufocando, sem ar, murmurou no seu ouvido:

— Sempre a amei, sempre a amarei.

Depois expirou. Anna afundou a cabeça em seu peito. Depois chorou e, ao cabo de alguns segundos, observando as botas negras de seu marido, pegou o florete de Dionysius, levantou-se como uma leoa ferida e atacou o assassino de seu amante.

O aristocrata tentou apenas desviar o golpe, afastar o florete que vinha em sua direção. Mas a ponta de sua arma branca se chocou com a jugular da esposa e abriu uma ferida fatal da qual começou a manar sangue aos borbotões. A princesa Anna largou o florete, seus joelhos se dobraram, colocou a mão no pescoço e, ato contínuo, desabou como um fardo.

Seu marido soltou um grito abafado.

— Anna! Minha amada! O que foi que eu fiz?!

A ferida mortal acabou com a vida de Anna em poucos minutos. Nunca foi possível saber se, da mesma forma, teria morrido de tristeza ao cabo de poucas semanas...

E eu, no exato momento em que o florete se cravava no peito de meu amigo, naquele mesmo e preciso instante, enquanto meu corpo se sacudia de prazer, segundos antes de regar Marianne, quando percebia que meu veneno branco se revolvia em minhas entranhas para ganhar o exterior, com minha adaga arranquei, pela raiz, por debaixo de minhas pernas, as bolsas do elixir da morte.

O apogeu.

Um êxtase estéril.

O exorcismo foi realizado... Marianne estava livre...

Levantei minha mão e, com o sangue escorrendo pelos meus dedos, mostrei a Marianne o troféu, meus testículos arrancados; meu êxtase não havia regado seu interior.

Êxtase e morte!

Paixão e ferida!

Riso e pranto... Agora terrenos!

Estava escrito no próprio libreto da ópera. Eis aí a explicação que não conseguira compreender... até aquele momento.

Dei desse modo a Marianne um apoteótico apogeu sem morte... Para que sua alma alcançasse a liberdade absoluta, para que se despojasse da Isolda que consumia seu corpo.

— Você é livre, minha amada, é livre... — lhe disse enquanto desabava de dor.

Oh, padre, meu esforço foi sobre-humano. Venci a vontade do amo e senhor que me governara durante tantos anos para que Marianne abrigasse meu orgasmo sem morrer... Era o exorcismo de Herr Direktor. Se sobrevivendo ao clímax de uma Isolda eu me salvava, do mesmo modo ela se salvava sobrevivendo ao meu apogeu carnal.

Paixão e feridas, sim, estava escrito. Era meu sacrifício, a prova do meu amor, do amor maior, o verdadeiro amor, o único, o amor finito e limitado que reside nos corações de todos os homens e mulheres deste mundo, esse amor que pode se imaginar, mas não se escrever, esse amor para o qual não há acorde possível nem melodia alcançável.

TRISTÃO

*Oh, este sol!*
*Ah, este dia!*
*Ah, esta felicidade*
*Do radiante dia!*

*Sangue que mana,*
*Embriaguez do ânimo!*
*Deleite sem medida,*
*Delírio de alegria!*
*Condenado ao leito,*
*Como suportá-los!*
*De pé, em marcha,*
*Até onde palpitam os corações!*
*Tristão, o herói,*
*Com a energia de seu júbilo*
*Afastou-se*
*Das garras da morte!*

*Com sangrenta ferida*
*Venci um dia Morholt,*
*Com sangrenta chaga*
*Vou conquistar agora Isolda!*
*Vamos, meu sangue!*
*Mane alegremente!*

ISOLDA
*Fui a enganada Isolda,*
*Você a enganou, Tristão,*
*Nesse instante único,*
*Ao abreviar eternamente*
*A derradeira felicidade terrena!*
*A ferida! Onde está?*
*Deixe-me curá-la,*
*Para que as supremas delícias*
*Da noite compartamos!*
*Não morra,*
*Não sucumba por sua ferida,*

*Para que uma vez unidos ambos*
*Se apague em nós*
*A chama da vida!*
*Extinguiu-se seu olhar!*
*Deteve-se seu coração!*
*Nem o mais leve sopro*
*De um suspiro!*
*Devo permanecer em sua presença,*
*Soluçando,*
*Quem para desposar-se contigo*
*No deleite,*
*Cruzou animada o mar?*
*Muito tarde!*
*Homem cruel!*
*Assim me castiga*
*Com o mais duro exílio*
*Sem piedade,*
*Por minha dolorosa culpa?*
*Nem sequer meus sofrimentos*
*Poderei comunicar-lhe?*
*Por uma vez, ah!*
*Só um momento mais!...*
*Tristão!... Ah!...*
*Ouça! Desperte! Amado!*

## 62

Isso é tudo, padre Stefan.

Faz apenas cinco dias da noite em que salvei minha Isolda.

Marianne chamou um cirurgião que, de boa vontade, costurou minha ferida. Transferiram-me para cá, para Dresden, a fim de continuar o tratamento, mas a ferida infeccionou. Agora já é tarde, a infecção se estendeu por todas as partes, por todo o meu corpo... Mas Marianne é livre, livre! Compreende?

Veja, padre... A aurora está chegando.

*A luz! A luz!*
*Oh, essa luz!*

O dia chegou e, com ele, a verdade...

A morfina já parou de agir. A dor voltou ao meu corpo. Não tenho mais nada a lhe explicar...

Ouço que uma carruagem se aproxima. É minha esposa, Marianne. Agora precisa ir, padre Stefan. O senhor cruzará com ela. Abençoe-a, padre, abençoe-a...

(...)

Oh, não, padre! Eu não preciso de extrema-unção, tampouco de sua absolvição... Pode fechar a Bíblia. Eu lhe disse ontem à noite, quando chegou. Eu só desejo saber a resposta, a resposta à grande pergunta. Não é uma pergunta frívola. É a única que me corrói desde que nasci, desde que os sons inundaram meu corpo, desde que encontrei a sonoridade do amor eterno, desde que a cantei, desde que a alimentei com dezenas de mortes e desde que, com meu sacrifício, salvei Marianne.

O senhor, que conhece o amor eterno, padre, o senhor que conhece o amor de Deus, o senhor que conhece os desígnios de Sua vontade... Esta é, oh, padre Stefan, a grande pergunta:

Qual foi meu pecado?

*Memórias de Richard Wagner*

*Apenas oito dias depois daquela fugaz despedida me enviaram um telegrama no qual me informavam da morte de Ludwig Sch. Havia voltado a participar de um ensaio e tivera de dar uma resposta a seus colegas, que, por outro lado, estavam assombrados que ainda conservasse a voz. Mais adiante percebeu um terrível reumatismo que o levou em poucos dias a uma doença mortal.*

*Nossos planos acertados, a interpretação de "Siegfried", o temor de que se pudesse supor que sua morte era devida ao esforço exigido por "Tristão", haviam ocupado seu espírito claro e lúcido antes de sua morte.*

*Eu tinha a esperança, junto com Bülow, de chegar a tempo a Dresden para o enterro daquele amigo tão querido para ambos; mas foi em vão, teve-se que enterrar o cadáver antes da hora fixada e chegamos muito tarde. Desceu um sol claro de julho; Dresden, radiante em todo seu colorido, estava alvoroçada enquanto recebia naquela mesma hora um enxame de passageiros que chegavam para a festa universal das sociedades corais alemãs.*

*O cocheiro, a quem eu apressava para que chegasse a tempo ao cemitério, comentou, enquanto tentava abrir caminho entre o gentio, que haviam se congregado ali cerca de vinte mil cantores para celebrar a festa dos corais alemães. "Sim — pensei eu —, mas justo não está aqui... o cantor." Deixamos rapidamente Dresden para trás.*

# Adendo aos cadernos

*Inverno de 1905*

Eu, Jürgen zur Linde, sacerdote, acabei de ler estes quatro cadernos enquanto os sinos da abadia de Beuron repicavam, chamando a laudes, a segunda hora canônica.

Depositei os dois manuscritos em seu esconderijo: as eróticas *Memórias de uma cantora alemã* e os terríveis cadernos do padre Stefan. Fechei como pude a entrada do nicho que entesourava os dois textos. Depois saí de minha cela e me dirigi ao pátio principal.

O frescor da madrugada impregnou meu rosto. Ainda estava escuro. Os cozinheiros e seus jovens ajudantes descarregavam hortaliças e frutas dos carros para transportá-las às cozinhas; o ferreiro de Beuron, um homem gordo e barbudo, repunha as ferraduras das mulas; os noviços se apressavam, sonolentos, para a capela, levantando seus hábitos para prolongar a extensão de suas passadas: a abadia se punha em movimento.

Durante as laudes, não pude deixar de pensar em Ludwig Schmitt. Qual teria sido o destino de sua alma? Teria sido acolhido pelo Senhor no Reino dos Céus? Minha condescendência me indignou. Como podia ainda estar ao lado daquele monstro que acabara com a vida de mais de trezentas mulheres, além da de Herr Direktor e de sua tia Konstanze?

Meus princípios cambaleavam. Minha moral condenava o tenor, mas não minha consciência. Ludwig Schmitt von Carlsburg fora governado por um poder superior à sua vontade. Poderia o melhor dos atletas nadar contra a corrente do Reno? Minha compaixão fazia de Ludwig Schmitt uma vítima, provavelmente a que mais sofreu. E não era menos certo que, ao final de seus dias, devido a seu amor por Marianne, conseguira vencer o estranho som que se apoderara dele. Seu último ato foi o mais digno dos sacrifícios: entregou sua vida por sua amada, o amor tornou possível sua renúncia. Nosso Senhor Jesus Cristo não entregou sua vida pelos homens? Do mesmo modo Ludwig havia libertado Marianne de sua terrível condição. Que ato de generosidade e de entrega!

*

Depois do almoço, comuniquei ao padre Ignatius, o beneditino mais velho da abadia de Beuron, que queria conversar com ele. Padre Ignatius tinha noventa anos, era um homem sem vigor físico, embora ainda dotado de uma inteligência privilegiada. O padre Ignatius era mais lúcido que o mais célebre dos filósofos alemães.

Caminhamos até um muro de pedra que dava à parte sul da abadia. Vista dali, a vida era maravilhosa. As árvores pintavam as montanhas, criando imaginárias pinceladas verdes. A frondosidade dos bosques produzia um frescor que a brisa empurrava até nossas faces. As rochas se alçavam, majestosas, ao céu, qual colunas de catedral.

— Trata-se do padre Stefan — disse ao padre Ignatius —. É sobre a viagem que fez a Dresden em 1865...

— Já me interrogou sobre isso... Diga-me, padre Jürgen, porque esse episódio da vida do bendito padre Stefan o interessa tanto?

— Trata-se de seus livros — inventei —, encontrei neles rosas dissecadas.

— Sim... — assentiu com melancolia —, o padre Stefan gostava de colecionar rosas. Era sua única diversão, "minha única fraqueza", como ele costumava dizer. Recordo como os monges ríam cada vez que um noviço lhe entregava rosas para sua coleção. "Os jovens que presenteiam rosas são homens apaixonados... Cuidado, padre Stefan!"

O padre Ignatius sorriu com nostalgia ao evocar as ironias dos membros da abadia.

— Veja, padre Ignatius, em um de seus livros há várias reflexões datadas de julho de 1865. Não creio que sejam do padre Stefan; é como se alguém tivesse lhe revelado novas maneiras de compreender Deus... — continuei inventando para justificar minha próxima pergunta. — O que aconteceu nos dias depois da viagem a Dresden, quando voltou à abadia? Percebeu alguma coisa no comportamento do padre Stefan?

Padre Ignatius acariciou sua bengala e dirigiu os olhos aos vales.

— As questões eclesiásticas que o haviam levado à Saxônia não transcorreram como o padre Stefan imaginava. Estava preocupado com o futuro da nossa ordem. No entanto... — sua voz se tornou sugestiva —, eu intuí que a sua inquietação tinha outra origem. Sim... Sem dúvida, foram dias estranhos. Padre Stefan voltou de Dresden excessivamente excitado.

Padre Ignatius fez uma longa pausa. Depois disse:

— Tratava-se de suas rosas, padre Jürgen... de suas rosas...

— De suas rosas? — perguntei sem compreender.

— Disse ter perdido dois exemplares únicos, muito valiosos, que só crescem no norte da Alemanha. Guardara-as dentro de sua Bíblia, esperando chegar à abadia para prensá-las definitivamente. Por descuido, em algum momento em Dresden abriu as Sagradas Escrituras, as rosas escorregaram e caíram da Bíblia sem que percebesse. Padre Stefan estava excessivamente contrariado por causa de duas simples rosas... Eu não o entendia; aquela reação era inusitada para seu caráter pacífico. Depois, ao cabo de uma semana, aconteceu outro fato singular. Fez um pedido estranho ao abade: queria um livro. Padre Stefan não era como o padre Hannibal, que abusa da generosidade do abade à razão de um livro de poemas por semana. Em vinte anos, padre Stefan não pedira uma única publicação ao abade. Além do mais, pediu um texto de teologia, moral, ética ou filosofia...

— O que encomendou?

— Uma obra estranha, que nem sequer estava encadernada: o libreto da ópera de *Tristão e Isolda*. Para que o bom padre Stefan quereria um libreto de ópera?

Um calafrio percorreu meu corpo. Eu já sabia.

— Padre Stefan não recuperou a calma até que, após seis semanas, nosso fornecedor apareceu com sua encomenda. Jamais compreendi o motivo de pedido tão estranho... E isso é tudo, padre Jürgen. A partir daquele momento, padre Stefan voltou a ser o de sempre... Não sei se pude ajudá-lo...

*

Klaudius me recebeu na biblioteca de Tuttlingen quando abria suas portas. Eu estava disfarçado, uma vez mais, fazendo-me passar por médico, sob o inventado nome de doutor Schlesinger.

— Madrugou, doutor Schlesinger — me disse Klaudius.

— Promessa é dívida. Trago aqui o manuscrito de Schroeder-Devrient.

— Silêncio... Cäsar, o proprietário, está no andar de cima. Poderia nos ouvir. Siga-me, depressa!

Acompanhei-o ao longo de várias paredes de livros até uma porta que abriu com chave. Entramos em um pequeno habitáculo quadrado, uma câmara secreta infestada de livros, papiros e manuscritos originais, a coleção particular de Cäsar.

— Vamos! Dê-me o manuscrito!

De repente ouvimos passos. Cäsar descia as escadas.

Fiquei nervoso e, por culpa de um gesto brusco, a pasta das eróticas *Memórias de uma cantora alemã* caiu no chão. A lombada da frágil encadernação se desfez e as folhas se esparramaram pelo chão.

— Maldito seja, doutor! — clamou Klaudius em voz baixa. — Ajude-me a recolhê-las, rápido!

Amontoei as folhas espalhadas no chão e enfiei-as na pasta. Ofereci-a a Klaudius. Quando ele se virava para ajeitar seu arquivo, observei algo no chão. Do interior da encadernação havia se soltado uma pequena rama. O que seria? Peguei-a e a enfiei em meu bolso.

— Fora, fora! — me empurrou Klaudius.

Quando Cäsar chegou, Klaudius estava atrás do balcão e, com inconcebível sangue frio, me dizia:

— Qual é o livro de Spinoza que disse que queria?

Cäsar se afastou sem suspeitar de nada. Foi então que pedi a Klaudius que me emprestasse um livro: *A lenda de Tristão e Isolda.*

*

— É de videira, garanto — me disse o frade que cuidava do ervanário da abadia quando lhe mostrei a pequena rama desprendida do original das *Memórias.* — Mas está muito seca. Deve ter sido arrancada há vinte ou trinta anos, pelo menos...

Naquela noite não consegui dormir. Ventava muito forte, um vento que, ao acariciar os muros da abadia, produzia um silvo agudo. Cada vez que fechava os olhos mergulhava em pesadelos, e meu próprio sobressalto me fazia despertar. Alguma coisa se agitava em minha mente: uma intuição disfarçada de dúvida. Passeei os olhos por minha cela. Observei a argila removida que abrigava os cadernos do padre Stefan. Por que as *Memórias de uma cantora alemã* haviam me guiado até aquele desvio? Por quê? Existiria alguma relação entre os dois textos?

Fitei o crucifixo; os armários; as prateleiras; os livros de filosofia de meu antecessor; aqueles livros cheios de pétalas, cheios de... Oh, Deus! Como não percebera? Rosas! Rosas! Minha cela estava infestada de rosas! Levantei-me de um salto e abri o livro *A lenda de Tristão e Isolda* na última página: "À noite, da tumba de Tristão surgiu uma vinha que se cobriu de folhas e galhos verdes. Sobre a tumba de Isolda cresceu, de uma semente trazida por um pássaro selvagem, um belo roseiral; as ramas da vinha passavam por cima do monumento e abraçavam o roseiral, misturando suas folhas e racemos com os botões e as rosas. E os antigos diziam que aquelas árvores enlaçadas haviam nascido da virtude do elixir mágico e que eram o símbolo dos amores de Tristão e Isolda, a quem a morte não conseguira separar. "

O manuscrito das *Memórias de uma cantora alemã* continha uma rama de videira e minha cela estava cheia de rosas... Rosas e videira!

Bem sabe Nosso Senhor que um clérigo não deve ceder a enganações e que as lendas não são senão alquimias de mentiras. Mas no meu caso a evidência era absoluta: a autora das *Memórias de uma cantora alemã* colocara aquele racemo em seu manuscrito para que este fosse buscar as rosas do padre Stefan. Videira e rosas entrelaçadas: um livro de amor de mulher buscando a atenção de um homem.

Minha cabeça começou a girar. Pulei da cama. Precisava pensar. Aquele que tivesse escondido a rama conhecia o *hobby* do padre Stefan... Mas... quem, além dos beneditinos da abadia de Beuron, sabia de seu passatempo terreno?

Recordei então as palavras do padre Ignatius: "Duas rosas caíram de sua Bíblia em algum lugar de Dresden. "

Eu sabia onde! Na alcova onde Ludwig Schmitt lhe contara sua vida. Ali, junto à cama, alguém encontraria duas rosas no chão... Claro! Que estúpido! Tratava-se de Marianne! Ela conhecia a lenda. Se aquele clérigo a quem seu marido contara a história do herdeiro de Tristão colecionava rosas, uma videira poderia ajudá-la a entrar em contato com ele. Portanto... As *Memórias de uma cantora alemã* haviam sido escritas por ela! Klaudius já mo dissera. Cäsar, o bibliotecário de Tuttlingen, comprara os originais das cartas de Wilhelmine Schroeder-Devrient com as do erótico manuscrito que me emprestara. "Ou Wilhelmine as ditou ou são de outra soprano..." me dissera Klaudius. Não era, portanto, uma hipótese descabida. Provavelmente era correta. O erotismo das *Memórias* só podia brotar de uma especialista do amor carnal, de uma alma tão apaixonada como a de uma herdeira de Isolda.

Meu coração começou a palpitar de forma descontrolada. Poucas noites antes, eu escondera o manuscrito das *Memórias de uma cantora alemã* junto dos cadernos do padre Stefan. As memórias de Ludwig e as de Marianne haviam se encontrado em minha própria cela, como escrevi no introito, "um em cima do outro, como dois corpos nus".

Abri a janela. O ambiente de minha cela era opressor. O vento soprava agora com afinco, como se a ira do diabo quisesse derrubar a abadia com seus sopros. O céu estava limpo de nuvens, o vento as afugentara. As estrelas luziam, indiferentes. Por que Marianne teria tentado localizar o padre Stefan? Por que razão?

Era o inverno de 1900 quando tais perguntas repicavam em minhas têmporas. Haviam transcorrido 35 anos desde a morte de Ludwig Schmitt. O racemo abraçou o roseiral, mas muito tarde, muito tarde...

*

Foi após duas semanas que, durante um interessante debate com meus irmãos beneditinos, alguém apresentou provas irrefutáveis de como a medicina moderna estava contribuindo para o bem-estar dos homens.

— A expectativa de vida passou em um único século de 35 para 50 anos — observou um dos monges.

Aquela afirmação avivou em mim uma inquietante hipótese que, na realidade, sempre estivera ali. Marianne Garr ainda podia estar viva.

Imaginei como teria vivido depois da libertação que seu marido lhe proporcionara. Continuou sua carreira de soprano, casou-se com algum homem, provavelmente vinculado ao mundo da ópera ou das artes dramáticas; teve filhos e levou uma vida feliz. Aquela mulher, hoje madura, teria apagado de sua memória os horrores da juventude, seus anos de cativeiro sob o influxo do amor eterno, sua submissão ao elixir mortal, seu disfarce de Isolda. Sim, todos aqueles terríveis atos haviam sido reduzidos a uma má recordação, a um sonho ruim.

Tinha eu o direito de me imiscuir em suas recordações, de despertar sua memória adormecida, de obrigá-la a reviver um passado que já não lhe pertencia?

Uma parte de mim respondia que não, que não devia fazê-lo. Mas outra, a que evocava os manuscritos deitados um sobre o outro, opinava o contrário.

*

— Por que deseja essa licença? — me perguntou o abade.

— Trata-se de minha mãe. Adoeceu — eu disse, mostrando um envelope. —É uma carta de minha irmã, parece que é grave...

Quando saí de sua sala enfiei o envelope vazio no bolso. No dia seguinte peguei o trem que ia para Dresden. Iniciaria minhas pesquisas no último ponto onde tinha informação sobre Marianne Garr. Segundo os cadernos do padre Stefan, no ano de 1865 ela estava trabalhando sob contrato no Hoftheater de Dresden.

Que situação estranha! Um sacerdote beneditino simulando uma doença da mãe para investigar se uma soprano de meados do século anterior ainda vivia. Na minha maleta, os três cadernos do padre Stefan. Sentia-me uma espécie de mensageiro dos deuses, um juiz que vai liquidar uma herança que deveria ter sido entregue muitos anos atrás.

O secretário do Hoftheater me atendeu imediatamente. Acompanhados por uma xícara de chá fumegante, me contou tudo o que ficara conhecendo pela leitura dos documentos do teatro:

— Depois da morte do marido, abandonou a profissão. Jamais voltou a cantar. Enlouqueceu... Entregou-se à bruxaria, ficou nas mãos dos magos, apostou seu destino na magia negra. Foi demitida depois daquele acontecimento desagradável... Ameaçou o próprio Wagner!

— Marianne? Marianne Garr ameaçou Wagner?

— Sim, sim... Sem nenhuma dúvida. Está nos jornais daquela época. Durante os dias em que trabalharam na estreia de *Tristão e Isolda*, o mestre se apaixonou pela esposa do maestro da orquestra, seu bom amigo e grande conhecedor de suas obras: Hans von Bülow. Von Bülow era casado com Cosima Liszt, filha do compositor Franz Liszt. Wagner e ela se apaixonaram loucamente. Cosima Liszt se instalou nas proximidades de Munique. Todo mundo sabia, mas Von Bülow aguentou até o ponto em que a vergonha da dissimulação se tornou maior que a desonra da verdade.

— E o que isso tem a ver com Marianne Garr?

— Marianne Garr, já totalmente sem juízo, se apresentou na casa de Wagner. Garantiu-lhe que Ludwig, seu falecido marido, havia lhe aparecido em sonhos dizendo que seu destino era se casar com Wagner. Imagine! Marianne dizendo a Wagner que se casasse com ela! Com uma louca!

— E o que Wagner fez?

— Disse não! Naturalmente! O compositor prometeu-lhe que enalteceria o mais que pudesse a honra de seu falecido esposo em suas memórias, mas não foi suficiente. Marianne ameaçou, então, contar a todo mundo que um adultério estava acontecendo naquela mesma casa entre ele e Cosima Liszt. Pediu audiência ao rei Ludwig II e denunciou publicamente o adultério de Wagner e Cosima Liszt.

— E o que aconteceu?

— Ludwig II ficou colérico. Um adultério sob seu mecenato! Mandou chamar Wagner e o mestre negou tudo.

— O que aconteceu então com Marianne? Ainda está viva?

— Ignoro. O que você quer?

— Tenho uma coisa para ela, uma coisa que procurou muito tempo atrás.

— A única coisa que sei é que a loucura avançou bastante. Segundo as anotações que constam dos arquivos do teatro, foi trancafiada no sanatório mental de Dresden.

*

Fui ao sanatório mental de Dresden, mas ali me enviaram ao hospital de Leipzig, de onde, segundo diziam os registros, fora, por sua vez, transferida a outro manicômio, ao de Hannover.

Muitas transferências... Aquela mulher passara muitos anos trancafiada; não devia estar viva àquela altura. Entristeceu-me pensar que Marianne fora incapaz de superar o horror de seu passado e de aproveitar a liberdade que Ludwig lhe presenteara ao sacrificar sua vida por ela.

Fui de trem a Hannover e ali me mencionaram nada mais nada menos que... Stuttgart. A poucos quilômetros de Beuron! Voltava à abadia! Decidi que, se Marianne não estivesse ali, daria por encerrada minha procura. Os dias de licença que o abade me dera pela inventada enfermidade de minha mãe já estavam se esgotando.

*

— Sim, a mulher a que se refere está aqui —disse-me o diretor do sanatório mental de Stuttgart. — É parente dela, padre?

Havia encontrado a viúva de Ludwig Schmitt! Marianne Garr ainda estava viva!

— Não, não sou da família. Mas tenho uma coisa para ela — respondi com uma incrível satisfação em meu rosto.

— Seu estado mental é deplorável e sua agressividade imensa. São necessários muitos homens para contê-la. Somos obrigados a mantê-la amarrada dia e noite... Fere a si mesma quando se vê livre.

Hesitei. Não sabia se devia seguir em frente. Talvez devesse desistir da ideia estúpida de entrar em contato com Marianne para lhe entregar a confissão de seu falecido marido. Mas algo me dizia que devia ir até o final. Marianne, aquela que fora herdeira de Isolda, estava a poucos passos de mim. Ela enviara suas memórias depois das de seu marido, qual náufrago que lança uma garrafa com uma mensagem pedindo ajuda. Se houvesse algo que ela gostaria de saber e que estava na confissão que fizera ao padre Stefan, eu deveria lhe revelar. Os cadernos do padre Stefan estavam na minha maleta preta. Ela podia estar louca, mas tinha o direito de saber...

— Serão apenas alguns minutos — disse com firmeza.

— De acordo, mas duvido que ela queira falar com o senhor. É totalmente fechada. Não responde a ninguém. Tampouco pode ver... Quando chegou aqui já estava cega.

O diretor do sanatório me acompanhou até um edifício que ficava no extremo norte do terreno. Cruzamos com alguns dementes, os mais inofensivos.

— Padre, me ajude!

— Perdoe-me, me absolva!

Eu estava vestido de sacerdote e me pediam clemência, como se estivessem trancafiados para cumprir um castigo de Deus...

— Ignore-os, ignore-os —disse-me o diretor ao ver minha expressão de misericórdia.

O diretor exigiu que o zelador daquele pavilhão atendesse ao meu pedido. Entramos e, depois de cruzar várias portas, percorremos o corredor que dava às celas dos mais perigosos.

Gritos e uivos vinham detrás das portas de ferro: prantos, pancadas de urinóis de metal contra as paredes, sons de correntes, mãos que saíam de janelinhas e esticavam seus dedos até o céu. Criaturas diabólicas, despojos da consciência, almas que Deus esquecera.

O zelador, que caminhava na minha frente, parou diante de uma porta silenciosa, a última daquele execrável corredor. Pegou uma de suas chaves, enfiou-a na fechadura e entreabriu a folha de ferro maciço.

— Tenha muito cuidado. Não desamarre em hipótese alguma as braçadeiras de sua cadeira, nem as dos braços nem as dos pés. É, aparentemente, inofensiva, mas é pior que o demônio, padre. Estarei no outro lado do corredor. Quando quiser sair, me avise.

Entrei em uma cela quase vazia: perto da porta, um urinol. No canto, uma mesa pequena com um prato e alguns talheres de madeira. Havia uma única janela, cinza, menor do que a janelinha da porta. Era a única fonte de luz.

No fundo, uma anciã sentada em uma cadeira.

Estávamos em 1900. Marianne Garr tinha setenta e cinco anos. Seus braços e pernas estavam, de fato, presos por argolas que lembravam braceletes e pulseiras. Não me olhou. Mantinha os olhos na claraboia do teto, como se farejasse a luz, o único fulgor que iluminava suas pupilas cegas.

Recordei a descrição que Ludwig Schmitt fizera ao padre Stefan de seu reencontro com Herr Direktor na igreja da Gesangshochschule. Suas palavras se ajustavam com perfeição à anciã que estava diante de mim. Marianne estava mais do que envelhecida, decrépita e acabada: estava literalmente consumida. Mal lhe restava cabelo, seu rosto exibia sulcos incríveis. Um véu cinza cobria seus olhos. Suas orelhas estavam partidas, seus dedos careciam de unhas, seus ossos estavam demolidos, a julgar pelos sinuosos movimentos de seu corpo sobre a cadeira.

Estremeci. Aquela era a outrora sensual Marianne que o padre Stefan descrevera em seus cadernos. Estava diante da mulher que atraíra com sua voz centenas de homens para devorar suas vidas com o elixir de seu corpo. Aqueles eram os restos da última herdeira de Isolda, a obra de arte de Ludwig Schmitt, o objeto de seu sacrifício.

— Sou o padre Jürgen zur Linde... — disse.

— Não preciso de um sacerdote — respondeu com a vista na janela.

— Venho representando outro sacerdote, um que morreu muito tempo atrás...

— Disse que não me interessa... Fora! — repetiu com voz alquebrada.

— Esse sacerdote... colecionava rosas.

Seu rosto recuperou certa expressão. Olhou para onde eu estava. Seus olhos eram brancos, estava totalmente cega.

Dei-lhe certo tempo. Depois, continuei:

— Padre Stefan foi meu antecessor na abadia de Beuron. Encontrei em sua cela uns cadernos com as confissões de um tenor, seu falecido esposo, Ludwig. Descobri-os no dia em que um texto pecaminoso com uma rama de videira dentro entrou em minha alcova e alterou meu espírito até que me indicou um esconderijo oculto nas paredes do meu quarto. Você escreveu as *Memórias de uma cantora alemã*, não é mesmo, Marianne? Você colocou uma rama de videira em seu manuscrito, não é verdade? Você sabia que o padre Stefan transcreveria a confissão de seu marido. Ninguém pode guardar tal história para si. Soube por um membro da abadia que o padre Stefan roubou umas rosas secas em Dresden. Você as encontrou ao pé da cama onde seu esposo agonizava, não é verdade, Marianne? Diga-me, tudo isso aconteceu como estou lhe contando?

Virou-se para o outro lado.

— Isso já não importa.

Deixei passar alguns segundos. Depois lhe disse:

— Os cadernos do padre Stefan estão aqui, na minha maleta. Qualquer que seja o segredo de seu marido que você quis conhecer, agora está a poucos metros dele.

Marianne suspirou e meditou.

Depois, com voz calma, me disse:

— Esperei muito tempo por este momento. Pegue uma cadeira e se sente. Meus olhos não podem ler. Faça-o você por mim...

Marianne voltou a colocar suas inúteis pupilas no fulgor da claraboia que ficava perto do teto.

*

Foram quatro horas de leitura. De vez em quando as barras da janelinha deixavam entrever a cabeça do zelador. Com um gesto de meus olhos, lhe indicava que tudo corria bem e o funcionário das prisões voltava ao seu lugar.

Quando virei a última página do terceiro caderno, o rosto de Marianne esboçou um sorriso sarcástico, quase irônico, uma mistura de raiva, estupor e crueldade.

— E então foi ele... — disse.

— Ele?

— Oh, vá embora! Estou exausta.

— Vim até aqui porque esta história está me enlouquecendo. Preciso saber a verdade, toda a verdade.

Uma lágrima surgiu nos olhos de Marianne. Era uma lágrima cinza, estertores de humanidade em um corpo destruído pela loucura e pela dor.

— Herr Direktor... Ele o enganou. Ludwig era um homem inteligente, mas seu amor por mim o deixou cego. A ilusão é sempre mais forte que a verdade...

— Não entendo, não entendo nada...

— Estou me referindo à sua volta ao internato. Herr Direktor forjou ali sua vingança.

— Sua vingança? De maneira alguma! Herr Direktor entregou-lhe a fórmula do exorcismo em troca do licor da morte. Concordo, um acerto pecaminoso, mas, ao fim e ao cabo, um acordo... Fez aquilo por você, Marianne... Conhecendo o exorcismo, ele se castrou para que você experimentasse seu êxtase sem perecer. E assim devolveu-lhe a condição de mulher! Praticou um ato sexual com um herdeiro de Tristão sem encontrar a morte; ele a libertou.

— Oh, ignorante! Suas palavras estúpidas me cansam! Vá embora! Você não entende nada... De que exorcismo me fala? Não há exorcismo que possa derrotar o amor eterno. Nunca houve... Mas Herr

Direktor suspirava há muitos anos pelo elixir de Tristão, pela essência seminal de meu amado Ludwig. Não sabe do que pode ser capaz um homem ou uma mulher inundado pelo som do amor! Seria capaz de vender sua alma ao diabo para acolher a semente da morte! A carta anônima que mencionava a existência de uma Isolda não foi enviada a Ludwig pelo feiticeiro Türstock, nem por seu médico, nem por nenhum outro. Quem a enviou foi Herr Direktor. Ele sabia que não há melhor subterfúgio do que aquele que usa como isca a pessoa amada. Se o aluno que tentou castrar, o que o inundou com o som do amor, entrasse em contato com uma Isolda como eu, precisaria imperiosamente de uma solução. Ludwig sempre intuiu que as práticas da Gesangshochschule eram mais que simples castrações, que Herr Direktor era parte de um ritual de exorcismo. Ludwig aceitou lhe entregar seu elixir mortal quando, enganado, pensou que em troca obteria a fórmula que me livraria de meus tormentos; foi isso que o convenceu... e entregou àquele abominável professor o que me pertencia. Aquela relação carnal era destinada a mim! E a Ludwig! Herr Direktor nos roubou nosso descanso eterno com uma patranha, uma mentira! Quando eu empunhei meu estilete foi só para me matar, nada mais; não para libertá-lo, mas para não ter de matá-lo com meu unguento... Mas, descartada essa opção, Ludwig e eu estávamos prontos e dispostos a nos inundar com o elixir da morte, íamos nos fundir finalmente nas chamas do amor eterno, era nosso momento, nosso supremo deleite... Já estávamos decididos a morrer um nos braços do outro! Só nos faltavam alguns segundos quando Ludwig se sacrificou inutilmente... Que ingênuo! Um exorcismo para derrotar Tristão...! Como pôde acreditar? Acabou com tudo! Privou-nos do mais majestoso dos prazeres, o de morrer nas mãos do amor eterno! E a mim... Condenou-me à prisão perpétua!

— Mas... Não é possível! Não é verdade! Ludwig salvou sua alma de mulher, Ludwig a devolveu à condição de Eva...

— Basta! Já ouvi demais!

— Não... — gemi baixinho —, não pode ser, não pode ser... O sacrifício de Ludwig não pôde ser inútil, estamos falando de dar a vida pelo outro... por amor.

— Já sei do que estamos falando! Estamos falando de apodrecer de dor, de desfazer os ossos, de chorar e gritar de melancolia, de ficar a poucos metros do paraíso, do sonho eterno, da porta definitiva... Falamos de perder tudo isso por culpa de um engodo ruim e desapiedado.

— Oh, meus Deus — clamei. — Você está louca! Na realidade, é livre. Não é mais herdeira de Isolda! Sua loucura a deixa confusa!

Marianne riu estrepitosamente. Depois se virou e, fitando-me com seus olhos brancos, me disse com voz ameaçadora:

— Eu poderia ter me livrado destas argolas muito tempo atrás. Poderia fazê-lo a qualquer momento... Só precisaria cantar o som do amor para subjugar meus carcereiros... Mas nunca o fiz por respeito a Ludwig. Você acha que estou louca... Não é verdade? Não se preocupe, lhe darei uma prova, uma prova irrefutável: vou cantar uma canção... Uma canção. E a inundarei de frequências incríveis, vesti-la-ei com uma sonoridade tão bela e única, a que derrotará sua castidade, a que arrastará seu corpo até a mim e o obrigará a me libertar. Depois me deitará no chão e me possuirá com frenesi até se impregnar do unguento de meu âmago, até se imbuir do elixir da morte. Sim, vou lhe cantar uma canção; ou, talvez, um *Lied*, ou, se, por que não...? Vou lhe cantar uma ária... A ária da morte de Isolda: a ária de Isolda com todas suas notas impregnadas da sonoridade do amor eterno. Você quer ouvir *a ária de Isolda*, padre?

Então aquela mulher velha, me mostrando seus dentes carcomidos, os olhos mortos como pérolas brancas, começou a cantar a ária de Isolda:

| | |
|---|---|
| *Mild und leise* | Quão doce e suave |
| *wie er lächelt* | Sorri, |
| *wie das Auge* | Seus olhos |

| | |
|---|---|
| *hold er öffnet,* | Se entreabrem com ternura... |
| *seht ihr's, Freunde?* | Vejam, amigos! |
| *Seht ihr's nicht?* | Não estão vendo?... |
| *Immer lichter* | Como resplandece |
| *wie er leuchtet* | Com luz crescente! |
| *Stern-umstrahlt* | Como se alça |
| *hoch sich hebt?* | Cercado de estrelas. |
| *Secht ihr's nicht?* | Não estão vendo? |
| *Wie das Herz ihm* | Como se inflama seu coração |
| *mutig, schwillt,* | Animado! |
| *voll und hehr* | Augustos suspiros |
| *in Busen ihm quillt.* | Inflam seu peito. |
| *Wie den Lippen,* | E de seus lábios |
| *wonning mild* | Deleitados e suaves |
| *süßer Atem sanft entweht* | Flui um hálito doce e puro. |
| *Freunde! Seht!* | Amigos, vejam! |

— Não, não — gritei ao mesmo tempo em que tampava meus ouvidos. —Detenha-se! Eu lhe imploro! Sou um homem de bem! Sou um servo de Deus!

Lancei-me contra a porta de ferro e comecei a golpeá-la, levado pelo pânico.

— Abram! Abram, pelo amor de Deus!

O zelador acudiu a toda velocidade, mas seus passos me pareciam lentos. O som do amor eterno tentava me penetrar!

— O que está acontecendo? O que está acontecendo! — gritou o zelador.

Marianne continuava cantando com os olhos no infinito e um sorriso irônico:

| | |
|---|---|
| *Fühlt und seht ihr's nicht?* | Não estão percebendo? Não veem? |
| *Höre ich nur* | Só eu ouço |
| *diese Weise,* | Essa voz |
| *die so wunder voll und leise,* | Cheia de maravilhosa suavidade, |
| *wonne klagend,* | Que, qual delicioso lamento, |
| *alles sagend,* | Revela tudo |
| *mild versöhnend* | Em seu consolo terno? |
| *aus ihm tönend,* | É qual melodia |
| *in mich dringet, auf sich sch-* | Que, a partir dele, me |
| *winget,* | Penetra, |
| *hold erhallend, um mich* | Ressoando em mim seus ecos |
| *klinget?* | Deliciosos. |
| *Heller schallend, mich* | Essa clara ressonância que |
| *umwallend,* | Me circunda, |
| *sind es Wellen sanfter* | É a ondulação de |
| *Lüfte?* | Brandas brisas? |
| *sind es Wogen wonniger* | São ondas de aromas |
| *Düfte?* | Embriagadoras? |

A chave girou e empurrei o portão da cela com força. Derrubei o carcereiro no chão. Corri pelo corredor. Os loucos gritaram de espanto e golpearam com suas correntes as portas em um concerto de sinos surdos. Saí espavorido do sanatório.

Era de noite. A voz de Marianne chegava a mim, apesar de estar do lado de fora:

| | |
|---|---|
| *Wie sie schwellen, mich* | Como se dilatam e me |
| *umrauschen,* | Envolvem! |
| *soll ich atmen,* | Devo aspirá-las? |
| *soll ich lauschen?* | Devo percebê-las? |

| | |
|---|---|
| *Soll ich schlürfen,* | Devo beber ou |
| *untertauchen?* | Submergir? |
| *Süß in Düften mich* | Ou fundir-me em suas doces |
| *verhauchen?* | Fragrâncias? |
| *In dem wogenden Schwall* | Na flutuante torrente, |
| *in dem tönendem Schall,* | Na ressonância harmoniosa, |
| *in des Weltatems* | No sopro infinito |
| *wehendem All* | Da alma universal, |
| *ertrinken,* | No grande Tudo... |
| *versinken,* | Perder-se, submergir-se... |
| *unbewußt,* | Sem consciência... |
| *höchste Lust!* | Supremo deleite! |

Corri em direção a lugar nenhum. Só queria me afastar daquela voz envenenada. Depois de horas de correria, senti que meu coração ia explodir de esgotamento, e por isso parei, mergulhado na mais terrível das dúvidas. A voz de Marianne me infectara?

Ofegante e choroso, caminhei sob o céu estrelado toda a noite até a abadia de Beuron. De madrugada, justo na hora em que os beneditinos rezavam as laudes, avistei a um quilômetro de distância o inconfundível perfil da abadia. Estava ainda distante, mas os cantos gregorianos da igreja chegavam a mim com toda clareza.

Eram vozes de religiosos que procuravam alcançar a glória de Nosso Senhor, que invocavam seu amor eterno.

Invocar o amor eterno! Que ironia! Quis correr até a igreja e entrar para fazer com que todos se calassem.

Envolto nos cantos de meus irmãos, o céu bávaro recebendo a incipiente luz da aurora, cravei meus joelhos na terra, peguei areia com as minhas mãos, levantei-as, abri-as e deixei as partículas de terra cair no chão. Depois, com os olhos cheios de lágrimas, respondi à pergunta que Ludwig fizera ao padre Stefan no final de sua confissão, aquela que chamou de a grande pergunta...

Não, Ludwig, não, não se tratava apenas de seu pecado, tratava-se também do meu, do nosso, do de todos os homens... Esse pecado tão distante que não nos pertence, esse que nos iguala, esse pelo qual Jesus Cristo Nosso Senhor entregou sua vida, esse que remonta à gênese dos tempos: o inútil anseio do homem em alcançar o amor perfeito, amor perfeito que podemos imaginar, mas nunca alcançar; amor perfeito que, se fosse experimentado em vida, transformaria os homens em monstros; amor perfeito que só existe na morte.

Ser homem foi, Ludwig, seu pecado.

# Nota do autor

Através da presente nota quero esclarecer que este livro não é nem pode ser uma biografia do tenor Ludwig Schnorr von Carolsfeld (1836-1865), que descansa em paz ao lado de seu pai, o célebre pintor Julius Schnorr von Carolsfeld, no cemitério Alter Annenfriedhof de Dresden.

Ludwig Schnorr von Carolsfeld estreou, certamente, a ópera *Tristão e Isolda* em 10 de junho de 1865 pela mão de sua mulher, a soprano Malwine Garrigues (1825-1904). Ludwig Schnorr interpretou o papel de Tristão e sua esposa o de Isolda. Esses fatos são historicamente corretos. Também é verdade que, depois da quarta representação, Ludwig Schnorr morreu de forma misteriosa, no dia 21 de julho do mesmo ano.

De fato, sua mulher enlouqueceu e entregou-se à bruxaria e à magia negra. Ao cabo de um tempo, a viúva do tenor afirmou que seu falecido marido, aparecendo-lhe em sonhos, recomendou que se cassasse com Wagner. Ao ser rejeitada pelo grande compositor, tornou público seu namoro com Cosima Liszt, filha do compositor e esposa de Hans von Bülow, o maestro da ópera.

A morte de Ludwig Schnorr foi atribuída durante muito tempo a uma maldição. Espalhou-se que o cantor que interpretasse o papel de Tristão estaria predestinado à morte. Foi por isso que, durante anos, nenhum cantor aceitou cantar Tristão. Um dos cantores que acabou aceitando o papel de Tristão pediu um seguro vitalício para o caso de algo lhe acontecer durante a representação. Dessa vez, nada aconteceu. Desde aquele momento, a suposta maldição de Tristão foi esquecida.

Tais acontecimentos inspiraram este romance.

O fragmento de *Tristão e Isolda* com que se inicia o livro, assim como a maior parte das referências à lenda, foi extraído da tradução de Alicia Yllera para a *Biblioteca Artúrica* da Alianza Editorial.

O texto em alemão que aparece na passagem onde Marianne canta as frequências do amor ao padre Jürgen em sua cela no sanatório mental, e a tradução em cada uma das ocasiões em que Ludwig a seduz com sua voz, corresponde ao texto da ária da morte de Isolda, perfeita alegoria do sopro da morte e do amor.

Os escritos de Wagner inseridos nos cadernos provêm de uma seleção de artigos e cartas, são autênticos e foram traduzidos do alemão, a meu pedido, por Gregório Gancho Rodríguez. Todos os textos dramáticos inseridos pelo *padre Stefan* também correspondem a fragmentos selecionados do libreto da ópera *Tristão e Isolda*, obra do genial compositor alemão.

FERNANDO TRÍAS DE BES<br>*Barcelona, outubro de 2006.*

Este livro foi composto na tipologia Minion Pro,
em corpo 12/16,5, impresso em papel off-white 80g/m$^2$,
no Sistema Cameron da Divisão Gráfica
da Distribuidora Record.